魅丽文化
飞言情工作室

维生素 ABC

／

著

江苏凤凰文艺出版社
JIANGSU PHOENIX LITERATURE AND ART PUBLISHING, LTD

图书在版编目（CIP）数据

珊珊而来 / 维生素 ABC 著. -- 南京 : 江苏凤凰文艺出版社，2019.4
ISBN 978-7-5594-3445-6

Ⅰ.①珊… Ⅱ.①维… Ⅲ.①长篇小说－中国－当代
Ⅳ.①I247.5

中国版本图书馆 CIP 数据核字（2019）第 048392 号

书　　名	珊珊而来
著　　者	维生素ABC
选题策划	飞言情工作室
责任编辑	张　倩 王　青
文字编辑	胡　月
出版发行	江苏凤凰文艺出版社
出版社地址	南京市中央路165号，邮编：210009
出版社网址	http://www.jswenyi.com
印　　刷	湖南关山美印有限公司
开　　本	880 mm×1230 mm 1/32
字　　数	215千字
印　　张	10
版　　次	2019年4月第1版，2019年4月第1次印刷
标准书号	ISBN 978-7-5594-3445-6
定　　价	34.80元

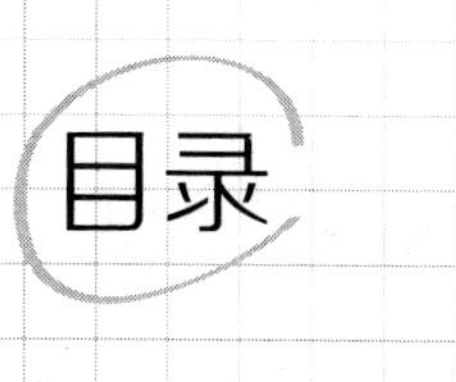

目录

C O N T E N T S

C O N T E N T S

第一章

竹马骑狼来

“下雨了，我没带伞……”她可怜兮兮地开口，企图博取同情不要挨骂。

向堃敲键盘的手一顿，平静道：“哦。”

六年前。

夏日的傍晚，空气依旧是如火般炙热，却丝毫无损C大校园里篮球场上大家沸腾得几欲掀顶的热情。

仔细一听，那沸反盈天的喝彩声里都是两个字：“向帅！”

今天是C大校内赛的总决赛，计算机系对金融系，大概是因为双方势均力敌，前期的比分一直拉得很紧，直到比赛结束前半分钟，计算机系的向堃以一个漂亮的三分球，反转了局面，赢得了最终的胜利。

而赢得喝彩欢呼的主角向堃，此刻却在安静的私人更衣室里，仿佛外面那些尖叫声都与自己无关。

“这种欢呼雀跃的时刻，你不应该出去接受众人的崇拜吗？！”李君城恨不得自己替他上场，“我瞅着啦啦队那几个身材都火辣到爆，看你的表情都恨不得把你拆骨入腹！”

“没注意。”身材修长、肌肉紧实的男人面无表情地回道，似乎没有丝毫兴致。

李君城刚想吐槽他错过了一整片花园，就听见自己的手机响了，看着手机上的来电显示，疑惑地问着一旁冲完澡的男人：“你家小白给我打电话干啥？难道小朋友情窦初开爱上我了？！”

向堃把旁边擦汗的毛巾扔在李君城的头上，脸上却隐隐有了狡猾的笑意：“要是问我，就说我晚上有事儿，晚点回去。”

李君城没注意向堃的表情，接起电话时才一脸惊悚，对着他竖了大拇指，道：“小白啊，向堃今天赢了比赛，要出去庆祝，不能按时回去了。”

挂了电话，李君城才接着向堃刚刚的话题：“说实话，我一直觉得你是个奇葩。连关老大那个面瘫都谈恋爱了，你怎么就这么不近女色呢？”李君城凑近端详他好半天，却没瞧出个所以然来，摸着下巴分析了片刻，突然捂住胸口做防备状，“莫不是真如你们院里传的那样不喜欢女生？”

向堃睨了他一眼，从容地套上自己的休闲衬衫，遮盖了好身材，却又多了几分成熟和睿智的气质：“难道喜欢你吗？”

李君城瞬间弹开八丈远，喊道：“别！”

向堃扬唇，笑意魅惑：“那就给我滚远点！”

李君城被向堃的笑容吓到了，向堃一向是四人中最腹黑的，抬头眯眼之间就能算计得你翻不了身，现在这么诡异地笑着，他总觉得又有哪个倒霉蛋要掉坑里了。

“啊，对了，你刚才有好几次明明可以投篮得分，却把球传给了别人，最后被金融系的队员抢走了。要不是那几个球，就不用再打加时赛了啊，你为什么要故意放水？”

向堃面不改色道：“要给对方留点面子。”

“真是这个原因吗？”李君城不太相信。

“哦。”向堃这才慢悠悠地补上一句，“主要是，比分拉得太大没有快感。”

真阴险！

“左小白，校门口新开了一家冒菜店，据说特正宗，咱们待会儿去尝尝好不好？”前桌的禹晴一边收拾，一边转身问道。

“以后吧，我今天有事。”左珊瑚一边打喷嚏，一边摇头，胡乱地把书本往包里一塞，旋风一样冲出教室。

虽然行动已经于昨天和前天失败过两次，可左珊瑚觉得狼来了这个故事告诉她，老天爷不会让那孩子成功三次，同理，也不会让她失败三次的。

而且，她刚刚打电话跟李君城确认过，今天晚上向堃要晚归，可见今日胜利在望。

在门口，她就放轻了步子，开门的动作也十分轻缓，蹑手蹑脚地进了向堃的房间。即便没开灯，她也很快就轻车熟路地摸到了书桌边。想起昨天他放的那个抽屉，她拉开，一阵摸索，好像全是文件、纸张之类的东西；第二个抽屉，里面都是书本，也没有夹任何东西。

打开最后一个抽屉的时候，她的手就触到那质感特殊的信封了，她仿佛听到胜利的号角在耳边吹响。

左珊瑚高兴得几乎要跳起来时，头顶的灯却突然亮了，刺眼的光线毫无征兆地倾泻了下来。她下意识地抬起手臂遮光，转身就看见站在房门口的向堃。

“怎么？我房里有宝藏吗？”他倚在门口，姿态闲适，清淡却不友善的神情将他英俊的五官勾勒得淋漓尽致。

已经是第三次被抓包的左珊瑚早已十分淡定，更何况，这一次她已经成功得手，一想到没了把柄在他的手里，她的心里更是不再畏惧。她不着痕迹地用屁股关上身后的抽屉，说：“我就是想来向你请教千字检讨书怎么写，你知道的，我一向品学兼优，只是今天出了点意外，马失前蹄。”

“那你人生中的意外可真是多。”向堃扬唇戏谑道，那笑意又是另一种魅惑，“前天意外崴了脚来我房间找药膏，昨天意外进错了房门来我房间了，今天又意外地来我房里请教检讨书的写法……莫不是你心里其实是对我存着什么非分之想？”

左珊瑚心里呸了一声，语气里的谄媚意味却有增无减：“您是那高山之巅的雪莲，我不过是俗世红尘里的一粒尘埃，如何敢对如此高雅洁白的您生出非分之想？”

“哦，也是。”他徐徐走近，看了看她背在身后的手里拿着的浅紫色信封，故作恍然道，“作为一粒尘埃，你自然只敢对同校的尘土学长有非分之想了。”

左珊瑚的脸被气成了猪肝色，他竟然偷看她的隐私！算了，反正已经拿回来了，她觉得自己身为君子，没必要跟他这样的阴险小人计较“哼，这一次，我就原谅你偷窥我的私人信件，下一次，我决不轻饶！好了，我还有很多作业没写，我先回房了……”

说完，她就准备闪人。向堃挑眉，也不阻止，只是从第一个抽屉抽出夹在文件中间的信纸，慢吞吞地用饱含深情的声音念道：“致我最敬爱的学长……”

已经到门口的左珊瑚蓦地回头，道：“难道你已经变态到把我写的信都背下来了？！”

他摇摇头，扬了扬手里的东西，一脸鄙夷：“错字连篇，语法不通，全是硬伤，背下来挺难。念一念嘛，还是可以的……”

她这才注意到他修长的手指间夹着的信纸，心里咯噔一声，有了不好的预感，忙低头检查手里的信封，果然，夹在信封里的不过是一张白纸而已……

前天，她从最上面那个抽屉开始翻，结果翻到最下面一个时，他进来了，信被放在最下面一个抽屉；昨天她特地从最下面的抽屉开始找，他竟然将信放在最上面的抽屉了，而且正好在她翻到最上面的抽屉的时候进来了；今天，她好不容易得手了，他竟然把信封和信分开放了！

这个人简直是阴险到丧心病狂！

左珊瑚在心底把他凌迟了一百遍，仍不甘心，于是冲上去想把信抢过来，可惜死活够不着他手里的信。她眼珠子转了转，决定智取：“我们来谈判好不好？”

向堃挑了挑眉，道：“谈判是指双方或多方互换商品和服务，并试图对他们的交换比率达成协议的过程，就目前看来，我占有绝对的主导地位，你该用什么来交换呢？”

所以说，她只有偷过来才能解决根本问题啊！左珊瑚十分懊恼自己刚刚的失算：“那你要怎么样才肯把那封信还给我？”

他漫不经心地托着下巴，眯眼思索，半晌后，跃跃欲试道：“暑期要写一万字的实习报告，你也知道，我文采不佳，你说，如果我把这封声情并茂的情书复制上去，老师会不会法外开恩呢？”

左珊瑚一颗心提到嗓子眼了，忙摇头，道：“此事万万不可！”

他皱了皱眉，有些苦恼：“那该如何是好啊？”

左珊瑚这么多天一心只惦记着他手里的信，不假思索地拍着胸脯，道：“只要你把它还给我，实习报告我来替你搞定！”

“可是，要盖实习单位的公章，而实习单位不会随意给你盖公章的。”他用食指和中指夹着那封信，仍旧愁眉不展，“换而言之，必须真正实习了才行啊！”

左珊瑚思虑片刻，觉得此事重大，不能马虎，点头道：“实习就实习，反正我暑假没有安排！”

他这才打了个响指，慢腾腾地将那封信放进书包最里层：“对了，实习单位已经给你找好了，发到你的手机上了，你记得按时报到啊！表现优异，我不仅会把情书还给你，还会附赠一份大礼。当然，要是你敢敷衍我，到时候学校的论坛上惊现表白帖什么的，我就不敢保证了。”

话刚说完，人就已经消失在门外了。

左珊瑚琢磨他最后几句话，隐隐觉得哪里不对。

对了，重点是，她才十八岁！人家单位会招童工吗？！

等等，好像还有哪里不对……多大算是童工来着？

昨晚再次失败让左珊瑚一整天都无精打采。她心里已经把向堃列为头号宿敌，但凡是张欠揍的脸，看着都像他，比如，现在讲台上口若悬河的数学教授。

“不用我多说，大家也都知道了，又是收获的季节了。”班主任顿了顿，扫视了一眼下面无精打采的学生们，接着开口，“这学期也将结束了，我们也该验收你们的成果了。期末考试安排在下周一和周二两天，好好准备准备。”

话音刚落，教室里就是哀鸿遍野。

数学教授徐帆顺四十岁，脾气算好，心态也好，用手里的教科书拍了拍讲桌，示意大家安静下来：“还是那句老话，我希望你们拿出真实成绩来面对我，倒数第一不可怕，可怕的是倒数第一，还不敢承认，企图使用不光彩的手段，那还不如直接告诉我，我送你满分都行！”

教授说最后一句话时提高了音量，惊醒了后排心里腹诽的左珊瑚，她只听到最后一句话，心里一喜，迷迷糊糊地站起来，道：“老师，那我要满分！”

教室里顿时哄堂大笑，教授气得发抖，颤抖着手指着她：“你……简直朽木不可雕也……放学后来一趟办公室！”

霎时，全班同学的目光都转向她，眼里清一色是同情的光芒。要知道这位数学教授是出了名的话痨，跟你谈起心来能不眠不休地说上三天三夜。更重要的是，他还是个强力洒水喷壶，说三句话都能喷半升口水，直接导致第一排的同学每天都是以口水洗面……

如今左珊瑚被叫去办公室谈心，本着“海上生明月，天涯共此时”的革命友谊，同学们纷纷慷慨地将自己的雨伞送给了她。

足足两个小时的语重心长的讲话之后，教授自己的肚子也扛不住了，这才看了看墙上的挂钟，道：“今天我先说到这儿，回去写一份千字检讨书，内容要深刻，好好反省，提高自己的觉悟，周一交给我。”

左珊瑚点了点头，终于因为自己还算得上温顺的态度被放行了。

她一出办公室，就直奔洗手间，狠狠地搓了一遍脸，才终于松了口气。这教授哪是给她洗脑啊，这绝对是用唾沫星子给她洗脸啊……

手机上有四个未接来电，全是家里打来的，她看着已经黑下来的天空，估计柯姨在替她担心，于是回拨了过去。

电话响了两声就被接起，传来向堃略显不耐烦的声音：“怎么还没回家？！”

“下雨了，我没带伞……”她可怜兮兮地开口，企图博取同情不要挨骂。

向堃敲键盘的手一顿，看了眼窗外星空璀璨，然后平静地开口，“哦，回来的时候，坐车别坐到反方向的了。”

左珊瑚气得想摔手机，他这么冷漠，这么不友爱，以后还能不能一起愉快地玩耍了？！

“那丫头一向迷糊，现在这么晚了，前面那段巷子不安全，你既然不放心，就去接一下她。”柯姨心里有点担忧。

“谁不放心了？”向堃不悦，“况且，谁敢动她？就是动物园里跑出来的老虎、狮子，她都能徒手制服！”

“可你平时写论文都是在房里，今天却是守在电话旁，不是担心她，那是什么？”柯姨眼睛毒，一针见血道。

向堃放下笔记本，一边有些不耐烦地走去换鞋，一边为自己解释，“柯姨，你想多了，我只是因为房里的灯坏了！”

“左珊瑚？”随着这疑惑的男声，转角楼梯处闪现一个挺拔的身影，“怎么还没回家？”

那让她日思夜想、神魂颠倒的声音此刻忽地在耳边响起，她愣了几秒才反应过来，下意识地捋了捋头发，问：“学长怎么也还没回家？”

舒亶是大二的学长，学习好、长相好、性格好，在她看来，简直是三百六十度无死角的男神！

左珊瑚从大一开始就喜欢上他了，只是一直觉得他样样都优秀，而自己样样都差劲，所以，迟迟没敢行动。她攒了一年的勇气写了封情书，还在犹豫送不送的时候就被向堃那个浑蛋截和了，真是祸不单行。

“嗯，落下了点东西回来拿。”舒亶微笑着点了点头，迷得她又是一阵恍惚，“已经很晚了，你一个人回家不安全，我顺便送你回家吧。”

她心里乐开了花，咧开嘴准备使劲点头，又想着该矜持点，立马收了收嘴角，努力装出一副温柔如水的样子：“多谢学长了。”

左珊瑚最近看的口袋言情书里都有男主角温柔地载女主回家的情节，她此刻正在体会，夏天的风里带着栀子花的香甜，还夹杂着独属于他清新的气息，简直让人沉醉。

“前面有两个减速带，抱紧点。”舒亶温柔的声音打破这香甜的气氛。

左珊瑚简直求之不得，可嘴上还是很矜持地说：“嗯，那就……得罪了。”

舒亶低声笑了笑：“你可真有意思。”

她眨巴眨巴眼睛，虽然不知道这是夸还是贬，但听着还是很高兴。

“学长，听说你报名参加了这次全国书法大赛，是吗？”眼看着就快到家了，左珊瑚抓紧时间跟他交流交流。

舒亶点了点头，道：“嗯，在下个月，初赛就在咱们学校，到时候你可以过来看看。还有，别老是学长长、学长短的，叫我舒亶就行。”

左珊瑚刚要回答就隐隐听见旁边巷子里传来响动和女孩子微弱的呼救声，她耳朵向来灵敏，仔细辨认了一下就大概猜到巷子里发生了何事，忙松了手跳下车。

这一带是C市正要开发的地段，鱼龙混杂。前几天她跟向堃一块儿出来就遇上了几个小混混在欺负一个补课回家的女中学生。她跟向堃狠狠地教训了那些人，可如今看来，他们还是没长记性！

左珊瑚对这里的地形熟悉，一溜烟就钻进了巷子。

后座陡然一轻，舒亶转过头就只看到巷子转角处的背影了。他虽然不知道发生了什么事，可看着她匆忙的背影，觉得肯定事出有因，也就骑着车跟进去了。

循着越来越清晰的声音，舒亶骑着车转了三个弯就目睹了颠覆他十九年对女生所有认知的一幕。昏黄的巷子里，一个身材娇小的女孩，挥拳出腿之间便动作干净利落地放倒了三个大汉。整个过程中，左珊瑚就如同港片里的男主角一样，霸气得教人目眩神迷。

收拾完这些家伙，她提起脚就踩在三人之中那个老大的胸口，正准备狠狠地警告他们一顿时，看到巷子口还站着另一个身影，见他神色异样，她身子一僵，心里转过千万个念头。

天哪，自己的女汉子属性暴露了？那我之前千方百计建立的温柔如水的形象岂不是全部付诸东流了？！

果断地收起自己还踏在男人胸前的脚，她心里还抱着最后一丝侥幸，装模作样地为地上的人拍了拍身上的灰，语气极尽温柔："大哥，虽说窈窕淑女，君子好逑，但咱得光明正大地追求，是不是？我看大哥你长得也是一表人才，可人家到底年纪小，要不，您再等几年，等人家成年了，我帮您追到手？"

混混头一点，便宜没占到，还被一个女生弄得鼻青脸肿，此刻本来就后怕得紧，一听她这刻意装出来的温柔，身上就更是像被刀割了一样，真是温柔刀，刀刀致命："女王饶命，我再也不敢了！我再也不在这儿混了！”

左珊瑚一听他这话就不爽了，怎么听着她跟个女霸王似的，她明明是个萌妹子好吧？！想着心爱的人就在跟前，不能再发火了，她只能暗地里踢了踢，示意他们赶紧滚。

等人走了，她才挠了挠后脑勺，欲盖弥彰地笑道：“呵呵，也不知道为啥，现在的混混太不敬业了，个个手无缚鸡之力，我伸一下腿就把他们绊倒了，哈哈……”

舒亶头一回见到她这样打起架来比男孩子还厉害的女孩子，忍着笑地把她拉到路灯下查看有没有受伤，关切而责备地开口：“是啊，这三人你是能轻易制服，要是来十个八个，你还能单枪匹马地放倒他们吗？”

果然，脸颊处有瘀青和擦伤，他掏出书包里的手帕递过去让她擦擦。

左珊瑚脸上有点疼，心里却因为他的关切而十分高兴，正准备学言情女主角的样子接过来，再带回家洗干净，还手帕的时候又可以衍生一个名正言顺的接近他的机会。

忽地，她被一股力道拉开，差点撞进一个熟悉的怀抱。

“你爸妈走的时候，你是怎么保证的？！”向堃长得极高，逆着光，让人看不清他脸上的表情，气势却很足，沉沉的声调里带着微怒，“这才过了多久，又皮痒了！”

左珊瑚其实有点怕他这阴沉的语气，可一想到在学长面前，不能太没面子，也不能让学长误会，于是直起腰挣开他的手臂，声音甜美、字正腔圆地朝学长介绍：“舒亶，这是我哥，亲哥！”

迟钝如左珊瑚也感觉到向堃最近的心情不大好，天天晚上甩脸色给她看，桌上只要是她爱吃的菜，见她要下筷子，他就抢，抢到手了又不吃，还扔给一旁的大笨。大笨舔上一口就嫌弃地推开，好像瞧不上她的品位似的。对了，大笨是只挑食又坏脾气的狗。

搁平时，左珊瑚也不搭理他，可现在是非常时期，这周的生活费还没领到手呢！

“嘿嘿，又甜又冰的西瓜来喽！”她端着盘子溜进他的房间，却没看到人影。桌上的笔记本电脑是屏保状态，屏保的图片上是一个难看的小屁孩儿。说难看，是因为那小屁孩儿实在是太丑了，整张脸鼓成包子，眼睛小得就像是包子上粘着的两颗芝麻似的。

左珊瑚觉得选这丑照做屏保的向堃审美实在是太奇怪了！

浴室里有水声，他大概是在洗澡。左珊瑚觉得这真是个千载难逢的机会，忙放下手里的东西，打开他的书包翻情书。

最后，她没翻出自己写的那封情书，反而翻出一堆写给向堃的情书！

本着“三人行，必有我师”的学习心态，本着“君子报仇，此时不报，何时报？”的信念，左珊瑚毅然拆开了那几封情书。

向堃擦着头发出来就看到她盘着腿坐在他的床上看得津津有味，面前放着一堆各式各色的信封和信纸，还带着乱七八糟的香味儿。

“你在干什么？！”他沉声问，心里还堵着，看到她就来气。

左珊瑚在他跟前一向厚脸皮，此时沉醉于这些儿女情长的文字里竟还能腾出点脑子恶人先告状：“是你先偷看我的情书的，我不过是以牙还牙！”

想到自己是进来赔罪的，她又觉得这语气太不友好了，忙换了语气：“我的意思是，你的追随者个个文采斐然，这一封封情书看得我都醉了，你准备跟谁交往啊？这个文学院的林潇潇就不错，还有金融的卢静、艺术系的方悦然，啧啧，简直囊括C大所有院系！”

左珊瑚觉得十分惊奇，难道那些人真的是女大十八变，连审美观都变了吗？！向堃这样的冷感、禁欲系、阴晴不定的男人，怎么会有人看得上？！

向堃懒得搭腔，直接上前把人拎下来，准备往门外扔。

左珊瑚手疾眼快，忙跟考拉似的四肢并用，双臂牢牢地抱住他的脖子，一双腿锁住他的腰身，脑袋狠狠地蹭着他的脖子："子曰，有朋自远方来，不亦乐乎，我特地端着切好的西瓜来孝敬你，简直拿你当亲哥一样！你怎么能这么无情，这么冷血，这么残酷呢？！"

"哼，亲哥！"他的脸色又冷了三分，眉宇间却多了几分烦躁，本来夏季就穿得少，他身上只穿了件睡衣，被她蹭得更是浑身发热，已经隐隐感觉到某一处的异常。再这样下去，他就要控制不住了。他掰不开她的爪子，只能连人一起带进浴室，任由哗啦的冷水浇灭身心的火热了。

左珊瑚没料到他来这一招，被冰凉的水刺激得赶紧松了手，整个人跌坐在地上。

"哎哟，瞧我看见什么了？！"园子一见她就乐了，"跛着腿，歪着屁股，你这是在扮演铁拐李吗？！"

"我就是没了这条腿、这一半屁股，照样能把你揍成铁拐李，你信吗？！"左珊瑚昨天晚上受的气憋到现在，几乎成内伤，话里火药味十足。

"信，我怎么不信！"园子是见识过她的身手的，忙缩回脖子问，"谁惹你这么大火，他现在还活着吗？"

左珊瑚只能半边屁股坐在凳子上，愤愤地在稿纸上诅咒着罪魁祸首。她做梦都想把他撂倒，可是，两人当初是一块儿被向爷爷塞进跆拳道班的，她每年新年给自己定的目标就是撂倒他，但是年年惨败而归。到了现在，看到他，她都吓得忘了自己还会点拳脚功夫了。

园子见她心情不佳，企图聊八卦拯救："你听说了没，朱洁跟冯浩然在一起了，啧啧，听说他俩是青梅竹马，昨天数学课上，我就见他俩眉来眼去，放学的时候冯浩然还替她撑遮阳伞，真是羡煞旁人……"

左珊瑚已经哭了："同样是青梅竹马，人家的竹马是鞍前马后地宠着她，我的竹马不是摔我就是打我……"

"什么，你竟然也有竹马？！"园子低呼，"快给我看看长什么样，帅不帅？！"

左珊瑚掏出手机翻出照片递过去，咬牙切齿道："帅，简直帅到没朋友！"

园子仔细端详了照片里的那头猪一番，"你确定你是跟虐待狂一块儿长大的？"

"是的，我确定跟我一块长大的是个虐待狂！"

下课的时候，左珊瑚就瞧见舒亶往自己的方向走了过来。

左珊瑚脑子里飞快地闪过即将展开的对话模式——

"我刚见你进教室一瘸一拐的，是哪里受伤了吗？"

"屁股开花了……"

这样下去，他们以后还能愉快地交谈吗？

于是，她果断地转身，假装没看到他，飞速地逃离了教室。

舒亶手里还拿着要给她的暑假计划，还没来得及开口，就见她跟兔子一样跑了，只觉有些好笑："园子，我刚才看左珊瑚进教室的时候一瘸一拐的，是崴脚了吗？"

园子摆摆手："不是，好像是昨晚摔在地上屁股开花了。"

教室外的左珊瑚瞬间泪流满面，这真是猪一样的队友！

暑假第一天的时候，左珊瑚选了套自以为很成熟的裙子准备去实习公司报到，一码归一码，既然已经答应了替他实习来换回情书，她肯定不会赖账。

下楼的时候，她竟意外地发现向堃也在，自从摔屁股事件之后，两人的冷战直接升级，几乎是互不理睬的境地。

她直接忽视他的存在，径直走到桌边准备吃早餐。她还没坐下，桌上的三明治就被他装了起来，牛奶也收走了："要迟到了，车上吃。"

左珊瑚心里几乎在咆哮，你能有一点冷战的自觉吗？！我什么时候说要坐你的车了？！

但柯姨也在一旁催，她只得跟着他一块儿出门。

左珊瑚平时步子大，今日穿的是白领风的一步裙，迈不开步子，只能抱着包跑着才能跟上他的步子。

她还没到车跟前，冷不防他突然停下来转身，她没收住势头，猛地扎进他的怀里，撞得他都连退了好几步才堪堪稳住。

向堃看着她虽穿着成熟，身段也有了几分玲珑，可还跟小时候一样，像头蛮牛，又觉得自己这些日子不该跟她置气，"以后不许跟头牛一样横冲直撞的了！"

他竟然骂她是蛮牛！

"哼，好狗不挡道！"

左珊瑚属牛，向堃属狗，两人打小就喜欢拿对方的属相互相嘲讽斗嘴，这么多年都没歇过。如今向堃略带不安地看着她，想起前几天导师的话，心里一时五味杂陈。

因为心里还惦记着被摔了屁股的事在男神面前丢脸了，左珊瑚赌气地坐在后座，也不搭理他，低头跟园子在手机聊天软件上聊天。

"园子，暑假准备去哪儿啊？"

"你没收到消息吗？"园子直接一个电话打过来了。

"怎么？我错过了什么年度大戏了吗？！"左珊瑚好奇。

"没人通知你咱们班和大二的学长们暑期要一起去北戴河旅游吗？

我正在收拾行李呢，买的是今天下午的票，啊，舒学长说已经挨个打电话通知了，别告诉我你还没准备！”

左珊瑚毫不知情，愣了愣，直接挂了电话给舒亶拨了过去。

向堃将二人的对话尽数听进了耳朵，只淡淡地笑着。

舒亶接到电话倒是有点意外：“左珊瑚？你的……伤好点了吗？”

即使是在打电话，左珊瑚也觉得面上挂不住了：“没事儿了……对了，我是想问暑假北戴河之行这事，为什么没人通知我呢？”

“咦？我打电话给你的时候，你手机关机了，所以就打了你家的电话，是你哥哥接的啊！”舒亶也疑惑，“你哥说，你……有伤在身，不去了。”

左珊瑚刚想说我哪儿来的哥，却突然反应过来这是自己前些天随口撒的谎，有些气闷，真是搬起石头砸自己的脚。

“你为什么撒谎？！”左珊瑚冲着前面的向堃喊，结果因为自己在后座，吼得再大声也是对着他的后脑勺，气势就弱了大半。想了想，她又像以前一样准备直接爬到前座跟他吵，可是，她忘了她今天穿的是裙子，等她手忙脚乱地爬到副驾驶座时，整条裙子都卷上腰际了，里面的白色底裤早已经露了个光。

向堃一边开车，一边担心她伤着，一转头就看到这番景致，不由得扶额，伸手替她拉了拉裙子。

左珊瑚这才惊觉走光了，拍开他的手，又手忙脚乱地拉裙子：“你说，你为什么撒谎说我不能去北戴河？！我去玩玩再回来实习也赶得及的！”

他脸上半点愧疚之色也没有：“前天我问你屁股还疼不疼，是你自己说疼的。既然还疼着，我这个做哥哥的，肯定是要爱护妹妹的。而且，就刚才来看，你的屁股早好了，你说撒谎的是谁？”

第二章

喜欢你

“你刚刚说喜欢我，那你喜欢你们家向堃吗？”
左珊瑚看了向堃半晌，果断地摇头
“不喜欢！”

“向总最近新来的那个实习秘书，你看到了没？”午休时间，客服部的几个人在公司楼下咖啡厅里嚼舌根，“虽然穿着正装，可我看着就跟十七八岁似的，你看她那样子，啧啧，咱们向总是怎么看上眼的？”

“咱们向总是个风流公子，况且还只有二十岁，小年轻都喜欢轻熟女，哪可能看上这种没胸、没屁股的丫头片子？！”另一个女人嗤笑，“就你这样的，挤挤还能看。而我看那小丫头，简直一马平川，正反面一模一样。”

“我前天送文件进去的时候，正好看见左秘书凑在孔总的边上，那勾人的劲儿啊，我看着都恶心。”一个女人有些鄙视地开口，“而且，你们看她哪里有做什么事儿，不过是两位老板养的小蜜而已！”

“你可真毒舌！”几个人纷纷低笑，“不过，那左秘书可真彪悍，昨天不是电梯坏了吗？咱们办公室的饮用水正好喝完了，她竟然一个人扛着二十斤的水一口气爬上了七楼，要知道，咱们爬个四楼就喘得跟牛似的了！”

“据说她总是跟向总一块儿上下班，难道咱们向总是受虐属性？”

“怎么可能？！向总虽然年纪不大，可他那不怒自威的气势，简直吓死人。其实，我觉得孔总也不错，年纪大一点更稳重、更有安全感，关键是人温和，也不说重话。”

“可孔总没有向总帅啊！”最开始的那个女人总结陈词，“唉，对这个看脸的世界已经绝望了。”

“哎呀，各有各的好，好难抉择啊！”

“你要是有那小丫头的本事，你也可以去勾搭啊，都勾到手就得道成仙了！”

隔着一排富贵竹，另一头坐着一对男女，玩味地听着这几人对自己的评头论足。向堃心里隐有怒意，可看着对面浑不在意的人，也就听之任之了。

左珊瑚朝着对面的向堃吐舌头，幸灾乐祸："哈哈，你的人气不如孔总，她们终于认清了你的真面目！"

"她们对话的中心思想难道不是你太配不上我，而我不可能看得上你吗？"向堃往她胸前睨了一眼，似笑非笑，"你转过身来，我看看是不是正反面一样。"

左珊瑚气得咬牙切齿："我还在发育，发育，你知道吗？！等我到了她们那么大，就该是你配不上我了！"

他笑着，却明显不大相信："嗯，我很期待！"

左珊瑚进了公司，才知道这是向堃出资跟人合伙办的公司，而自己就是被忽悠进去做苦力的。不过，好在是有工资的，还能换回情书，她这才决定大人不记小人过，跟他握手言和了。

"想不想报仇？"向堃稍稍压低了声音，诱惑道。

有仇不报非君子！左珊瑚从小跟着他一块儿没少干那些顽皮事儿，那都是他出的主意，所以，只看他这眼神，她就知道他又有了好主意。

"几位美女中午好啊！"左珊瑚假装偶遇，言笑晏晏地跟三人打着招呼。

即便刚刚在背后议论她，可几人心里也明白，既然是向总亲自带进公司的，肯定是向总的耳目了，忙赔笑着招呼她进了三人的圈子。

"哎呀，我的手链断了。"左珊瑚忽地抚着手腕低呼，脸上有些紧张之色，"这串珍珠手链是向总亲自替我串的，我一直宝贝着，怎么突然断线了呢？"

一听这话就知道向总是真把这个小丫头放在心上了，几个人巴不得哄着她，忙起身蹲下帮她拾散落得到处都是的珠子。

等把珠子都拾完了，三人才各自落座，可刚坐下，就不约而同跟被针扎了一样弹跳而起。看着座位上那一摊咖啡渍，看着对方裙子上的污渍就能想象到自己的状况，三人气得脸色通红，可看着一旁得意扬扬的罪魁祸首，又不敢发火，只得打落牙齿和血吞。

“你怎么在这儿？”向堃掐好了点登场，亲昵地问着左珊瑚，漫不经心地看向那三人，皱眉，“员工守则里有规定，要时刻保持仪容、仪表整洁，你们这不是给自己丢脸，是给我们公司丢脸了！”

“向总……”其中一个人急了，准备装可怜解释。

“不用多说了。”向堃看了看手表，随即指着身后的东西，“还有十分钟就到上班时间了，我刚买了几箱打印纸，你们三个替我送上去吧，电梯还在修理当中，就走楼梯吧。”

左珊瑚看着那一人高的箱子，为她们默哀。

到上楼的时候，五个人一起。

三个柔弱的女孩子一人抱着一箱打印纸，而向堃跟左珊瑚二人两手空空、愉快地聊着天。本来左珊瑚上楼的速度很快，动作灵巧，几步就上了一层楼，向堃却硬是拉着她慢悠悠地与几个“苦力”并行。

向堃笑道：“我出道数学题考考你们几个吧，谁先算出答案，就不必搬了。”

左珊瑚一脸警觉：“超过三位数的乘除法的题目不许出！”

他摇摇头：“这是一个相遇问题，已知左珊瑚的爬楼速度是十秒钟一层楼，下楼速度是八秒钟一层楼，你们三人上楼的速度为两分钟一层楼，左珊瑚爬到七楼又迅速转身下楼，与你们相遇之后转身上楼，请问，当你们四人到达七楼时，与左珊瑚相遇了几次？”

四人皆默默地低头爬楼梯。

“既然没有多高的智商，就别让自己的情商也往下滑了。”他淡淡地开口，牵着左珊瑚走在前面，“她怎么样，还轮不到你们来评论，俗话说，祸从口出，这不是没道理的。”

因为这件事，整个客服部的人都夹起了尾巴，见了左珊瑚，如同见了向总一样毕恭毕敬，再也不敢指使她干活儿了。

可左珊瑚并没有多轻松，她开始以为来实习就打打杂，可来了之后，发现向堃真是个资本家，竟然什么事儿都吩咐她做。

“马上开会了，你来做会议记录。”

“新出了一款游戏正在试运行，你去测试部协助工作。”

“等会儿有新人面试，你跟着人事部过去看看。”

……

总结起来，左珊瑚觉得自己像一瓶万能油。

而班级群里不断地有人发着北戴河、承德的风景美照，对比着她在这儿苦兮兮的日子，她不由得再一次悲从中来。

“我看着你那小青梅无精打采的，你是不是让人家累着了？”孔卓晨望着门外的女孩子，笑着打趣，“真是难得，正是贪玩的年纪，竟然愿意来体验生活。”

向堃瞟了左珊瑚一眼，漫不经心地道：“难不难得都不关你的事，少乱打主意。你再长几岁，都够做她的爹了。”

“年龄不是问题。”孔卓晨虽与向堃相差很多岁，可相交甚深，平日说话也是直来直往，无所顾忌，“更何况，我就喜欢培养人，将一个人从青涩培养到成熟，这过程该是多美妙。我看小左性子豪爽、不矫情，真的是璞玉浑金。”

向堃斜睨了他一眼，脸色终是变了，随手将手上的签字笔朝他扔了过去：“滚！”

“啧啧。”孔卓晨见他终于展露出心思，也大笑了起来，“我像你这么大的时候，女朋友都交了好几个了，可看着你，总是在装成熟、装沉稳，真替你累得慌。既然喜欢那丫头，还藏着掖着干什么，我看她神经粗得很，你不开口，她怕是一辈子都领悟不到你的心意的。”

向堃微微放松了些自己的身体，整个往后靠去：“她本来就不聪明，悟性也不高，还是个孩子。”

“前些天导师说有个交换生的名额给我，让我考虑考虑。”他脸上难得地闪过一丝迷惘，看着外面那个撑着下巴、无精打采的丫头，“的确是个不错的机会，只是，一去就是六年，我哪里放得下？”

“是啊，六年之后她就二十四岁了，再笨也该情窦初开了。”孔卓晨甚为惋惜，“都说女大十八变，也不知道如今就这么娇俏的小左，二十岁之后该有多迷人。”

“哪里迷人了？”向堃心里烦躁，一脚把他的椅子踢出老远，“她每天早上鸡窝头、糊满了眼屎的样子这么多年就没变过！”

孔卓晨挤眉弄眼：“珊瑚我所欲也，出国亦是我所欲也，二者不可兼得……”

刚刚还在烦躁的向堃此刻却忽然醍醐灌顶一般，微不可闻地笑了，心里亦是打定了主意。

珊瑚和出国，从来就不是鱼和熊掌那样不可兼得的对立面。

下班的时候，外头太阳还很烈，写字楼里一拨拨的人涌了出来，左珊瑚看着头疼，想蹭某人的车一块儿回去，就鬼鬼祟祟地往办公室里乱瞄。

向堃觉得好笑：“进来吧，跟做贼似的。”

左珊瑚这才嘿嘿地笑："你要加班啊，那我等你吧，老板不下班，我这员工怎么好意思先走呢，你说是吧？"

"嗯，你说得有道理。"他点点头，"可是，做老板的哪能苛待员工、强迫员工加班呢？走吧，为了不累着你，咱们下班。"

怎么听着是她的错了呢？

向堃带着她挑了一条人不多的路，可那不是回家的方向。

左珊瑚以为向堃心情好，要带她去大吃一顿，顿时心情也雀跃了起来，趴在车窗上往外瞄："前面有家湘菜馆子的菜做得不错，咱们去那儿……你开过头了……甜品店也过了……"

向堃揪了揪她的马尾，把人拉回来，"别想多了，去C大食堂吃，吃完跟我去打场球赛。"

"让我干体力活儿还不喂饱我，我待会儿把球全传给对方，气死你！"左珊瑚嘟着嘴哼了一声。

"那正好。"向堃笑，"我也不想要你这个猪队友。"

左珊瑚打篮球的技术是跟着向堃学的。念初中的时候，每逢放假，她都跟他那些哥们混在一块儿，一来二去就学了些本事，甚至不比一些男生差。

只是，向堃总嫌弃她，因为她投球十个有八个是投到自家篮筐里的乌龙球。

现在已经放暑假了，C大校园里很冷清，学校食堂也只有教职工食堂是开放的。两人随意吃了点就去了篮球场。

已经有八个人到了，看着都有一米七八的个头，他们见向堃领着个还不到他们肩膀高的小丫头片子来了，个个嗤之以鼻："向帅，你也太敷衍咱们了，这次对决关系我们哥几个的终身幸福，你这不是存心给我们添堵吗？"

向堃摆摆手，领着左珊瑚去换了球衣。

左珊瑚个头小，最小号的球衣穿在身上都露出半边肩膀，裤子更是紧了好几道才穿上，跟着他出来时，那样子都让大家笑趴了。

向堃也不说话，直接扔了个球给她，扬扬下巴，示意她先热热身。

左珊瑚压根就没意识到自己被嘲笑，接了篮球就利落地带球、运球、跨步、上篮，两分到手，整个动作灵活流畅，行云流水，一气呵成，俨然是个高手。

刚刚还藐视她的人瞬间眼睛就亮了，刮目相看。对方的阵营里有些不满："这不公平，两个实力选手都到你们队里了，不行，咱们资源重新分配。"

向堃也不恼，点了点头，拉着左珊瑚过来："这是我带的入室弟子，深得我的真传，如果全部放在我们队里，这场赛就没法打了。"

"那这样吧，为了公平起见，用你们队最弱的队友跟我交换她。"向堃笑了笑，"如果你们怕有诈，那就你们六个对我们四个，如何？"

对方队长有些踟蹰，打了这么多年篮球，自然能辨认得出她那些不是诓人的假把式，可是又防着对方使诈，一时难以抉择了。

他们在这儿迟疑着，左珊瑚懒得掺和，一个人抱着篮球到一边玩儿去了。

刚刚还有些迟疑的队长，眼珠一直跟着篮球场上的左珊瑚转悠，终于点头同意："我跟你们换一个队友。"

向堃这边的队友也暗地里埋怨他："你也别太自满了，我看你徒弟球技不错，为什么非得让给对方？"

对方的队伍是C大化工系的，与计算机系竞争激烈，是以，底下的学生也下意识地互相较量，从考研率到篮球，样样都不愿意输给对方。而这一回的校际篮球赛，化工系由于一些原因并未上场，所以，对夺得冠军的计算机系篮球队十分不服气，下了战帖，准备今天一决高下。

哪知道临时有队友因事缺席，在学校的人不多，一时只能随便找个在校的来充数。

本来谁都不待见那个个头还不足一米七的女孩儿，现在看着她一个人玩球姿势老练、娴熟，两边又都抢着要，最后没办法，向堃决定让她自己站队。

八个人都眼巴巴地望着她，希望她来自己队里，只有向堃淡定得很，仿佛早已胸有成竹。她从学会打篮球开始就爱挑战他，屡战屡败的结果丝毫不损她挑战他的雄心。

果然，几乎不用思考，左珊瑚果断选了化工队。

一时，场上有人欢喜，有人愁。

“别耽误时间了，来吧。”向堃开口，拍了拍左珊瑚的肩膀鼓励道，“好好打，别给为师丢脸。”

左珊瑚永远是豪情万丈的：“且看我今天怎么把你打得落花流水吧！”

两队各自商量对策时，计算机系的几个人在分配着如何进攻与防守，都商量着，既然对方八号球员是向堃的徒弟，对她的防守与突破就交由他来。

向堃却笑着摇摇头：“防守其余四人，不用防她。”

“为什么？”计算机系其余四人皆是一头雾水，“难道她刚刚要出来的都是花拳绣腿的假功夫？”

向堃摇摇头：“篮球到她手里的时候引导着她往他们自己的篮筐投就行。”

众人都是一头雾水，这是什么走向？

大概因为左珊瑚个头小，细胳膊、细腿的，长得又秀气，像个孩子，男生们总有种一碰她就会碎的错觉，也不敢跟她拼命，都有点让着她的意思。

左珊瑚因为身姿轻盈灵巧，有着得天独厚的优势，跟小旋风艾弗森一样，运球如风。

左珊瑚带着球跑着，眼看着篮筐已经慢慢地进入视线，她心里一阵激动，准备要帅来个三步上篮。

“八号！八号！这里！”似乎有人在身后喊着，可左珊瑚一上了球场，哪里还记得自己是几号，以为是对方喊人前来防守，往前的速度就更快了。

而向堃此刻正穷追不舍，到篮板底下时更是千方百计地想拦下她手里的球。她心里更是急了，直接绕过近身防守的向堃，抱球腾空一跃，用尽全力掷了出去……

“进了！Yes！”左珊瑚心里涌起一阵狂喜，准备转身跟队友们来一个胜利的拥抱，结果，一转身就看到自己的队友一个个脸都绿了。

反而是敌方的队友鼓励一般地拍拍她的肩膀，为她竖起大拇指：“干得漂亮！”

因为自己导致己方失利，左珊瑚心里有点内疚，就更拼命地抢球，想将功补过。只是，她心里越急，就越容易出错，好不容易抢到了球，结果被对方球员误导，竟然将球传给了敌方！

如此这般之后，化工队简直视她为公害，谁都不传球给她。

左珊瑚跟他们示意了好几次，没人反应之后，她又以为自己认错队友了，拍拍胸口说着“好险”之后，成功地给自己的化工队队友来了一次盖帽……

裁判是个体育老师，已经在场外笑得直接趴下了。他教了这么多年的篮球，真是头一回见到这样奇葩的队友。

终于，上半场快要结束的时候，由于左珊瑚的“运筹帷幄”，计算机系与化工系的比分已经拉到二十分开外了。

化工队更是人人避她如蛇蝎，她浑然不觉，还打得不亦乐乎，拿到球之后终于找准了对方的篮板，准备退后几步投个三分球。

化工系的人见她又准备大显身手，而且瞧着那方向又是往自己的阵营去，准备上前去截球，别让她又错失良机。

于是，这场比赛成功地成了C大史上最诡异的一场球赛，因为赛事里多了一位亦正亦邪的队员，无论是谁，都看不出这神秘的队员究竟是属于哪一个阵营。

当然，即便下半场化工队跪求她别再上场，这场球赛，他们还是以惨败告终。

“你们使诈，上哪儿找了这么一个傻丫头，简直拉低了我们一整个队的战斗力！”化工队队长不服。

向堃四两拨千斤：“这是你自己选的。”

左珊瑚也不乐意了，点头附和：“是你们自己选的！”

说完，她也意会到化工队队长这话里的猪队友、搅屎棍说的是自己，更不乐意了，戳着他的胸口，咄咄逼人道：“你们才是战斗力负五渣，你们输了，应该反省自己，整场球赛你们投了几个，进了几个，全是我投进去的！”

化工队队长不仅打球输了，比谁的脸皮厚更是输得一败涂地，最终只能带着队员们落荒而逃。

因为左珊瑚在赛场上为己方屡立奇功，战功彪炳，又在口水战中完败敌军，现在在计算机系的几个人眼里，她就是霸气的女汉子。最后的结果是，他们一块儿称兄道弟地吃夜宵去了。

向堃见她白天无精打采了一整天，好不容易活过来了，也就随她闹腾了。出去打电话之前，他嘱咐了一声“别灌她喝酒”，回来的时候就见她眼睛都直了。

“快来，快来，小左可好玩了，才喝了一杯啤酒就歇菜了，正陪我们玩真心话大冒险呢，问啥答啥，可乖了！”队伍里的小丁朝向堃招手，又转头调戏她，“你刚刚说喜欢我，那你喜欢你们家向堃吗？”

左珊瑚看了向堃半晌，果断地摇头：“不喜欢！”

“为什么呢？”小丁诱导着她，“我们你都说喜欢，为什么偏偏不喜欢他呢？”

即使知道这只是游戏，知道她醉了之后总是满口胡话，向堃仍旧不自觉地挺直了脊背，也想知道为什么她喜欢所有人，却不喜欢他。

左珊瑚跌跌撞撞地走过去，倒进他的怀里，揪着他的耳朵，一脸嫌弃：“他有什么值得喜欢的，长得不帅，性格变态，不懂温柔，还抢我的菜！”

向堃背着左珊瑚回家的时候已经是深夜了，他刚刚也喝了些酒，就没有开车，背着她慢慢往回走。

月色朦胧如纱，夏天的热气都变得轻浅了。左珊瑚歪着脑袋靠在他的肩上，呼出的热气喷在他的耳边，他忽地有些想念了，仿佛就算她在跟前，也无法遏制这想念的蔓延。

“左珊瑚……”他轻轻地唤着。

“嗯……”左珊瑚慢慢地应着，嘴唇无意识地擦过他的耳垂，引得他脊背一僵，她却浑然不觉。

他低叹，声音在夜色里有些迷离而温柔：“我走了，你会不会想我？”

她仿佛觉得嘴边的耳垂好玩，伸出小舌头舔了舔，迷迷糊糊地点头：

“会啊，我会很想你的。”

他心里一阵喜悦，诱导着她：“为什么？”

“因为你走了就没人供我出气了，大笨！”她有些舍不得一般紧紧地箍着他的脖子，“你走了，向堃那个浑蛋欺负我，我就没地方撒气了，你留下，向堃走！”

第二天吃饭的时候，向堃一反常态，不仅没跟她抢她喜欢的菜，更诡异的是，还亲自替她夹菜。

左珊瑚吓得连筷子都握不住了：“我……我昨天不是没有得罪你吗？你……你是要怎样……”

向堃本就没什么耐心，见她这样，又被磨掉了几分耐心，勉强把停在那儿一筷子菜放进她的碗里：“我今天心情好，吃吧。”

左珊瑚抖了抖，弯腰把大笨招到脚边，把他夹给她的菜先扔给大笨尝点，还压低了声音，“大笨，你先替我尝尝，看有没有毒。”

向堃额上青筋跳起，真是不能对她太好！他直接拎起她往外走：“不用吃了！”

“是吧，是吧，我就知道你没安好心！”左珊瑚觉得自己看穿了他的诡计，十分高兴，“我早就把你看穿了，你从骨子里透出一股子黑心肝的气质，用漂白水都无法漂白！”

他被气得不轻，直接把人扔进车里：“今天晚上不加班到十点钟，不许回家！”

她抗议：“不行！明天是周末，我要去看书法大赛，我今晚要早睡！”

“你说不行就不行吗？你是老板，还是我是老板？”罔顾她的抗议，向堃开口，“你是选择加班呢，还是选择明天你们学校的论坛上出现一篇错字连篇的情书？”

“加班吧……”左珊瑚欲哭无泪。

他这才和颜悦色起来，抚平她翘起的头发：“你今天好好表现，明天我就送你去看书法大赛，好不好？”

左珊瑚终于破涕为笑：“你真好！”

至此，向堃终于得出一个结论，单纯给她一颗甜枣，她是感觉不到甜味儿的，得打她一巴掌，再给颗甜枣，她就能悟出你的好了。

“走了，去吃午餐。”向堃敲了敲她的桌子，难得见她这么拼命。

左珊瑚摇摇头：“我不吃了，我把这些文件早点整理出来，晚上就可以少加会儿班，早点回家了。”

向堃严肃地开口：“我这人很善良，看秘书饿着肚子，心情就不好，心情不好，下午的效率就会不高，恶性循环，大概晚上十点钟都难以下班了……”

“那咱们去吃你最喜欢的自助餐好不好？”左珊瑚迅速收拾桌子，脸上极尽谄媚。每回柯姨家里有事的时候，向堃总是带她去吃自助餐，他应该是喜欢吃自助餐的吧？

他这才点了点头：“走吧。”

这家自助餐素来以价格高昂闻名，但菜品众多，自然也吸引了不少人前来，比如，向堃的痴情追随者林潇潇。

“学长，好巧。”林潇潇笑着打招呼。

向堃只是点了点头，态度不冷不热，隐隐透着疏离。

林潇潇似乎丝毫没有被打击到，看到他身边的左珊瑚，友好地打招呼：“你是向学长的妹妹吗？长得真可爱，你好！”

“你……你好。”左珊瑚看过她给向堃写的情书，早已被她的文采折服，现在见到真人漂亮又礼貌，更是崇拜了。

向堃却一把扯过左珊瑚，对着林潇潇：“不是妹妹，别瞎认。”

林潇潇俏皮地吐了吐舌头，朝左珊瑚道歉。

左珊瑚哪里会介意，忙摆了摆手，示意不要紧。不过，转过头，她就看见向堃的脸色不大好了，心里一惊，要是他心情不好，岂不是又得加班到很晚了？

“学长，吃点胡萝卜吧，对眼睛好。”林潇潇体贴地为他夹了些胡萝卜。

左珊瑚见他脸色似乎有所好转，赶紧也跟着献殷勤，夹了些猪肝到他的盘中：“吃点猪肝吧，猪肝对眼睛也好。”

向堃看着左珊瑚挑眉：“既然胡萝卜对眼睛好，猪肝也对眼睛好，那我吃一样就行了。”

“不一样。”左珊瑚急中生智，脱口说道，“吃胡萝卜对左眼好，吃猪肝对右眼好，怎么会一样呢？！”

不光是向堃和林潇潇，就是一旁别的客人都对她的逻辑有些无语。

林潇潇性格也活泼，不知道是喜欢左珊瑚的性格，还是别的原因，不过一顿饭的工夫，她就跟左珊瑚混熟了，迅速跟左珊瑚进入闺密的模式，缠着左珊瑚打听向堃的事。

左珊瑚一直踟蹰着，想劝她回头是岸，可碍于向堃在旁，不好当面说他的坏话，只得支支吾吾的，语焉不详。

最后，见向堃离开，左珊瑚终于逮着机会，压低了声音劝林潇潇：“学姐，一定要擦亮你的眼睛，这世间的好男儿遍地都是，早点放弃这个男人吧。”

哪知林潇潇性格十分倔强，屡教不听：“你不要黑我的男神！”

左珊瑚实在不忍心看这么活泼可爱的美女掉进火坑，还在试图做最后的挽救：“其实，你别看他人前这么光鲜，他在家里邋遢极了，一脱了鞋子，连家里养的大笨狗都被熏晕过去了，睡觉还爱打呼噜、流口水，那呼噜声把两条街之外的猪都吵醒了。对了，最让人受不了的是，他爱躲在洗手间里剔牙齿，我已经撞见好多次了！”

林潇潇早已经被左珊瑚倒胃口的描述刺激得一句话都说不出来了，脸色灰败，只是眼睛发直地看着她，目光却半点也没聚焦。

左珊瑚以为林潇潇终于将自己用心良苦的规劝听进去了，自觉十分欣慰，连胃口都好了很多，端起盘子准备继续扫荡。

只是转身的一刹那，她突然手滑了，瓷盘落地之声十分清脆，却依然没法压过她心底的咯噔之声。

向堃站在不远处，脸上带着笑意，只是那笑看起来让人后怕：“左秘书，吃饱了吗？我突然想起还有一份策划书没写，恐怕今天晚上要加班了。”

不知道是不是这里的空调温度调得太低的缘故，她只觉得一阵阵发冷。

“我不是故意要黑你的……”左珊瑚抱着他的手臂做着垂死挣扎。

向堃也不甩开她：“原来只是不经意地在用生命黑我啊！”

“不是，不是。”她忙为自己辩解，想着明天的书法大赛，决定把节操都豁出去了，“我是觉得她配不上你，所以，让她知难而退。”

“嗯。”他平静地点点头，“那你觉得什么样的才配得上我？”

“至少应该是个倾国倾城的大美人，我看她姿色只是中等，实在难入你的眼。她也不端庄大方，也没眼力见，真是哪哪儿都跟你不匹配啊！”左珊瑚说着违心的话，企图安抚他被黑后的愤怒，其实，心里却勾勒出一个真正跟他“臭味相投”的女人——首先那女人肯定得傻乎乎的、厚脸皮，不然早就被他的毒舌伤得体无完肤了；其次性格霸道，武力值爆表，才能以暴制暴；最后，绝对得是个眼神不太好的女人，才能看上他。只是，分析完了，她忽然隐隐觉得这形象有点熟悉……

向堃冷哼一声，斜睨了她一眼："倾国倾城、端庄大方，我就不指望了，别是个小傻瓜就行。"

"怎么会呢？"左珊瑚一边打哈哈，一边在心里吐槽，定位还挺准确。

公司最近有个游戏项目，确实很忙，尤其是下午，测试部突然发现了一个大漏洞，向堃跟整个技术部都在加班加点地修补。

左珊瑚第三次送咖啡进去之后，回来就趴在桌上睡着了。

向堃出来重新泡咖啡时，就看她口水都流到文件上了，想起吃饭的时候她跟别人说的话，忽地就笑了。那段话主语换成她，才真的很贴切。

他又折回会议室："今天也晚了，大家回去洗个澡好好休息，明天下午再来吧。"

"下午？"有人怀疑听错了，"这个漏洞事关重大，不尽快修补，会影响后天的公测的。那一天还有款竞争游戏也公测，我怕……"

"再事关重大，能比终身大事重要吗？"他淡淡地开口，看了眼外面睡得不甚安稳的人，"丢了公测，还有的是机会扳回，可丢了媳妇儿，就找不回来了。"

第三章

初吻的对象

他对着她红润的唇狠狠地吻了下去，丝毫没有犹疑和退缩，满满的都是长驱直入的进攻和不容拒绝的霸道。

左珊瑚半夜口渴起床喝水时，见书房的灯是开着的，以为是向伯伯回来了，准备去打声招呼时，却发现里面的人是向堃。

电脑幽幽的光线照在他的脸上，让紧锁眉头的人看起来更像是幽冥地狱里出来的人，有种阴沉、肃杀的气息。

奇怪的是，看着这样的他，左珊瑚心里却没有半点畏惧，反而觉得心里有一丝丝酸楚。

向伯伯、向阿姨比她的爸妈更忙，甚至一年到头都回不了几次家，只有柯姨照顾着他。可是他从没皱眉抱怨，只是在默默地努力，比同龄人都要成熟、优秀。她记得刚上初中的时候，她爸妈要出去进行为期一个月的考察，她哭得声嘶力竭，拽着他们的裤管，不让他们离开。最后还是他抱过自己，不胜温柔地安抚着，自己才终于接受。

后来，她才明白，这样的成长，原来他早已经历过。只是，相比起来，他比她要努力百倍。她忽然想开口问问，他为什么要这样努力。

觉察到门口的动静，他眼风扫了过去，却没有说话。

左珊瑚讷讷地走了进去，电脑屏幕上密密麻麻全是她看不懂的代码，估计是今天没有调试完的程序。她鬼使神差地将本来是倒给自己的牛奶递了过去："你怎么还在加班？我怕你太辛苦，明天没法送我去赛场。"

"这本来是可以留到明天上午的事，托你的福，必须熬夜做完。"向堃接过牛奶一饮而尽，将空杯子递给她，"脖子酸疼，替我揉揉。"

左珊瑚这么一想，还真有点愧疚，就为他揉了起来。

其实，她以前没少伺候过他，因为她总是不会写作业，可是晚上她妈妈总要检查，她没写完就会被教训一顿，所以，她就天天缠着他教她写作业。

他被缠得没法子了，决定跟她进行等价交换。他教一道题，她为他捶腿、揉背十五分钟。那时候年纪小，她怕自己吃亏，还特地做了张表格，一笔笔地记录下来，怕他占了便宜。

向堃此刻忽然想起了这个，弯腰打开一个抽屉，拿出当年还按了手印的文件："嗯，翻翻旧账，发现咱们还没算清呢。我看看啊，你还得伺候我好几十个小时呢，折合起来是三天三夜……"

他笑着看向她。

中二时期做的事简直让她觉得不忍直视，她伸手就想抢过来。

向堃哪能这么轻易让她得逞，换了只手，她就够不着了。

左珊瑚也不是轻言放弃的人，攀着他就想往上爬，把他整个人都困在书桌边上了。

哪知这样一动就把空牛奶杯摔碎了，左珊瑚扭头去看的时候，连带着他也一个重心不稳，双双往地上倒去。

向堃想起地上还有玻璃碎片，忙用一只手将她护在胸前，只是，他仍旧低估了她的体重，她在倒过来的一瞬间，就把他砸到地上了。

左珊瑚也想到了地上有玻璃碎片，所以最后手掌在地上撑了一把，想减缓他落地的冲力。他被碎玻璃片扎得直吸气，她急急忙忙把他扶起身，往他的后背看，碎玻璃扎进了他的肉里面，伤口周围的衣服也渐渐被血洇湿，形成大片大片的血迹。

左珊瑚看着就有种感同身受的痛意，刚要哭出来时，却被他吼了："真是个笨蛋！"

她泪眼迷蒙地看着他，以为他是骂自己连累他受伤，刚要道歉，就被他凶狠地抓起手："谁让你最后逞能地撑一把？！撑就撑吧，还专门挑在玻璃碎片上撑，真是被你蠢哭了！"

她顺着他的目光看向自己的手，才发现自己也受了伤，不禁愣了愣："难怪我也觉得疼。"

最终两人是在医院过的夜，折腾了大半夜，凌晨时分她早已累得睡了过去，床头的手机却在嗡嗡作响着。

向堃拿起来一看，是她暗恋对象的。他想了想，还是接通了。

“左珊瑚？”那边试探着开口，“今天的书法比赛，你会过来给我加油吗？说实话，我心里有点紧张，但只要看到你，我就有信心了。”

向堃只觉得后背又疼了。

“还有，我去北戴河的时候给你带了份礼物，你今天过来的话，我正好可以给你。”舒亶的声音里有一丝紧张和期待，向堃怎么会听不出来这份紧张和期待是因为什么。

“你是我们家小左的学长吧？”向堃终于沉不住气了。

舒亶没料到不是左珊瑚接的电话，迟疑了一下才开口：“我是舒亶，请问您是左珊瑚的哥哥吗？”因为之前打过电话，也见过面，舒亶对这个声音有点印象，所以，很有礼貌地问道。

向堃的声音懒洋洋的，却十分严肃：“我们家小左比较任性，前段时间为了隔壁班的一个叫陈生的臭小子闹翻了天，学业也没啥长进，听说你是我们家小左比较熟的学长，她在学校肯定也没少麻烦你，真是不好意思。”

原来左珊瑚早已心有所属，舒亶一时心里五味杂陈，随口应了两声便匆匆挂了电话。

挂了电话，向堃心情极好，刚才背上的疼现在像是一下子消散了，半点不剩。

左珊瑚醒来的时候，看着窗外大亮的天光，惊得一个激灵坐起身，顾不得手上的疼痛，翻出手机一看，竟然已经上午九点多了！

“我不是定了七点钟的闹钟吗，怎么没响呢？！”她急得直挠头。

向堃趴在床上看电脑：“响了，但我看你一直都没醒，就替你关掉了。”

“可我今天要去为学长加油啊！”她跳下床，急匆匆地往浴室去，“十分钟洗漱换衣服，半小时到赛场，哎呀，肯定迟到了！”

向堃慢条斯理地劝她：“别着急，你有的是时间，慢慢来。”

她狐疑地回头：“难道赛事推迟到下午了？”

他摇摇头：“因为柯姨还没把换洗衣物送来，除非你准备穿病号服或者满是血的睡衣过去。还有，八点钟的时候，你的学长打了电话过来，说他已经进赛场了，九点钟正式开始，十点半就能结束。”

左珊瑚失落地坐在床沿，她怨他没有喊自己，又想着昨天他是被自己连累，如果再跟他置气，未免太过狼心狗肺。纠结半天，她发现只能自责了。

“咦？”他疑惑了一下，转头向她招手，“别说我不厚道，看，我都替你找到现场直播了。就算隔着屏幕，你替他加油，他肯定也能感受到的。”

左珊瑚这才有了点精神，凑到他的床边跟他一块儿看直播。

书法大赛的主办方是国家文化部和书法协会，场面不小，评审团更是请了当代有名的书法大师和C大资深的教授。

虽然隔着屏幕，左珊瑚仍能感受到现场气氛的热烈。

而已经在临摹作品的舒亶脸上神情算不上好，似乎隐隐有些心浮气躁，这是书法的大忌。左珊瑚有点担忧：“他平时心态都很好的，就算是期末考试，都没见他有过这种状态，怎么会这样呢？”

“我终于找到你期末考试成绩总是排在倒数的原因了。”向堃不冷不热地讽刺，“你总说自己喜欢这个学长，你到底知道什么叫喜欢吗？”

左珊瑚脸涨得通红，她不介意自己的智商被他鄙视，却不愿意自己的感情观被鄙视：“我怎么不明白？！喜欢一个人就是因为他高兴而高兴，因为他的失落而难过。”

他目光沉沉地望着她，轻轻摇头："那也仅仅只是喜欢而已，真正爱一个人，会因为他而努力变得优秀，变成一个匹配得上他、最后超越他并能保护他的人，因为这份信念，你会有源源不断的动力，督促着你成长、前进。"

左珊瑚与他隔得极近，几乎是呼吸相闻，对上他的眼神时，仿佛觉得那是一道旋涡，很轻易就将自己吸了进去。

左珊瑚似懂非懂，心底却隐隐生出一股莫名其妙的嫉妒来，嫉妒那个能让他心甘情愿为她前进的人。

最终舒亘在比赛中失利了，并未进入决赛。镜头转向他的时候，左珊瑚能看到他脸上显而易见的落寞。

左珊瑚握了握拳，准备起身出去。

向堃一把拉住她："你去哪儿？"

她脸上满是坚毅："你刚刚说得对，我要去告诉他，他很优秀，我以后也会努力变得跟他一样优秀！"

向堃气闷得有些内伤了，搞了半天，他这是为别人作嫁衣了？！

"我刚刚说的，你听懂了吗？！"

他这才发现他能把自己的日子过得井井有条，却永远无法预知左珊瑚的突发奇招，她像是一个光怪陆离的存在，总能让他的生活波澜起伏，根本无法控制。

左珊瑚急着摆脱他，却忽地被他一把拽进了怀里。

厚重的撞击声伴随着闷哼声响起，他不顾自己后背伤口裂开的疼痛，抑或是这股疼痛被心底的暗火掩盖，只用一只手紧紧地拉着她的手臂，另一只手强势地箍住她的头，迫使她不得不仰起头，不等她反应过来就对着她红润的唇狠狠地吻了下去，丝毫没有犹疑和退缩，满满的都是长驱直入的进攻和不容拒绝的霸道。

“问你话呢。”园子在左珊瑚跟前挥挥手，“怎么一直走神？听说新学期舒学长可就要去外校交流学习了，以后就跟舒亶相隔两地了，你还不准备表白吗？”

左珊瑚跟园子关系好，她只跟园子一人说过自己的心事。事实上，之前她确实是准备挑个合适的时机表白的，无论结局如何，总不能让这一年的感情永不见光。

可是，自从那日在病房……

最后听到来换药的护士的惊呼声，向堃才放开她，她心里乱成一锅粥，慌不择路地跑了出去。出门时，她看了他一眼，他后背上的伤口似乎又裂开了，也不知道现在好了没。

她抚着手掌上留下的浅浅疤痕，再度出神。

“好了，我不陪你在这儿发呆浪费时间了，我先去接我弟弟回家，晚上咱们班的聚会，你可别迟到了啊！”园子嘱咐了她一声就溜了，留下她一个人继续发呆。

甜品店的桌上放了一个花瓶，里面插着一把灿烂的小向日葵。左珊瑚从出生到现在，心里就没这么纠结过。她随手就抽出一朵，一瓣一瓣地掰着：“向堃是个笨蛋！向堃是个大笨蛋！向堃是个笨蛋！向堃是个大笨蛋……”

“您好。”侍应生面色扭曲地过来提醒，“我不知道向堃是大笨蛋还是小笨蛋，但我知道店里的花不是让你这么掰的。”

左珊瑚恋恋不舍地放下，趁着他转身的时候赶紧又扯下一瓣，这才放心，“向堃果然是个大笨蛋！”

左珊瑚回家准备换衣服去参加聚会，刚进客厅就看见了向堃，忙一个侧身躲进了厨房。

那次她在医院被他强吻后的第二天，她爸妈就回来了，她赶紧回了家，也不再去公司实习，每天跟只老鼠一样观察着他的动静。每天非得等他出门了，她才敢出门；他回家了，她就不再出房间活动，就怕一不小心撞上了，两人尴尬。

向堃自然瞧见了她的身影，也不揭穿，只是径直往外走，刻意地扬了扬声："左阿姨，那我先回去了啊！"

直到关门声响起，左珊瑚才拍了拍胸口走出来："妈，向堃又来告我的状吗？您别轻信谗言，你们不在的这些日子里，我可听话了、可乖了。"

左妈妈望着她的身后笑："多亏了向堃，不然，你哪肯安安分分地看书，早不知道野到哪儿去了。堃儿，柯姨刚跟我交代了一声，她家里有点事回去了，这段时间辛苦你照顾左左了，以后就在我家吃饭，嫌麻烦就直接搬过来，反正家里有空房间。"

左珊瑚脊背一僵，原来人还没走，她心里一千一万次祈祷身后的人赶紧一口回绝。

可身后低沉的男声响起就让她幻灭了："嗯，那就打扰左叔叔和左阿姨了。"

那他们岂不是又要在同一个屋檐下了！左珊瑚心里眼泪奔流不息，她现在根本无法跟他愉快地相处了好吗？！

左妈妈一脸笑意："左左在你家一待就是好几个月，我可没半点见外之情。左左，赶紧收拾个房间给你向哥哥住，再替我去买点姜、蒜回来，我刚买菜给忘了。"

"可是，我晚上要去参加同学聚会。"左珊瑚抗议道。

"左姨，待会儿我去买吧，顺便送左左去聚会的地方。"向堃这时候卖乖，才像是个真正的二十岁的大男孩儿。

左珊瑚在心里唾弃他在长辈面前这副装乖的样子，可也不得不承认，这一套十分吃得开。

“那就谢谢向哥哥了，呵呵。”装乖不是你一个人才有的权利！

“咱俩还用得着客气吗？”向堃自来熟地抚上她的脑袋，顺利地把她的头发揉成鸡窝，还一脸阴险而宠溺地笑着，“快去换衣服吧，我等你。”

左珊瑚回房间的时候，将门摔得震天响，换衣服的时候，因为气愤，新裙子的吊带都被扯断了，她更是把账都记到他的头上。

下楼的时候，她脸色臭臭的，向堃一眼就看出她正火冒三丈，心里有点放心又有点隐隐的失落。

其实，那天克制不住自己冲动了之后，他就有些懊恼，看着她惊慌失措地离开，心里也不好受。可他不后悔，她本来就感情迟钝，要她觉察到别人的感情，只怕难如登天，所以，他只好用强，逼着她去面对。

可是，现在看来，那反而起了反作用，逼出了她的火气和反叛。

向堃看着副驾驶座上憋着气不理他的人，伸手揪了揪她的辫子：“怎么了，还生我的气呢？都一个月了。”

“看来，您还知道我生气了呢！”左珊瑚拿眼睛瞪他，“这都一个月了，你就没想过好好跟我道个歉求我原谅吗？你以为，你哄好我爸妈，咱俩的账就能一笔勾销了吗？！”

搁以前，她可不敢这么气势汹汹地吼他，可是，现在她觉得自己好像多了一股子底气，腰板都挺直了。

向堃低笑：“我倒是想找你，可你愿意见我吗？我看你每天深居简出的，见了我就心虚地往角落里躲，翻窗的事都干了，我怎么好再逼你呢。”

那是被强吻之后没几天的事儿，左妈妈让她去向家借点醋，她刚拿了醋瓶准备打道回府就听见门口有开门的声音。一时情急，她只能从厨房翻窗出去，结果摔倒在地，把一整瓶醋都洒到身上了，把自己酸得够呛。

她以为她每次都藏得好好的，没想到竟然全部落入他的眼里了。她脸色有些发红，嘴上却不服输："那……那是我在给你道歉的机会，并非心虚！"

他"嗯"了一声："既然不是心虚，那应该不反对我住在你隔壁吧？"

左珊瑚想摇头，又觉得摇头岂不是等于承认自己心虚了？！

还没等她想好摇头还是点头，向堃就高兴地拍了板："那就这么愉快地决定了。"

左珊瑚流着泪腹诽：我一点都不愉快好吗？！

算了算，左珊瑚已经有两个月没有见过舒亶了，那次书法大赛之后，她脑子里乱得根本没心思想别的，而且好几次打电话想安慰他，却感觉他有些冷淡，所以她就有些犹豫了。表白这种事就像打仗，讲究的是一鼓作气，不然，只会再而衰，三而竭。

就像现在，左珊瑚见了他反而不如想象中那样激动了。她只是淡淡地打了个招呼就被园子拖着进去唱歌。

舒亶有些落寞地笑了笑，他是在路上遇到他们的，因为大家都认识，也就被一起拉了过来。

左珊瑚这种粗神经，自然没那么多伤春悲秋的情绪，被园子拉着跟几个人一起玩'逢七过'。都是十八九岁的孩子，不敢喝烈酒，就只叫了些啤酒和气泡酒，输了的人要么喝酒，要么说真心话或者玩大冒险。

这个游戏其实十分简单，就是逢七或是七的倍数就敲桌子跳过就行。可左珊瑚反应出了名的慢，转了两圈就把十四给喊出来了，一群人起哄要她喝酒。

左珊瑚心里矛盾得很，上次跟向堃同学一块儿喝了一杯啤酒就醉了，第二天还头疼。但如果她选择真心话，这些没节操的家伙肯定要挖隐私了，而舒亶就在旁边，她怎么敢剖白心声。

“你是天秤座吗，怎么这么磨蹭？！”有同学不耐烦了，直接替她做了决定，“就直接真心话吧，喝酒没意思！”

一阵赞同的呼声里，禹晴举手有话要问。

“注意把握机会，别问些不痛不痒的问题！”旁边有人有些担忧地叮嘱道。

左珊瑚瞟了眼坐在旁边并不参加的舒亶，他的表情被隐在光线里，看不出喜怒。她在心里为自己打了打气，算了，如果问到她暗恋或是喜欢的人，那就趁着这个机会表白吧，再不表白就老了！

禹晴肩负重任，挤眉弄眼地看着她，终于慢条斯理地问道：“请如实回答。”

左珊瑚只觉得心脏已经跳到嗓子眼了，所有的勇气都聚集在了舌尖，那里有个名字呼之欲出，就等着最后这破釜沉舟的一次机会了！

“你的初吻对象是谁？！”最后禹晴终于大声问了出来，瞬间包房里都欢呼起来，起哄着让她赶紧回答。

音响里环绕着暧昧清甜的歌声，曲调缠绵，然而，那凝在舌尖的名字像是忽地被一阵狂风骇浪带走，只余她心思烦乱、脸色爆红地呆愣在原地。

大伙儿见她这副欲言又止、满脸羞涩的样子，还有什么不理解的，纷纷一副“你最好如实交代，不然大刑伺候”的模样。

禹晴更是瞠目结舌，问出口以前，她还怕自己这问题尺度太大，最后竹篮打水什么都问不到呢。可现在看起来，平时呆头愣脑、不开窍的家伙，竟然已经超额完成十八岁该完成的任务了！

左珊瑚一想起那天被强吻的事，脑子里就乱成一锅糨糊，现在突然被围攻，丝毫没有反抗的能力。

忽然，学长伸出一只手拉过她的手臂，将她拉到身后，隔开围攻的人群：“好了，适可而止，爱唱歌的唱歌去，爱玩游戏的玩游戏去。”

到底是学长，说话有股子不怒自威的气势在里头，大伙儿也没再继续闹她，自己玩自己的去了。

左珊瑚却被学长径直拉出了包房才被放开。

舒亶的声音低低的：“跟我来。”

她的脚仿佛能听懂他的话，不由自主地跟着他走到了包房尽头的阳台边。脚下是车水马龙的嘈杂之声，可他的眼神依旧温润。

他宛如一个关心着她的兄长一般，关切地开口：“我已经知道你心里的事了。”

左珊瑚一僵，她的暗恋已经成明恋了吗？

“只是，你还小，还不够成熟，不要做任何冲动的事。”舒亶想起前几天听说隔壁班的陈生换女友比换袜子还勤快，更是措辞谨慎，“而且，你们还小，看事情、看人都无法看得全面，容易一叶障目。”

他顿了顿：“我希望大学这几年你能一心向学，以后你会遇上更好的，到时候你就会发现，现在的喜欢，只是青春期的冲动而已。”

舒亶用心良苦地想让她回头，不要喜欢隔壁班那个渣男了，在她听来却是委婉的拒绝。

她心情有些低落地点点头：“学长，我知道错了，我以后不会再胡思乱想了。”

舒亶这才欣慰地拍拍她的肩膀：“走吧，跟大伙儿一块儿狂欢去，以后就要专心念书了。”

持续一年的暗恋还没见天日就被掐灭，左珊瑚心里怎么能不惆怅。

她在床上翻来覆去睡不着，就偷偷跑到酒窖里偷酒喝了。

左爸爸、左妈妈算是有情调的人了，两人是因酒结缘，又都是会品酒的人，所以特地在地下室建了个不大的酒窖。里面虽然只有百来瓶酒，但瓶瓶都是有故事、有历史的酒。以前在家的时候，左妈妈偶尔会跟左珊瑚讲这些故事，只是，后来越来越忙，经常外出考察，这些酒就被冷落在一旁。

左珊瑚自知酒量不行，所以也不敢贪杯，偷偷开了瓶度数低的甜型雪莉酒，倒了半杯，趴在小木桌上慢慢地品着。她一边喝，一边想着今天晚上舒亶温柔的语气，像这酒里少许的酸涩一样，想着想着，脑子里却忽然跳出那日被强吻的记忆，她又觉得那像这酒里另外一种味道……

向堃向来认床，又加上心里有事，辗转反侧难以入睡。走出阳台，他才发现隔壁左珊瑚的房间窗户都没关，有夜风灌了进去，他心里骂了声“糊涂虫”，但最终还是跳了过去，准备替她关上窗。只是，房间开着壁灯，床上却哪里有她的身影？

她不在洗手间，也不在楼下，向堃不想惊动长辈，只得挨个房间找了起来，最后终于在酒窖找到了人。

左珊瑚正歪着头趴在木桌上，眼睛都发直了。

向堃坐在旁边，陪着她：“怎么了，小小年纪就学着买醉了？”

左珊瑚神色幽幽地看着他，一脸浩然正气：“年纪小怎么了？年纪小就不能买醉了？年纪小就不能谈恋爱了？年纪小就做什么都是冲动了？”

“受刺激了？”向堃体贴地为她倒了点酒，也为自己倒了半杯，跟她干杯，“来，跟我说说，让我高兴高兴。”

左珊瑚却迷迷糊糊地倒进他的怀里睡了过去。

酒窖里很安静，只有两人浅浅的呼吸和左珊瑚不时抱怨出声的梦话。

向堃将她整个人都抱进怀里，下巴抵着她的额头，慢慢地摇着。

左珊瑚十岁那年跟人打架，身上挂了彩，不敢让爸妈知道，一回家就躲进了酒窖，不敢出来。最后他找过来的时候，她也是趴着睡着了，额头上还有伤，手臂更是青紫一片。他看着又是生气又是心疼，虽然自己一直欺负她，可是她在他心里早已经是自己人的范畴，自己欺负得她鼻青脸肿都不要紧，别人若是动了她一根汗毛，那简直比打了他的脸还要严重。

第二天，他就替她报了仇，把对方打得落花流水。

当然，第三天两人被叫了家长，回家后就被罚跪了。

这么多年看着她从那个学走路、说话都要比别人迟些的小笨妞，到顽皮不懂事的暴力小屁孩，再到如今亭亭玉立的少女，这个过程这样漫长，太多的感情在他不经意间就放了进去，早已经收不回来了。

“向堃……”睡梦中的左珊瑚抿了抿嘴，清晰地喊出了他的名字。

“嗯？”自从跟导师谈话之后，他心里就一直很浮躁，对她更是没了以前的耐心，恨不得直接把她打包一起带走。可是，现下她这样近似嘤咛地喊出他的名字，却奇异地抚平了他心里最后的烦躁。

“我的初吻对象是向堃……”她皱了皱眉，继续，“想想就觉得晦气。”

向堃隐忍着把她就地正法的怒意，额角青筋暴跳，头一回体会到什么叫作才下眉头却上心头！

最后，他还是不忍心把她就这样丢在酒窖里，将她扛回了房里，直接扔在床上。

左珊瑚第二天一觉睡到了中午，起来就觉得胳膊疼，对着镜子看了看，发现都青了，百思不得其解，难道是昨天晚上半醉半醒之间回房的时候撞到了？

“怎么起这么晚，去酒窖把我珍藏的那瓶九五年的雪莉酒拿出来。”左妈妈见她下来，随口吩咐了一句，“那酒度数低，果味丰富，中午用来做庆祝酒正好。”

她揉了揉手臂，有点纳闷：“庆祝什么？你们的考察有结果了？”

左妈妈很是高兴：“难得你聪明了一回，正好你向伯伯他们回来了，这一次他们也收获颇丰，我们两家也好久没坐下来一起吃顿饭了。”

“那……”左珊瑚迟疑着问，“向堃也要来？”

“当然要来。”左妈妈奇怪地看了她一眼，“我记得你小时候挺黏他的啊，他上学的时候，你就吵着要背个书包跟他一块儿去，像跟屁虫似的。长大了点更恐怖，天天哭着让他背，到学校还不下来。也多亏他脾气好，没嫌弃你。怎么你现在却嫌弃起人家来了？”

你只看到了他人前乖巧，没看到他人后的恶劣啊！他背着我，最后的结果是还没到学校就把我扔在路边，任我自生自灭啊！

左珊瑚只觉得心里苦。

可到了酒窖，她就顾不上苦了，因为她悲伤地发现，昨天晚上她喝掉的正是左妈妈今天点了名要的庆祝酒！

左爸爸、左妈妈虽然对她采取的是放养政策，但也明确限定过她一个人不许喝酒，否则直接家法伺候。现在酒窖里平白无故少了瓶雪莉酒，无论她怎么解释，都是枉然了。

左妈妈还在上面催着，左珊瑚对着酒窖要流出眼泪来了。她双手合十地祈祷：“上帝啊，如果你现在能从天上掉下一瓶一九九五年的雪莉酒，那我愿意追随您一生，矢志不渝！”

愿望总是好的，可她心里也十分清楚这不可能，所以在睁开眼就看到面前的一九九五年的雪莉酒时整个人吓得往后一跳，正好撞在了一个宽厚的胸膛上。

她转过头，惊讶又惊喜地看着他，有好多疑惑，却不知从何问起。

向堃仿佛能读懂她的心事一般，挑了挑眉，冲她笑："怎么，看见上帝不开心？不准备一世追随、矢志不渝了？"

"哼！"左珊瑚下意识地跟他斗嘴，"我是脑子里养金鱼了，才要一世追随你！"

"哦？这么不情愿吗？"向堃拢了拢眉心，扬起手里的酒，"那没办法了，这瓶酒看起来真不错，我留着明天做佐餐酒算了。"

左珊瑚立马扑了过去，将酒和他的手臂抱紧："嘿嘿，我脑子里养了好多条锦鲤呢，你要不要听听？哎呀，我都听到它们玩水的声音了！"

向堃扶额，有个中二晚期的青梅真心好无力。

"你怎么恰好买了这瓶酒啊，现在市价多少钱啊？"左珊瑚到底不愿意真的把自己赔进去，准备用金钱来偿还他的雪中送炭之情。

向堃不用看都知道她心里怎么想的，随口胡诌道："九五年大旱，酿制这种雪莉酒的葡萄产量并不多，这酒市价已经被炒到五位数了。"

算了，她还是以身抵债吧。

都是几十年的交情，即便是隔了一年半载没见面，四个长辈也照样能聊得热火朝天。当然，故事的最后并不是美满和谐的结局，就左爸爸、左妈妈的历史考古的社会意义和向爸爸、向妈妈的新能源社会意义为辩论话题，饭桌上再一次掀起了一番唇枪舌剑的辩论。

而旁边，淡定地切着牛排的向堃和左珊瑚，一如既往地恍若未闻。他俩其实挺费解的，打记事起，这四位家长就常在两家友好聚会的尾声争论各自研究领域的重要性，并且每次都是以吵得面红耳赤、不欢而散为结局。

向堃和左珊瑚以为四位家长至少要冷战好些日子才能重新交流的，哪知第二天他们又和好如初，如同什么都没发生过一样一块儿打麻将了。

向堃和左珊瑚默契地互相看了一眼，眼神里不约而同地透露着这样的气息：瞧瞧这可怕的万年四人组！

饭后，左珊瑚端着切好的水果准备给书房的三位男士送过去的时候，就听到向爸爸大发雷霆的声音了："你才多大，你知道自己要什么？你以为你很厉害是吧，你去美国留学，你以为是去玩的吗？还想带上左左！你别不知天高地厚，别说你左叔叔不答应，就是我，也不会同意的！"

左珊瑚站在门外发愣，像是被这信息量略大的一段话噎住了一样，半天呼吸都顺不过来。

第四章

六年之期

订婚？订婚是要两情相悦好吧，他跟她明明是相看两厌！

“我不去！”顾不得什么礼仪了，她破门而入，恨恨地瞪着向堃，“你要去自己去，为什么非得带上我？我又不是一部手机、一本书，凭什么由你决定？！”

书房里的三人皆被她这来势汹汹的模样惊着了，左爸爸沉了沉脸色：“这样不懂礼数地横冲直撞，谁教你的？”

左珊瑚毫不犹豫地指着向堃：“他教的！向伯伯，您也知道，我小时候多乖巧、可爱、聪明了，简直像个小天使。可是，现在，您再看看，我期末考试的成绩排在倒数第三名，还常常打架闹事、偷偷喝酒，简直变成了小恶魔！您知道我变成这样都是拜谁所赐吗？都是他的错，因为他，我都长残了！”

向堃扶额：你这样用生命在自黑，真的好吗？

果然，这话一出，左爸爸就抓住了重点，眼神都变了：“成绩不好也就算了，可是，你竟然给我在外面惹是生非，还敢偷偷喝酒？！”

左珊瑚心里咯噔了一声，刚刚万丈高的气焰已经灭了一半，忙控诉道：“爸，你要相信我，我怎么会干出这么多离经叛道的事呢？逃课是他教我的，喝酒是他教我的，连打架都是他带着我打的！”

左爸爸和向爸爸见她眼神这么坚定、语气这么信誓旦旦，也不由得信了几分，纷纷带着质疑看向一旁的向堃：“果真如她所言？”

向堃点了点头，任由她将所有事情推到自己的身上：“没错，这些都是我的错。”

左珊瑚已经准备好要跟他唇枪舌剑一番了，可他突然把黑锅都背了，竟让她产生了愧疚感。

果然，向爸爸一见自己的儿子毁了人家闺女就气不打一处来，抄起一旁桌上的大字典就准备往他的身上招呼，那架势是不往死里打就对不住他们左家的节奏。

而向堃直挺挺地站在那儿，一点躲避的意思都没有，显然是铁了心要挨这顿打了。他心里明白，这一顿打不仅仅是因为他承认了带着左珊瑚干这些事，更多的是因为自己没有跟任何人商量就做出决定。

向爸爸的性子，向堃也知道，向爸爸打完了出了这口气，父子俩就能好好坐下来推心置腹地谈一谈，可要是向爸爸这口气没出来，他说得再多都是枉然。

可左珊瑚猜不到向爸爸的心思，只以为向堃挨打都是因为她。看着那比砖还厚实的字典即将落下，她下意识就冲到他的跟前，想替他挨下来。

这个时候她的动作倒是出奇的快，向爸爸即便迅速收了些力气，也是于事无补了，本是要砸向堃的这一下就狠狠地砸在了她的头上。

左珊瑚结结实实地挨了一下，那痛意却蔓延进了向堃的心里。他下意识地紧紧搂着她，半天说不出一句话来。

左爸爸在一旁心疼得恨不得自己挨那一下子，可也不好怨老友，只拉过左珊瑚替她揉着脑袋，难得语气温和地说：“怎么样，告诉爸爸哪里疼？”

左珊瑚从他怀里抬起头，依然笑眯眯的，甚至还比画了一个剪刀手，道：“向伯伯没使多大劲，哪里敌得过我的无敌金刚头？！”

向堃有些担忧，她本来就是个傻瓜，这一砸，不会变得更傻了吧？

向妈妈和左妈妈听到书房这么大的动静也匆匆进来，见四人表情各异，左爸爸还在替左珊瑚揉着脑袋瓜，更是纳闷了：“刚才在外面就听见里面好大的动静呢，出什么事了？”

“不行，我不同意。”左妈妈第一个反对，“这些年我们安心将左左交给你照顾，是因为你们每天上下学的圈子很单纯。可是，出了国就不一样了，而且你是去学习的，根本没有太多的时间照顾她，而她适应力差，很难融入国外的环境。”

平时总是各执一词的家长在这件事上意见出奇的一致。

只有左珊瑚低声提出抗议：“我的适应力才不差呢！”

向堃从开始考虑到现在，就知道这件事的可行性不大，她跟着过去的确要受很多苦，只是，他私心不愿意她离开自己而已。

他略一思量，一边力道适中地为她用冰敷着脑袋，一边不容置疑地开口：“不去也行，但是我想先跟左左订婚。”

左妈妈等四位家长傻眼了，过了半晌才问：“为什么……你当年不是说以后死都不跟她结婚的吗？”

左珊瑚笑道：“哈哈，我隐隐有种大仇得报的愉悦感。”

订婚这事得追溯到向堃十岁、左珊瑚七岁的时候。那时候，左珊瑚像个鼻涕虫，一天到晚跟在他的身后，惹得他十分厌烦。

左珊瑚七岁生日的时候，两家人陪着她一块儿庆祝，她许完愿吹蜡烛的时候，左妈妈问自己闺女许的什么愿望。

左珊瑚眨巴眨巴眼睛，跑到向堃的跟前，一脸喜悦地开口：“我的愿望是嫁给向堃哥哥，一辈子不分开！”

那时候，她连一辈子的“辈”都不会写，竟也小大人似的要跟他过一辈子。两家的家长见状十分高兴，自孩子出生就动了这样的心思，想让两家亲上加亲，可又怕孩子长大了会怨恨他们，只得商议以后再提。现在既然她有了这个心思，那就是再顺理成章不过的了。

向爸爸对这个乖巧小儿媳妇十分满意，摸着她的头承诺：“那现在先跟向哥哥订婚，等长大了再嫁给他好不好？”

“开什么玩笑！”向堃一听就翻脸了，他心里讨厌死她了，她老是拖他的后腿，又爱哭，随时随地丢他的脸，他真是巴不得这辈子都别再看见她才好，“要我娶她，还不如现在就把我的性命了结了算了！”

他扔下这句气话就拂袖而去，一连好几个月都不搭理她。直到两家的家长打消了这个念头，说以后不强行拉郎配了，他才重新又是嫌弃又是无奈地带着这个跟屁虫上学。

左珊瑚想到这段屈辱的辛酸史，再看看这三十年河东、三十年河西的境况，忍不住仰天大笑："哼，风水轮流转，今天我当家！要我跟你订婚，还不如现在就把我的性命了结了算了！"

平时记两个英语单词就像要了她的命一样，她竟然破天荒地将那次他羞辱她的话记得一字不落，如今还悉数奉还给他，她感觉真是通体舒畅！

被拒绝了，向堃也没像她当年那样号啕大哭，甚至无视了她的话，直接朝着四位家长开口："首先，订婚是因为我要对她负责任，这些年我教坏了她，她现在酗酒、打架都学会了，上回还跃跃欲试地准备去文身，俨然已经脱离了大家闺秀的行列，对此，我深感抱歉，最大的补偿也只能是以身相许了。"

"你……"左珊瑚刚要开口骂他胡诌就被他捂住了嘴，同时被他恶狠狠地瞪了一眼。

"其次，我俩已经发生那种关系了。"向堃脸不红、心不跳地撒着谎，"这件事又是我的错，我太冲动了，没有顾及她现在年龄还这么小，所以，我愿意用一辈子去疼她、爱她，像以前一样照顾她。"

以前那是照顾吗，那都是资本主义的残酷压榨好吗？！她憋得脸色通红、眼中带泪地望着四位家长，企图表达自己的控诉和不情愿。

可四位家长已经对他的话深信不疑了。尤其是向爸爸和左爸爸，刚刚还亲眼看到她在紧要关头挺身而出，为他挡了那一下，这可不就是情到深处的表现？

"左左迷糊，但也不傻，她七岁那年许愿要嫁给你，如今也算是如愿以偿了。”左爸爸先扬后抑，“只是，我对你这样不计后果、先斩后奏的做法很不满意。左左是我们唯一的女儿，现在只有十八岁，而你已经二十二岁了，正是冲动的时候。”

左爸爸向来考虑周到：“你这一去留学就是六年，国外的环境比较复杂，左左去的话，我担心她不适应，可左左不去的话，我又担心你把持不住，受不住那花花世界的诱惑。”

左珊瑚发现自己亲爹终于发表了疑似反对两人订婚的观点，忙附和着点头。

“但我也看得出，左左心里是喜欢你的。”左爸爸最后总结道，“那就以你留学的这六年为期，如果这六年让我知道你并没有像自己说的那样能为左左守住原则，那这场订婚就作废。”

左珊瑚继续小鸡啄米般点头，激动得简直泪流满面，真不愧是她的亲爹，真是句句都是金玉良言！

“那如果我通过了您的观察期呢？”向堃感觉到手掌下的左珊瑚已经快挣脱了，忙问出最重要的。

左爸爸望了左妈妈一眼，见她眼里有了赞同之意，开口：“那我们就能放心地把左左的这一辈子托付给你了。”

向堃微不可闻地松了口气，也点了点头，然后望向左珊瑚，却是目光如炬，神色肃穆而沉静：“叔叔阿姨放心，我向堃言出必行，这一生只要左左一人！”

眼见已成定局，想要开口反抗的左珊瑚却像是被蛊惑了一般，被吸进了他漆黑如夜色的眼睛，再也开不了口，尽管此时此刻，他的手已经放开。

六年后。

“桑桑，晚上咱们学院跟工程学院有联谊会，你要不要去凑个数？”左珊瑚对着镜子画着眼线，只是，已经半个小时了，她还没画好，“你来帮我画下眼线啦，我闭上眼就不会画了。”

“我就不去抢你的风头了。”吕桑桑随口答着，还埋头在几份资料里焦头烂额，“画左眼的时候，右眼睁着；画右眼的时候，左眼睁着，这都不会吗？！”

左珊瑚对着镜子试了试，沮丧地开口：“我的两只眼太相亲相爱了，要么一起睁，要么一起闭，绝对不会单独行动。”

吕桑桑觉得左珊瑚能平安无事地活到现在真是个奇迹，而自己被分到和这个笨蛋做室友，真是场灾难。

“你现在只是个实习生，干吗这么拼？”左珊瑚闭着眼任由她画着，“我昨天晚上三点钟醒来的时候，见你还在挑灯夜战，你跟的律师这么变态吗？”

吕桑桑去年十一月份就拿到了律师资格证，现在在一家律师事务所跟着一位资深律师实习，现在面临毕业，只能搬回宿舍，一边做毕业论文，一边忙着事务所的事情。

“别怪我没提醒你。”吕桑桑冷哼了一声，“月底就要进行答辩了，你论文写完了吗？你们文学院的老师出了名的刁钻、难应付，到时候别让我给你点蜡。”

左珊瑚得意地笑：“嘿嘿，你还是担心你自己吧，我一向聪明又博学，怎么会搞不定区区一篇毕业论文呢。”

“又是你那位人生导师、长腿叔叔给你指点迷津了吧？”吕桑桑早已看穿她蠢到骨子里的本性，嗤笑了一声，“毕业论文都替你修改，还是你人生的灯塔，指引你前进。那认识长腿叔叔之前，你到底是怎么活下来的？”

脑子里突然跳出一个讨人厌的家伙，左珊瑚猛地摇头甩开恶魔的身影，却忘了吕桑桑手里还拿着眼线刷，顿时被画得满头黑线……

吕桑桑气得直接把东西扔回去：“化什么妆，化成天仙都没人看得上你！”

左珊瑚的重点却在别处：“这么说，你觉得我能化成天仙？”

吕桑桑扶额，这么蠢的天仙迟早会从天上掉下来摔死的！

C 大有个传统，毕业的时候会办一场脱单联谊会，专门为学校那些四年都没找到对象的单身同学打造的。而这一届文学院与工程学院联谊，左珊瑚向来爱凑热闹，自然不会错过。

然而，临到门口时，她却犹豫了。

一起来的舍友有些疑惑：“别告诉我，你紧张了，准备打退堂鼓啊，这几年，我就没见你紧张过。”

左珊瑚不是紧张，是产生了一种类似于心虚愧疚的情绪，只是，想了想他这几年对自己不闻不问的样子，又迅速将那些情绪压了下去，打起精神跟她们一起进去了。

她没想到会遇见熟人。是舒亶先看见她的，老远就跟她打招呼，几乎是小跑着过来，脸上带着笑意：“Hi，好久不见。”

左珊瑚认出他是当年自己暗恋过的学长，也十分开心：“你什么时候回 C 大的？怎么我从来没遇见过你？”

他摇摇头：“我在邻省，今天被两个朋友硬拉着来凑数，没想到会遇上你。”

舒亶又道：“没想到你考上了 C 大的研究生。”

左珊瑚嘿嘿地笑，却不答话，其实，她能考上研究生，完全是托长腿叔叔的福。他每天督促着她做研究，每周都为她编一套复习试题。上了考场，她才发现，试卷上的题目，似乎都在他的预测之中。她简直跟开了挂一样，顺利拿到了C大的研究生资格，把左家、向家四位长辈惊得眼珠子都快掉出来了。

反而是远在大洋彼岸的某人，接到她考上研究生的报喜的电话，只是懒洋洋地打了个哈欠，用欠揍的语气讽刺："看来这次老天爷都被你傻得闭了眼！"

"左珊瑚？"舒亶见她表情丰富地沉浸在自己的世界里，伸手在她的跟前晃了晃，"左珊瑚？"

"嗯？怎么了？"她骤然回神，看向舒亶，漆黑的眸子里带着润泽而迷糊的光彩。

他被惹得一阵低叹："我是问你毕业后有什么打算。"

"哦、哦。"她脸色有些赧然，"我考了教师资格证，最近在四小实习，如果不出意外，应该会留在四小任教。"

其实，她心里也没底，同期实习的有三个女孩子，教务主任和副校长好像就是对她格外不满意，频频露出嫌弃她的神情。

"那你呢？"她转移话题问道。

舒亶摸摸后脑勺笑道："在C大实习，算是回来了。"

"恭喜你！"左珊瑚由衷地举杯为他庆贺。

两人是旧相识，谈起以前的人和事，左珊瑚都兴致勃勃的："园子现在已经毕业了，顺利地成了一名园艺师，还有禹晴，去首都上大学了，可厉害了。"

舒亶也笑："最厉害的是你，谁都想不到你能考上C大的研究生。"

左珊瑚不知为何，心里觉得美滋滋的。

舒亶看她仍是以前那无忧无虑的样子，艳羡不已，藏在心里很久的话也忍不住脱口问了出来："大一的时候，你喜欢的人，现在还喜欢吗？"

左珊瑚想起当时聚会时他跟自己说过的话，他那时应该是知道她的心意了，所以委婉地劝说她放弃，所以，也不知道他现在问起是什么意思。她犹豫了一下，摇摇头："对不起，当初我的确是太冲动了，幸亏当时你劝醒了我。"

舒亶心里也算松了口气，又跟她聊了些近况，眼看着联谊会接近尾声，就主动送她回宿舍了。

左珊瑚跟他道别后，走了几步，他却忽然温柔地喊住她："左珊瑚。"

她回头，眼里有些疑惑。

"那我就有机会了，是吗？"他一身白衣，五官如玉，神色笃定地微笑着，在蒙蒙的夜色里像是从天而降的王子。

若是时光倒流六年，她眼里会闪烁着无数桃心，可是现在，只有雾一样的迷惘："有机会干吗？"

他想起她从刚才开始就一直在看时间，也不欲多说，摇摇头："没什么，以后常联系。"

左珊瑚点点头，跟他告别之后，就飞奔着回宿舍了。

到宿舍的时候，差两分钟就晚上九点，她先开了电脑，才往洗手间冲，其间还绊倒了一张凳子。

吕桑桑被她的动静扰得不胜其烦，等她出来，就直接开口："你这样每天上了闹钟似的跟你的长腿叔叔道早安、晚安，人家不嫌烦吗？"

左珊瑚反问她："如果有个人这样问候你，你会烦吗？"

"别人问候我，我肯定不烦，但是，要是你，我一准拉黑。"

左珊瑚难得表情正经了起来："他真的会觉得烦吗？"

吕桑桑也觉得该提醒她跟人家保持距离了："我承认他对你很好，但你想过没，从你跟他认识到现在，他都是作为一个有阅历的前辈来指导你的。阅历就是年龄和经历的累积，由此推测，他至少比我们要大十岁。这样成熟、成功的人士，难道不应该已经成家了吗？你有没有想过，你的存在会被误会成他跟他原配的第三者呢？”

“可是，我问心无愧！”左珊瑚拍着胸脯，“我只是拿长腿叔叔当尊敬的长辈、人生的导师而已！”

“对你爸，你会天天问安吗？”吕桑桑步步紧逼，“对你的论文导师，你这么上心了吗？还问心无愧，我看你心里已经愧疚不已了！”

左珊瑚气焰弱了一半，但仍是据理力争：“我真的只有崇拜之情……而且，他也不一定就结婚了啊，那我也就不会被误会了。”

“没结婚，问题就更大了。”吕桑桑苦口婆心地劝道，“都三十多岁了，还没结婚，要么是心理有问题，要么就是生理有问题！”

左珊瑚有些闷闷不乐的，她觉得桑桑说得很对，可是，好像又说得太严重了。长腿叔叔是她的长辈，她心里对他有尊敬、有爱慕也是理所应当的，她又不贪心，不是要跟他过一辈子，那他是否已婚、是否心理健康，又有什么关系呢？

忍住跟他聊天的冲动，左珊瑚在床上翻自己的论文。十点钟的时候，向堃倒是来了一通电话。

“干什么大晚上跟我打电话？”左珊瑚的声音里都带有一丝低落。

虽说两人是名义上的未婚夫妻，可这一别六年，连寒暑假都见不着他，左珊瑚半点都没意识到自己已经是有主的人了。

向堃的声音懒洋洋的：“怎么，心情不好？”

她没答话。

“看在你心情不好的分上，我告诉你一个好消息，也好让你振奋振奋。”

“你会这么好心？”左珊瑚习惯性地跟他斗嘴，“你的坏心眼串起来都能绕地球三圈了！”

“已知地球半径为六千三百七十八千米，而我的坏心眼半径为三厘米，求我有多少个坏心眼。”向堃似乎在吃早餐，含混地问道。

“很简单！”左珊瑚早已非吴下阿蒙，霸气道，“等我见了你，把你的心眼挖出来数一数，就知道了！”

他似乎料到她的答案，轻笑了起来：“如你所愿，我给你的好消息就是，你的未婚夫要回国了，见到他，可别手下留情啊！”

左珊瑚只觉得眼前一黑，脑袋要炸开了。

恶魔要回来了，这就意味着，她安稳美好的人生就要结束了！这哪是好消息啊，这明明是晴天霹雳好吗？！

因为向堃这一通突如其来的电话，左珊瑚好几天都没睡安稳，半睡半醒之间，总是做些乱七八糟的噩梦。梦的开始总是很美好，结尾却总是惨不忍睹。比如，梦见有一桌子美食，她正吃得津津有味的时候，向堃却突然从天而降，抢了她所有的美食。比如，梦见答辩的时候，本是对她赞赏有加的考评老师全都变成了向堃的模样，拧着眉头专挑一些刁钻的问题，逼问得她无力招架。再比如……

“醒醒，左小白！”吕桑桑摇醒她，“你都做了什么梦啊，含含糊糊说是什么未婚夫不要之类的，都说你们双鱼座是树上掉下一个苹果就能想出一百集狗血剧的星座，我看你一个梦也能！”

左珊瑚揉了揉眼睛，唉声叹气：“是啊，有他在的梦，全是噩梦！”

吕桑桑一脸狐疑：“他？他是谁？你那个竹马？”

“请不要随便侮辱竹马好吗？！”左珊瑚愤然，“他是我的宿敌！”

她仍旧对他六年前擅自做主的行为耿耿于怀，订婚？订婚是要两情相悦好吧，他跟她明明是相看两厌！他倒好，单方面做主了不要紧，又鬼话连篇地把她爸妈都糊弄了，还摆出一副深情款款的样子，让她一时受了蛊惑一般没有反对，结果后来她口水都说干了，也没人肯相信她的清白了！

果然，他人还没回来，左妈妈就打电话来了："堃儿是后天的飞机，航班信息我发给你了，早点去机场接他。"

"到底谁是亲生的？！"左珊瑚抗议，"我这儿离机场又远，太阳又大，我也没车……况且，他又不是人生地不熟，怎么还要我大老远地去接？！"

"说的什么混账话，堃儿是别人吗？！"左妈妈提高了一点音量，"你小时候不会游泳掉水里，是堃儿舍命把你救上来的，谁教你这么狼心狗肺了？！"

我掉到水里，也是被他吓的好吗？！

左珊瑚最后只得不情不愿地应下了。

"桑桑，你是智多星，快出个主意帮我斩妖降魔！"左珊瑚憋着心思使坏，却又想不出好招儿，只得求助。

吕桑桑忙得焦头烂额，哪还顾得上做她的军师，只随口提点了几句："有几个要点，你得格外注意。第一是气势，气势是决定成功的关键因素，你要是没了气势，那就等于输在起跑线上了。其次是眼神的厮杀，你得不畏强权，淡定地与他直视，所有的火花都调动到眼神里，要有与他拼命的架势。最后，别说话，话痨会让一个人一秒钟由高冷变得傻里傻气。好了，上吧！"

左珊瑚虚心地请教，"你的意思是，我直接冲上去站在凳子上跟他大眼瞪小眼？可我们以前也这样啊，我从来没赢过。每回结局都是他腿一伸，踢开凳子，我就只能抱着他不敢撒手了……"

吕桑桑终于绝望，真想一巴掌把她打晕算了。

结果，因为晚上又做了关于向堃的噩梦，左珊瑚就睡过头了。她匆匆赶到机场大厅的时候，向堃的航班已经落地半个小时了。

转了一圈，她没见着他的人，心里一乐，转身准备打道回府，身后却突然响起低沉、富有磁性的男声，还带着久违的戏谑："六年不见，脾气见长啊，接机的比下飞机的来得晚不说，还准备甩脸色走人？"

左珊瑚猛地转身，预备像桑桑说的那样，先给他一个下马威，让他别再那么嚣张。可是，在看见他的一瞬间，她忽然失去了说话的能力。

她心里的向堃仍是六年前那副欠揍的模样，目光懒洋洋的，眼睛总爱眯着，心思再深、再猜不透，却总也摆脱不了二十岁的青涩。可是，眼前这个人……

"你是谁？！"她弹开一步，一脸防备。

眼前这人鼻梁高挺、目光深邃，那五官的轮廓，她看着既熟悉又陌生，因为脱去少年青涩气质的向堃，如今竟俨然是一副稳重、成熟、内敛的精英模样！

她这才发现他身旁站着个高挑的美女，五官精致，一身墨绿印花裙配上黑色宽腰带，更显得身材玲珑有致，踩着将近十厘米的高跟鞋，几乎要跟他比肩，真是珠联璧合。那女人表情有些冷淡高傲，也跟他一样居高临下地望着她。

奇怪的是，左珊瑚打小就个子长不过向堃，所以，这样被他睥睨了十多年已经习惯了，甚至都不觉得违和，可是现在突然被两个人这么看着，心底隐隐生出一股不舒服的情绪来。她在他面前用不上的气势，对着这个女人似乎轻而易举就被激发出来了，她微抬下巴："你又是谁？"

感受到她莫名其妙的怒气，冷安安也不怎么在意，疑惑地看向身旁的男人："这就是你那个小青梅？"

向堃含笑点了点头，尽管每隔一段时间就能见到她的照片，可是哪里及得上此刻生动活泼的模样一分一毫？

他心里高兴，丝毫都不介意这里是人来人往的机场大厅，上前一步将人揽进自己的怀里："是啊，不仅仅是我的小青梅，也是我的未婚妻呢。"

左珊瑚被他揽在怀里，气都喘不顺，只能一口咬在他的胸膛上，以示抗议。

在车上的时候，左珊瑚不时地打量着冷安安，却又拼命地按捺住自己的好奇，使劲憋着不开口问第二遍。吕桑桑说了，话痨会让人从高冷变成傻里傻气，这女人这么高冷，她就要更高冷！

左珊瑚见这女人第一眼，就觉得她跟向堃绝配，两人气质如出一辙，一个是速冻饺子，一个是速冻汤圆，真是夫妻双双把家还的节奏。

当年向堃跟左爸爸的约定是，他出国的这几年能守身如玉，婚约就生效，可看样子，他跟这位高冷的美人肯定有一段纠缠不清的姻缘，那么，他们那无稽之谈的婚约是不是就此作废了？

左珊瑚这么一想，又觉得那女人顺眼了许多，转头跟后座的她搭讪："你是不是向堃的女朋友啊？"

正在开车的向堃气得一个急刹车，尽管绑着安全带，左珊瑚还是差点扑出去。向堃扭头看着她，真想把她的脑子扒开来看看里面到底装的什么东西！

冷安安也被问得一愣："你不是他的未婚妻吗，怎么我看你的表情像是巴不得我是他女朋友的样子？"

左珊瑚忙点头，心说：盼他交女朋友盼了六年，如今一朝心想事成，怎么能不高兴？

前面向堃的脸色已经全黑了。下了高架桥，他直接把冷安安扔在第一个路口就扬长而去。左珊瑚看着后视镜里路边上孑然而立的身影，不由得愤然："你也太无情无义了吧！人家大老远追随你而来，你竟然就把人给扔在路边，这是人干的事？！”

向堃跟冷安安只是单纯的校友，只是碰巧在飞机上遇见了，向堃从来都不是什么特别有善心的人，之所以顺水推舟载她一程，也不过是为了试探左珊瑚的反应，现在倒好，落了个自讨苦吃的结果。

他阴沉地开口：“我现在心情绝对算不上好，接下来，你最好闭嘴，不然，我会用我的办法让你闭嘴的。”

左珊瑚撇嘴，他一回国，脾气就大成这样，是在国外生活了六年，现在回国水土不服了吗？真是个忘恩负义的家伙！

晚上，左珊瑚实在忍不住，发了一封长长的邮件跟长腿叔叔吐槽，字里行间全是对那个竹马未婚夫的深切不满与控诉。她怨念这么深，以为长腿叔叔会安慰安慰她，结果，等了一整夜都没收到回信，他的QQ头像也一直是灰色的。

左珊瑚有些失望地顶着一对核桃眼去参加答辩了。

因为论文是她用心写的，答辩也算得上顺利，几位老师甚至都给了好评。她打小就没因为成绩好被表扬过，没想到，学业生涯的最后还写上了辉煌的一笔，她总算是一扫这些天某人带来的阴霾，心情大好了起来，跟宿舍的人一起兴致勃勃地讨论着第二天的毕业典礼和拍毕业照的事。

“明天的毕业典礼有没有人给你送花啊？”住同一宿舍的玲玲问，“桑桑最好了，追她的男生能绕咱们学校三圈，明天肯定被花海埋了。可咱俩就属于无人问津型的，要不，我们也偷偷去雇个人给自己送一束啊，不然，得多丢脸啊！”

“虚荣！”左珊瑚正义凛然地摇摇头，“这样打肿脸充胖子的事，我是断断不会干的！”

话刚说完，她就赶紧给向堃发了条信息：明天订束花送给我！

他的回信十分迅速：不守时的人，凭什么让我送花？！

哼，他真是小气鬼，就因为她去机场去晚了，他就一直对她甩脸子！

“明天有个慈善拍卖会，据内部消息，你之前一直想合作的那个投资商看中了拍卖会上的那件康熙年间的天蓝釉菊瓣瓷碗，你要不要去看看？”李君城随手扔出一张三万，“而且我也相中了一块金丝玉，用来做个印章，再好不过了。而且，关于那块玉，还有个神奇的传说。”

“什么传说？”雷辰随口问道，随手打出一张，“出的什么牌，也太烂了。”

向堃顺势和牌，这些天心情一直不佳，即使打麻将赢了，脸上也没什么表情，只是眼神不时地瞟着桌上的手机，似乎在等着某人主动服软。

李君城说故事说得很带劲，输了也不介意：“据说，曾经有一任楼兰王不顾族人反对，与一个异族女子结合，后来生下了一位貌似无盐的公主。公主长到二十岁都没有邻国王子来提亲，楼兰王与王后都十分担忧，便请了楼兰最有声望的巫师为公主出谋划策。那巫师送了块金丝玉给公主，从此，只要见过楼兰公主一面的王子都深深为她着迷。五条。最后，楼兰公主带着这块神奇的金丝玉嫁给了心仪的王子，可王子的另一位王妃得知楼兰公主的秘密之后心生嫉妒，命人偷走了金丝玉。本以为楼兰公主会因此失宠，可王子更加宠爱这位楼兰公主，反倒是盗玉的王妃容色迅速衰败，失宠于王子。”

“老子今天第一次和牌，哈哈！”打了一晚上第一回和牌，李君城高兴得很，“快给钱，给钱！”

另外两人都推了筹码出去，只有向堃没动静。

向堃说：“我是处女座的，你不把故事讲完，今天就别想再和牌了。”

“故事的结局就是说这块金丝玉是有魔力的，能撮合真心相爱之人，也能让心怀不轨的人现出原形，所以，老子势在必得！”李君城狐疑地看着向堃，“别告诉我，你要跟老子抢！”

“不是要跟你抢。”向堃慢条斯理地扔出南风。

李君城这才松了口气。

“因为它本来就是属于我的，和了！”向堃嘴角带着淡笑，势在必得地看着李君城，与此同时，桌上的手机振动了一下，向堃滑开，看了一眼某人接近暴躁的回复——那你要怎么样才肯送花？！

“李四……”向堃意味不明地喊了声，“我听说你们家老头子最近参加大选，要是让他知道你还在烧钱，从国外运了四辆豪车回来，他会怎么样呢？”

李君城已经因为他的无耻颤抖得连麻将牌都拿不起来了，一脸悲戚，“好、好，我不跟您老人家抢了，给您，都给您！”

向堃丝毫没有亏心的表情，先低头回了条短信才抬头，漫不经心地使唤着他：“那明天顺便替我去拍下来吧，我有事。”

李君城有一种“得友如此，不如去死”的感觉。

第五章

情敌即将靠近

舒亶就像是五百万，而向堃就像是五百亿。

左珊瑚看着手机信息上那句“这是为夫应该做的”，瞬间面露凶光。这么好说话的向堃，肯定又在酝酿着什么惊天大阴谋。

电脑上提示有新邮件了，左珊瑚忙点开，果然是长腿叔叔的来信，整封邮件只有一句话：小白，相信上天的旨意，发生在这世界上的事情，没有一件是偶然，终有一天，时间会给出一个合理的解释。

左珊瑚撑着脑袋幻想，她觉得长腿叔叔一定是这个世界上最温暖的人，有着温暖干净的脸庞、宛若星辰的眼睛和春风一样温柔的笑。如果他真的已婚，他妻子一定是这个世界上最幸福的女人。

“好了，别犯花痴了，赶紧去洗澡！”吕桑桑一掌拍醒她，“明天拍毕业照，你又想瞪着对熊猫眼儿去吗？”

“那怎么行？！”左珊瑚已经想好了，这次毕业照，她一定要拍一张最迷人的，给长腿叔叔发过去，所以，她赶紧收拾东西跟吕桑桑一块儿去澡堂了。

C大建校已久，宿舍楼都已经有些年头了，所以水管常常老化，导致时不时会出现停止供应热水的事。而这次已经停了一周的热水了，好在学校有先见之明，配置了几间澡堂，以备不时之需。

两人到澡堂的时候就遇上文学院的院花王一婕了。左珊瑚跟王一婕研一的时候有些过节，这几年基本上是老死不相往来，现在冤家路窄遇上了，她也没当回事，装作没看到一样擦身而过了。

“我怎么看着她眼睛里泛着杀气呢？”吕桑桑抖了抖，“是你们院的院花吧？不会是看见我们法学院的院花嫉妒了吧？”

“法学院的院花是谁？”左珊瑚左右瞄瞄，没见着人影，疑惑道。

吕桑桑扶额，“算了，洗澡去吧。”

澡堂是单间淋浴式的，左珊瑚刚涂得满身满头的泡泡就发现没水了。听着隔壁还有水声，大概只有她这一间坏了。满头满脸的泡沫导致眼睛都睁不开，她却发现浴巾没拿进去，只得喊旁边的吕桑桑帮她拿条毛巾，可是，半天都没人应答。

接着，有人敲她的门，她以为是吕桑桑，开了道门缝，想伸手去接毛巾，却不料一道人影闪了进来。

左珊瑚愣了愣，心里闪过一丝不妙，伸手抹掉脸上的泡泡，强撑着睁开有些发疼的眼睛，就看到王一婕也站在这狭窄的浴间了。

“你进来干吗？！”左珊瑚扬声质问，随手将换下的裙子套上。

王一婕是文学院的才女，发表了不少文章和诗歌，被学校很多男生封为女神。可偏偏因为左珊瑚长得讨喜、性格又大大咧咧，反而比高冷的王一婕更受欢迎。所以，在一次校园人气榜单里王一婕以三票之差落选。

这就为两人以后的矛盾埋下了伏笔。

这件事大大地挫伤了王一婕的锐气，之后左珊瑚无论是在人气、人缘，还是在社团活动方面，都比她出色，致使她一直感觉被压了一头，郁郁不得志。

王一婕三年都没胜过左珊瑚，现在都快毕业了，她怎么会甘心？既然不能赢在起跑线，那就做笑到最后的人吧。

“干吗？”王一婕冷笑，咬牙切齿道，“我憋了三年的气，今天就要报仇雪恨！”

话音刚落，左珊瑚就被一阵冷水兜头淋下，大热天里，淋得透心凉。左珊瑚这才明白里面突然停水，八成也是王一婕搞的鬼。

这事儿换个对象没准真是件能报仇雪恨的痛快事儿了，可是，王一婕的对象是左珊瑚，那明显就是给自己找不痛快了。

见肇事者得逞后准备开跑，左珊瑚不费吹灰之力地扯住她，把她死死地按在水龙头下面，将冷水开到最大，让她淋了个痛快。

“怎么样？这滋味不错吧？”直到吕桑桑在外面敲门喊人了，左珊瑚才放开王一婕，“别以为我不知道学校论坛上黑我的人是你，到处造谣我是小三，我不计较，并不是怕了你！我只是觉得，跟你这种人计较，实在太掉价了，你懂吗？！”

左珊瑚说完，直接把淋成落汤鸡的王一婕扔出门外，接过吕桑桑手里的浴巾，继续哼着歌洗澡去了。吕桑桑看着摔在地上已傻眼的王一婕，掏出手机蹲下问：“咱们能不能合个影？让同学们评评法学院和文学院的院花谁更漂亮？”

回宿舍的路上，吕桑桑听左珊瑚讲完前因后果，抓住重点问：“你平时那么嚣张，树敌应该不少啊，你怎么知道学校论坛上黑你的是她？”

“嘿嘿，我跟长腿叔叔说了，他替我查过IP啊，显示就在我们这一层楼，这一层楼里不喜欢我的，除了王一婕，还能有谁？”左珊瑚得意扬扬地开口。

“你哪来的自信，认为人人都喜欢你？那些跟你表白的帖子，其实都是你自己精分之后偷偷发的吧？”吕桑桑听不下去了，“你又不是什么玛丽苏女主角，滚一边去！”

毕业典礼前，最大的重头戏就是毕业照了，左珊瑚换上学士服之后，总算有点要毕业的感觉了。跟同学一块儿拍照的时候，她的嘴都要咧到耳后了。

“哎呀，快看，那边有个帅哥抱着花在看着咱们，真是帅出全人类了！”左珊瑚帽子没有戴好，被旁边激动的同学撞掉了，只顾着捡帽子去了，嘴上敷衍得很，“帅出全人类？呵呵，那还是人吗？”

“我觉得肯定是王一婕的男朋友，我听说她勾搭了个富二代，满世界地炫耀，恨不得尽人皆知。现在这么高调地出现，不用问，肯定是她叫来的了。不过，我刚看到王一婕好像生病了，脸色苍白，还一直打喷嚏，哈哈，待会儿照毕业照时，你一定要站在她的旁边啊，让她知道，咱们文学院不是只有她长得漂亮！”

生病了？左珊瑚心里嘀咕，她既然这么扛不了事儿，怎么就那么爱惹事儿呢？

“欸，帅哥朝我们走来了，冷感禁欲系呀！我的小心脏都要离家出走了！”文学院向来女多男少，而且综合素质都跌进地壳里了，所以，见了这么一个帅哥，个个女生都瞬间变为狼了。

左珊瑚转头准备看看到底是什么样的货色让她们一个个这么把持不住的时候，就看见向堃闲庭信步地朝着自己走来，淡淡的表情更显得五官硬挺、冷漠，整个人像是高高在上的神祇一般，让人无法触及。

不过，他手里那一捧娇艳欲滴的俗气红玫瑰，却将他那快要羽化登仙的气质瞬间拉到了人间。

对上她惊讶的眼神时，向堃笑了笑。

左珊瑚清晰地听到身后“狼群”的吸气声，那是恨不得把向堃吞下肚的架势。

向堃却仿佛对这样的场面司空见惯，没有丝毫扭捏，大大方方地把花递到左珊瑚的怀里，亲昵而霸道地将她整个人搂过去，面朝着班里的同学，用那浑厚低沉的嗓音礼貌地开口：“这四年来，我们家左左有劳同学们照顾了。”

拍合照的时候，摄影师有些无奈：“女同学们眼睛看向我这边，不要斜视了，否则拍出来的全是眼白！”

左珊瑚瞪了罪魁祸首一眼，哼，真是红颜祸水！

虽然嘴上不齿，但左珊瑚不得不承认，他只是随意地站在一旁，已经自成一道风景，像是从古画里走出的世家公子，倜傥风流，潇洒俊逸。

她有些胸闷，同样是六年，自己都没女大十八变，他倒是越长越能招蜂引蝶了！

站在她左边的人在她耳边低语：“你家那位真是分分钟把王一婕的男朋友秒成渣了。你挺能耐啊，平时闷声不响的，竟然藏了块金元宝！”

这声音虽然刻意压低了，还是一字不落地传到了左珊瑚右边的王一婕的耳朵里了，王一婕本就苍白的脸又白了几分。

本来处处矮左珊瑚一头，王一婕心里就不舒服了，唯一平衡的就是找了个高富帅男朋友，勉强算是扳回一局。可是，她现在拿左珊瑚的男朋友跟自己的男朋友一比，就像是凤凰和灰鹤，她心里半点骄傲都不剩了。

王一婕不禁再次朝那风姿卓绝的男人睇了一眼，似乎听到心里有破土而出的、怦然心动的情愫，还有相见恨晚的不甘，这样优秀的男人，左珊瑚如何配得上？！

“谁藏着了？！”左珊瑚不满，“我巴不得他现在立刻移情别恋，最好找个人私奔飞去南半球双宿双栖，让我一辈子别再看见他才好！”

“行了，你别傲娇了，这样好的货色，多少人排着队想挖墙脚，哪天真让人撬走了，你哭都来不及！”

“谁敢挖我的墙脚，活得不耐烦了吗？！”左珊瑚哼了一声，大话连篇，“你不知道他已经爱我爱到非我不娶了吗？他早已被我拿捏于股掌之间，永世不得翻身了！”

“啧啧，看着挺风流倜傥的，没想到是个瞎子。”同学们纷纷表示不甚惋惜。

而王一婕难得地没有像往常一样冷嘲热讽，心里的小算盘活跃了起来。

向堃平时并不爱笑，脸色疏淡而冷漠。他的人生准则是，能用一句话噎死你，就决不说一句半，挑一下眉毛摆得平就绝对不会动嘴唇。所以，即便他刚刚有一瞬间的温柔乍现，同学们也都忌惮他这浑然天成的气势，不敢贸然靠近，只以他和左珊瑚为圆心围出一个半径三米的圈。

左珊瑚后悔自己四年都没把班上女孩子扭曲的审美观摆正，只能瞪着他："让花店偷偷送束花过来就行啊，这么高调是几个意思啊？！"

他挑眉，不轻不重地开口："偷偷？你是我未婚妻，你毕业典礼，我给你送束花是天经地义，为什么要偷偷？"

左珊瑚再次听到身后的同学倒吸一口凉气的声音了，更是怒上心头，压低了声音，恶狠狠地开口："不黑我，你会死吗？！我明明还是个黄花闺女！"

向堃低低一笑，一脸了然状："你这是在怨我回来晚了，导致你的黄花闺女生涯比同学们都长吗？"

语毕，他安抚地拍拍她的肩膀："关于这一点，你可以放心，为夫一定加快脚步，追上她们，并迅速地超越她们。"

完全没法再沟通下去了好吗？！

好在向堃秀存在感也就在拍毕业照的时候，下午他就要回公司了，说是等她聚餐后来接她。他走就走吧，临走的时候，趁她不注意竟然还当着全班同学的面亲了她一下！

左珊瑚气极了，吹胡子瞪眼地追着他的车跑了半里路。当然，这一幕落到同学们的眼里就是情到浓时分开一秒如同三秋的写照了。

"啧啧，至于这么秀恩爱吗，刚刚还嘴硬，现在就追着人家跑，怕他长翅膀飞了吗？"赞赞有个十分与时俱进的名字，叫作典赞，跟左珊瑚关系最好，可她一点也不喜欢点赞，只喜欢点蜡，"我从看到他第一眼，就想给他点蜡，这么个大帅哥，竟然栽在你的手里了，不过，你确定他真的没女朋友吗？！”

“你觉得我自告奋勇地给他介绍个女朋友怎么样？”左珊瑚觉得这真是个不能再棒的主意，那左爸爸、左妈妈就不会把她往他这大火坑里推了吧！

典赞觉得这傻丫头脑回路有点问题：“我刚站在王一婕后面，看到她频频给你家帅哥暗送秋波，你可长点心吧。”

左珊瑚刚要反驳，肩上就被拍了拍。

她转头，发现舒亶竟然也来了。

舒亶冲她温柔地笑，递过怀里的百合：“送给你的，祝你毕业快乐！”

整个班上的女生都要抓狂了。

别的学院里都有男生给院里的女生送花，而文学院里向来是阴盛阳衰，整个院里的男生不超过二十个，还个个都是忧郁小生、娘娘腔系列，不是有女朋友就是有男朋友了，所以，文学院的女生能收到一束花已经很不容易了，可左珊瑚这样的居然收到了两束……显然会被吐槽死。

愚钝如左珊瑚，也感觉到四周嫉妒的眼神了。机智如她，赶紧把手里向堃送的那束招摇过市的玫瑰塞进赞赞的手里，以表明自己绝对没有人心不足蛇吞象、一个人占了两个坑的意思！

果然，百合比玫瑰好闻太多，左珊瑚忍不住打了个打喷嚏。

舒亶印象里的左珊瑚是穿着宽松的运动服，头发总是有几缕不服帖，整个人看起来像个毛茸茸的小动物。可是，刚刚过来的时候，他老远就看到她对着镜头笑得比怀中的鲜花还要娇艳，他心里像是突然叮的一声亮起了一盏灯，提示着他，曾经那个毛茸茸的女孩儿，已经是个亭亭玉立的美人了。

当初对犹是小女孩钟情的他，如今怎么会对她不动心？年少时缺乏的勇气和慎重，如今也慢慢修炼了出来。他选择留校实习的时候，以他的成绩，即便是去国内数一数二的大学也不难，父母更是希望他能出国深造，可最后他鬼使神差地选择留在了C大，是真的像自己宣称的那样要留在家里照顾二老，还是要给曾经逃避的那一段感情一个交代……连他自己都不确定。

“正好在学校有点事，没想到遇上你们毕业典礼了。”舒亶的声音清朗如风，听着就让人心情愉悦。

左珊瑚到现在还很疑惑，这么好的帅哥，怎么自己说不喜欢就不喜欢了呢？难道自己潜意识里其实是个容易移情别恋的花心大萝卜？

不过，跟对向堃的态度不同，舒亶前脚刚走，后脚就有乌压压一群女人围上来八卦了。

“交出他的背景，不杀！”

“快点老实交代跟这极品帅哥的关系！把他让给我，否则，我去论坛说你脚踏两条船！”

左珊瑚好不容易挣开这群披着学士服的女色狼，长长地舒了口气，低声问赞赞：“为什么你们对向堃那么冷淡，对舒亶这么疯狂？难道你们也觉得舒亶比较帅？”

赞赞摇头：“不，恰好相反。如果有一天你买了张彩票，彩票公司打电话过来说你中了五百万，你高不高兴？”

“当然高兴！”左珊瑚毫不犹豫地点头。

赞赞继续问：“那如果彩票公司打电话给你说你中了五百亿呢，你高不高兴？”

“肯定更高兴啊！”左珊瑚点头点得很是开心。

“高兴什么啊？！”典赞恨铁不成钢，“一般人都会觉得是骗子，不会相信的好吗？！所以，舒亶就像是五百万，而向堃就像是五百亿。”

“左珊瑚纠结了好半天也没理解她的逻辑，倒是在电光石火间想出了个好点子，“那我把向堃打折卖给你好不好？！友情价，八折！”

“要不，五折贱卖？”她犹不死心。

散伙饭是研究生三年的一个句号，意味着从明天开始，大家都要各奔前程、四散天涯了。

辅导员和很多代课老师、系里的领导都到场了，各说了些祝福的话，引得大伙儿飙泪后又匆忙赶去下一个班了。

左珊瑚作为班长，自然要负责点燃气氛。可这事儿让她犯愁了，别的系里可以怂恿男生跟暗恋的女同学表白，弥补毕业前的遗憾，可他们班一共就两个男生，前几天被扒出来两人早就有女朋友了……

最后没法子，左珊瑚只能出卖舒亶了，至于为什么不出卖向堃呢，很简单，因为卖不出去。

规则很简单，一个班的人坐了三桌，就每十个人一起玩小游戏，天黑请闭眼、成语接龙、谁是卧底、真心话大冒险自选，最后每桌选出优胜者，可以在主持人左珊瑚这里拿到关于舒亶的联系方式或者是让她牵线介绍。

果然，此话一出，班上的女生为了心中的男神都有准备拼了的架势，瞬间把毕业的伤感甩到脑后了。

左珊瑚一边为她们的节操点蜡，一边默默地对桌上的美食发起进攻。

“我瞧王一婕也玩得兴致很高啊，难道她也看上舒亶了？”赞赞低声说，“我刚还看到她跟那传说中的富二代男友吵架吵得脸红脖子粗呢，难道分手了？”

左珊瑚点点头，道：“既然恢复单身，那也有追求真爱的权利，放心，我会一视同仁的。你专心玩游戏啊，别想走后门，舒亶的联系方式，我是不会轻易给你的！”

隔壁包厢哭得稀里哗啦、吐得稀里哗啦时，左珊瑚班上的胜负也决出来了。三桌的得胜者一个要走了舒亶的电话号码，一个要走了舒亶的微信，左珊瑚看着走近自己的王一婕，已经做好准备把他的游戏账号也奉献出来了。

可王一婕率先开口了：“我不要舒亶的联系方式，我要向堃的！”

散场的时候，左珊瑚已经醉得东倒西歪了，典赞也有些发晕，勉强扶着她跌跌撞撞地出来，两人险些就要撞上大厅里的雕花柱了。

“我看你也不大清醒了，扶不住她，交给我吧。”王一婕不由分说地接过倒在典赞身上的左珊瑚，让她倚着自己。

大厅的灯光算不上明亮，酒的后劲也上来了，典赞跟前影子重重，只当是班上热心的同学，就放心地把人交了过去，自己跟着大部队晃晃悠悠地出酒店回学校了。

王一婕扶着左珊瑚出了酒店，远远就看到等在酒店门口的向堃了，闪烁的霓虹照着他疏淡的眉眼、挺拔的身形，有种说不出来的迷人气质。

似乎感应到一般，他的目光转向了这边。王一婕本是有些吃力地扶着左珊瑚的手臂，对上他的目光时，下意识就改成了扶着她的腰身，力求既动作温柔又看起来很吃力。

向堃上前向王一婕致意，动作自然地接过前脚绊后脚的左珊瑚：“我们家左左酒量差又爱逞强，麻烦你了。”

王一婕含羞带怯地笑着摇头：“没有，左左性格爽朗、不扭捏，我们班上的人都喜欢她。”

他若有所思地看了眼前的女孩一眼，微微一笑：“那倒是，她跟我说过，班上除了一个叫王一婕的，其余的人跟她关系都不错。”

如愿地看到王一婕的脸色一白，向堃才继续道：“我这人记性不大好，还有脸盲症，上午你们又都穿着学士服，我还真的不大记得你是哪位同学了。”

听着这话，王一婕就知道左珊瑚没少在他面前讲自己的坏话，王一婕本是死了心的，可谁知道，他竟然有脸盲症，不认识她，那几近熄灭的星火又在瞬间燃了起来。

“向大哥，您好，我叫典赞。”她略带心虚地介绍道。

向堃做恍然状：“我记起来了，你就是在班上和左左关系最好的典赞！我说看着很眼熟呢，我们家左左常跟我夸你呢，说你是能两肋插刀的好朋友。”

她见他表情真挚，不像是有怀疑，这才松了口气，微微不好意思地开口：“没有啦，左左为人仗义，我也是真性情，自然能玩到一块儿。”

说话间，两个人和醉倒的左珊瑚就到了向堃的车旁，向堃看着已经远远离开的同学，一改往日的冷漠，亲切又亲昵地征询：“赞赞是回学校，还是去哪里，回学校的话，追上他们还来得及；要是不回学校，我就顺便送你一程。”

今天要拍毕业照，有学士服照，也有自由拍照的，而班上全是女孩子，自然是挖空心思地装扮自己，想在镜头前留下最美丽的倩影。所以，王一婕前两天特地让男友带她去买了套最新上市的裙装，水蓝色的不规则褶皱荷叶边裙，还配了精致的人工刺绣，造型时尚而艳丽。男友当下便说她穿上之后宛如一株出水芙蓉。此时此刻，她觉得自己这朵芙蓉，是注定要为眼前这位男子盛开的。

上午的时候，她就觉察出他对左珊瑚看似温柔实则十分冷淡，对旁人更是冷上三分，而如今对自己这般亲昵……她甚至已经有了一半的信心能拿下他了。

她莞尔一笑："因为家在C市，所以早就收拾好行李打包回家了。"

淑女准则之一，话要留三分，让别人去读你的言外之意。

向堃哪里听不出她的意思，看了眼怀里嘟着嘴、神志不清的家伙，似乎丝毫没意识到自己的男人被别人觊觎了。不过，就算左珊瑚此刻是清醒的，怕也不会有半点危机感的。他微微叹了口气，顺水推舟地笑道："能送美女一程，是向某的荣幸。"

向堃预备将左左放在副驾驶座时，王一婕体贴地开口建议道："坐那里肯定不舒服，还是让她坐后座吧，靠着我会舒服点。"

"还是你们女生考虑周到，不过，她太爱闹腾，你把她放后座躺着就成，你坐副驾驶座吧。"向堃嗓音偏低沉，刻意营造的温柔更是醉人，惹得王一婕心里涟漪阵阵。

"啊！"刚要上车时，她像是突然想起了什么，"左左有东西忘拿了，你等一下。"

说完，她就急匆匆地返回酒店，不多时，手里便捧着一红一白两束花回来了。

"左左人气太旺，上午刚收到一束热情的玫瑰，下午就又有帅哥送了束纯洁的百合。整个下午，左左都抱着这束百合花不撒手呢，可见，是真心喜欢这百合啊！"她状似不经意地透露，随即像是突然意识到身旁的他是送玫瑰的人，倏地噤声，不再多言。

她深信，挑拨离间这种事，点到为止的效果，比全盘吐露威力要大得多，只要他一联想，两人的关系必然会有裂痕。

向堃几乎要对她这样费尽心思的挑拨拍手称赞了，要不是他足够了解左珊瑚，还真会深信不疑。只是，他比谁都清楚，左珊瑚有鼻敏感，受花粉刺激就会一直打喷嚏，他送的玫瑰是经过特别处理的，这百合却并没有，她怎么可能会抱一下午呢？

“百合最不耐看，不过一下午，花就蔫成这样了，扔了吧。”他微微冷下脸色，拿过她手里那束百合，随手就扔进了一旁的垃圾桶里，“上车吧，我送你回去。”

王一婕看他的脸色就觉得自己又离成功近一步了。

“毕业了，有什么打算啊？”向堃开口问道。

车上放着清雅的小提琴曲子，却远远不及他的声线迷人。

王一婕温柔地回应：“跟左左一样，在四小实习，但愿能留校任教。”

他点了点头：“当老师好，我妈喜欢左左，也是因为她以后是个老师。”

“你跟左左是怎么认识的啊？”她好奇，“你介绍的时候说是左左的未婚夫，可我们从来也没听左左提起过。”

“其实……”他看了一眼后视镜里后座上睡得正酣的人，“我们是相亲认识的，才接触一个月，就订婚了。”

王一婕心里简直抓狂，要是她比左珊瑚早遇上这个极品男人，哪里还有左珊瑚的事儿啊？！

不过，他们才认识一个月，说明他们的感情基础十分薄弱，这样的一对，拆起来简直是易如反掌！

“订婚……”内心波涛汹涌，王一婕面上仍旧平静无波，“那你们之间相互了解吗？你知道她是什么样的性格吗？”

向堃摇摇头：“这些都不重要，我们家需要的只是个体面的媳妇儿罢了，C大毕业，当人民教师，这就够了。”

她心里在捶胸顿足地呐喊：我也是C大的啊，我也是人民教师啊，而且，我还是C大的才女啊，我更合适呀！

可是，这种事情切忌急功近利，王一婕不动声色地叹了口气：“如今这个世道，追求真爱反而是件不容易的事了。勇敢如左左，都没有这个勇气。”

“嗯？”向堃低低地疑惑道，“你的意思是？”

她这才发觉自己失言，忙摆手摇头：“没什么，没什么，左左没做什么对不起你的事。”

“此时此刻，我倒真是希望她做了对不起我的事才好。”向堃面上有些难色，“这样就能够名正言顺地毁了这桩婚约，不是吗？”

他说完这番话便转头看向她，目光温柔而深邃，惹人沉醉。

王一婕此刻觉得连呼吸声都是打扰，不由自主地屏住了气息：“为……为什么呢？你刚刚不是还说左左再适合不过了吗？”

他眨了眨眼睛，带着一丝笑意：“因为我现在才发现，似乎遇上了比她更合适的。”

王一婕觉得自己的心脏几乎要跳出来了。

车子已经到了她家楼下，而她无法推门离开，因为他刚才的一句略带暗示性的话，她觉得自己现在四肢像是僵硬了一般，根本动弹不得。

这样一个千载难逢的机会，她可不能错过。拿下男人的诀窍的确是欲擒故纵，但是不能纵过头了，需要主动给点若即若离的暗示，才有擒住的机会。

这么想着，她松开安全带，推门准备离开时，却因为身娇体弱，一个没稳住，往他这边跌了过来……

按照剧情的发展应该是她顺理成章地跌进他的怀里，两人深情地对视，他终于被她迷倒，忍不住低头吻向她时，她再不着痕迹地起身离开，让他猫爪挠心般的惦记着得不到的她。

只是……她怎么没有跌进柔软的怀抱里，后背还疼得像是被戳了个洞似的？！

王一婕尖叫着起身，回头一看，肺都气炸了，一直闷不吭声的左珊瑚竟然不知道什么时候把腿都伸到前面来了，凉鞋的尖头竟然还不偏不倚地戳到了她的脊椎上！

这番动静惊醒了梦里的左珊瑚，她揉了揉眼睛：“王一婕？你怎么在这儿？！”

真实身份被揭穿，王一婕下意识地看向另一边打开车门、站在车门旁的向堃，对上他犹带着关切的眼神，心下顿时放松。看来，她是跟左珊瑚交好的典赞，还是跟左珊瑚交恶的王一婕，已经不重要了。

“向大哥接你的时候，顺便送我回来而已。”她解释道。

左珊瑚瞪大了眼睛：“你有毛病吧，跟我坐一辆车，你不难受吗？难怪我刚睡着的时候老觉得难受，原来是你在车里！”

在男人面前最忌讳的就是毒舌、泼妇状，而最容易惹人心生怜爱的，就是白莲花了。王一婕深得要领，一脸委屈：“我知道以前都是我的不对，我正式向你道歉，这都已经毕业了，咱们和解吧。”

和解什么啊！左珊瑚翻白眼，想起刚才她向自己打听向堃，心下顿时更加不痛快，直接冲车外的向堃喊道：“没听到这里的声音很吵吗？赶紧回家！”

因为刚刚那束百合心生郁结的向堃，此刻却因为左珊瑚这股罕见的怒火，莫名地愉悦了起来。

第六章

冤家路窄

假如六年前我把你甩了，然后你捅了我一刀，六年后，你还会对我一见钟情吗？

“你刚刚跟王一婕趁着我睡着干了啥？！”左珊瑚瞪了瞪他，质问。

“你是以什么身份质问我的？”向堃带着笑意望着她，“要是以未婚妻的身份，我就不得不答了。”

“谁是你未婚妻？！”左珊瑚别过头不看他，“我只是怕她太单纯，重蹈我的覆辙，轻易地被你勾引了！”

“重蹈覆辙？”他意外地被这个词取悦，“这么说，单纯的你，已经被我勾引来了？”

跟这个不占便宜会死的人根本聊不下去了好吗？！

好不容易毕业了，没有课业压力，四小的实习也告一段落了，左珊瑚觉得身心轻松，唯一的愿望就是整个暑假睡觉睡到腿抽筋。

只是，愿望这种东西，就是用来粉碎的。

没有了闹钟，可有比闹钟还有威力的东西，比如，正在外面敲门的向堃！

左珊瑚用枕头蒙住耳朵，企图将扰人的敲门声屏蔽。只是，敲门声刚停了一会儿，敲窗的声音又响起来了。

她实在不耐烦了，爬到床头，赤着脚去阳台拉开窗帘，果然是阴魂不散的向堃！

隔着窗户，向堃看着里面怒气冲天的人，忽然觉得这一幕似曾相识。

小时候放暑假的时候，她总是不爱写暑假作业，到快开学的前几天才着急，可是成绩又差，根本没法搞定，就只能去骚扰他了。

向堃被她烦透了，闭门不见，锁在二楼自己的房间里，戴上耳机，谁也不搭理。

左珊瑚没办法，只能铤而走险地选择爬窗户，出其不意地跳到他的跟前，抱住他不撒手。

他本来是要发脾气的，可看着她爬窗的时候手心蹭出一道道血痕，便忍住了，无奈地教她写作业。

现在看来，真是风水轮流转啊！

左珊瑚气呼呼地给他开了窗，问："干吗？！一大早就跟鬼子进村似的！"

眼前的左珊瑚头发乱成了鸡窝状，睡裙一边的肩带滑到了手臂上，另一边的裙摆还卷在腰际，裸露在外的肌肤莹润白皙，姣好的曲线展露无遗……

尽管左珊瑚语气不善，但一大早就大饱了眼福，向堃也不跟她多计较了，直接抓着她光溜溜的手臂把人扔进浴室："给你三十分钟整理自己，三十分钟后没出来，这两个月的生活费就别想拿到手了。"

没有钱的暑假，那哪叫暑假啊？！

他这一招几乎是屡试不爽，一下子让左珊瑚清醒了，瞬间浴室里响起一阵乒乒乓乓的声音。

左珊瑚披着湿漉漉的头发下楼的时候，向堃已经悠哉地坐在她家客厅里享用早餐了。见她下来，他还特地看了看手表："迟到三分钟，扣掉全勤奖。"

这时候，左珊瑚已经清醒地意识到自己不是当初被唬一唬就上当的傻妞儿了，尽管刚刚还是糊里糊涂地被唬了一回："施主，我看你心眼发黑，近日必遭血光之灾，需广施恩惠，多为善举，方能挡煞免灾，得保平安。"

"哦，是吗？"向堃拿过原本放在她面前的三明治和牛奶，"刚做的烟三文鱼培根鸡蛋的三明治味道还不错，公司不远的天桥底下流浪汉不少，等会儿带给他们吧。"

烟三文鱼、培根、鸡蛋，都是她的最爱！

左珊瑚确定他是故意的，准备上去抢："给我也是行善举啊！佛曰，众生平等。你不知道吗？”

“话虽如此……”向堃目露疑惑，“可是……”

“别可是了！”反正也说不过他，左珊瑚懒得动嘴，直接扑过去上手抢了。

“啧啧，师太，你这一下可是犯了两条清规戒律啊！”他身手敏捷，一边端着盘子躲避，一边还能分神继续打趣她。

“什么清规戒律？”左珊瑚一脸狐疑，哪来的两条？

向堃热心地为她解疑释惑：“哪儿有师太爱吃肉的？况且，见到美色就往上扑，也不太合适吧？”

左珊瑚觉得这些年他专攻的根本不是计算机学，而是不要脸学吧！

“我爸妈早上都有课吗？”左珊瑚见一大早两老都不在家，“说好要陪我去毕业旅行，说话不算话！”

因为班上的同学很多已经定下了工作要尽早入职，所以当时的毕业旅行在毕业答辩之前就草草了事了，现在毕业了，已经没心思再来一次，便就此作罢了。

只是，左珊瑚心里仍是有些遗憾。

“他们早上就走了，去埃及进行为期三个月的考察。”向堃瞟了她一眼，慢腾腾地回答。

左珊瑚已经对这对完全不把闺女放在心上的父母绝望了，只盼着他们别太绝情，“那生活费……是不是已经打到我的卡里了？”

向堃一脸“你太天真”的表情：“虽然你爸妈给了，但是二十二岁还向家里要生活费，你不觉得丢脸吗？我觉得你向来是个有骨气、有节操的人，所以，义正词严地替你拒绝了。”

“我什么时候是个有骨气、有节操的人了？！你肯定是故意的！”左珊瑚愤然揭竿！

向堃憋着笑意，一本正经地认错：“你说得对，没认识到你没骨气、没节操的本质，那是我的疏忽，我跟你道歉。”

左珊瑚终于觉察出这对话有哪里不对劲，改口道：“就算我真的有骨气、有节操，可是，骨气和节操能吃吗？！不能！所以，生活费比骨气和节操要重要一百倍、一千倍！你凭什么替我拿主意？！”

向堃随口便道：“的确，有骨气、有节操的人尚且会饿死，你这样的‘三无’人士更容易饿死。那这样吧，二十二岁之前都是你爸妈养你的，二十二岁之后就由你的未婚夫我来养吧。”

左珊瑚挺起脊背，一脸不屑地看着他：“笑话，我凭什么要你来养，我是有骨气、有节操的人好吗？！”

向堃继续点头：“你说得对，没认识到你有骨气、有节操的本质是我的疏忽，我跟你道歉。”

她怎么觉得这道歉有点耳熟的样子？等等，刚刚他的道歉好像不是这样的……

“所以，我已经替你想好了，要养活自己还是得靠自己，继续来我公司实习吧，我给你发工资。这样，你既养活了自己，又保全了自己的骨气和节操，一箭双雕，是不是？”绕了一早上，向堃终于进入正题。

左珊瑚的脑子早已被自己究竟有无骨气、节操这个问题纠结成了麻花，她顺着他的话点了点头，犹带着不服输的气势：“好女孩儿就该自立自强！实习就实习！”

六年前不过两百平方米的科技公司，今天已然发展成了C市赫赫有名的上市科技企业。而公司的组织结构也发生了翻天覆地的变化。当年的合伙人孔卓晨一直担任着总经理一职，而最大的股东向堃，顺理成章地出任公司的CEO。虽然一直在外留学，他却同时在不断地拓展着公司，短短五年，公司就在纳斯达克上市，而他也华丽变身为C市最年轻、身价最高的青年才俊。

向堃去美国的六年，左珊瑚是一想起他就来气，巴不得他破产才好，自然不会关注他的公司。所以，时隔六年再一次进来时，她简直被这规模和阵仗吓傻了。而公司网站上那些溢美之词，各个媒体的竞相报道，更是让她瞠目结舌。明明他从小就住在她家隔壁，和她吃一样的米、喝一样的水，为什么他都已经是高高在上的总裁了，她却还得仰人鼻息、祈祷着学校留用？！

左珊瑚觉得向堃的爸妈跟自己的爸妈年轻的时候肯定暗地里较劲，比谁家生的孩子聪明！结果，她得天独厚，打出生就比向堃好看水灵，所以，他心里不服气，暗地里较劲，还总鄙视她、打击她的积极性，现在终于翻盘！

果然，阴险什么的，是他从娘胎里带出来的属性！

终于在第三天上班的午餐时间，左珊瑚在餐厅里忽然灵光一闪，意识到自己这次又中了阴险的向堃的圈套，便扔下饭勺，准备冲向总裁办公室去找他算账。

“珊瑚，你怎么了？”负责带着她的人叫张笛，皱着眉看着她吃饭吃到一半突然火冒三丈地站起身，“吃顿饭都这么毛毛躁躁的。”

“找向堃单挑！”她怒目圆睁，气势逼人。

公司规模的扩张意味着团队的壮大，职员就比当初多了好几倍，当初和她一起实习的老员工离开的离开，升职的升职，现在她实习的部门更是一个旧人都没了，所以，并没人知道她跟向堃的关系。

于是，她这话一出，成功地把半个餐厅的人的目光吸引过来了。

“你疯了吧！”张笛都觉得丢脸，一把把她拉着坐下，“真是初生牛犊不怕虎，大老板是你说单挑就能单挑的吗？！你还没走到总裁办公室的门口就被射得千疮百孔了！”

“为什么？难道他还配了保镖？！”左珊瑚吃惊得嘴能塞进一个鸡蛋，难道他树敌太多，欠了一身血债？

“不是实打实的子弹，是咱们公司未婚女性的目光！大老板是全公司女性的资源，要是被你污染了，一人一口唾沫星子都能淹死你！”张笛敲了敲她的脑袋，“你到底是怎么进公司的？听说是孔总保荐的，你是她外甥女？”

左珊瑚看着周围还盯着她的敌视目光，默默地坐了下来，“呵呵，我不是说大老板，我有个同学也叫向堃，呵呵，大家别误会！”

餐厅里的人这才低头继续吃饭，只是，三秒钟之后，又有此起彼伏的吸气声响了起来。

左珊瑚纳闷起来，自己已经这么低调了，难道还是掩盖不了浑身上下那“能分分钟秒杀大老板”的光芒吗？

不过，抬头的一瞬间，她就知道自己想多了。

因为高高在上的大老板，竟然破天荒地出现在了员工餐厅！

“左左！”低沉悦耳的男声在耳边响了起来，“吃完饭，来我办公室一趟。”

果然，张笛说得一点没错，向堃一靠近，左珊瑚就有种如芒在背的感觉了！

“啧啧，真是变身土豪了啊！”左珊瑚一进屋，就转悠着打量他宽敞明亮的办公室，“竟然还有休息室和浴室！要金屋藏娇真是毫不费力啊！”

“你这么一提点，我发现还真是的。”向堃一边批阅文件，一边随口附和，“你觉得藏几个比较合适呢？”

跟未婚妻面对面地讨论要藏几个女人合适？！

“你叫我上来干吗？而且打电话就行啊，干吗非得上餐厅去替我拉仇恨？！”她愤然，毫不避讳地在休息室的柔软大床上滚了几圈，“你这才回来多少天啊，就把整个公司的女人迷倒了，我前两天还在洗手间里听到两个做清洁工作的大婶在说你呢。”

向堃想了想那情形，顿觉恶寒：“趴在桌上午睡，你不是睡不着吗，以后午休就来我这儿。”

“你疯了吗？”左珊瑚跳脚，想想都觉得后怕，“你在餐厅喊了我一声，我就已经觉得腹背受敌了，要是让人看见我每天中午都上你这儿来午休，她们不得抽了我的筋、扒了我的皮啊？！不行，不行，我还是回去了，以后不许再在公共场合跟我说话！”

话刚说完，她就脚底抹油一般闪人了，正好与要进门的人事部总监擦肩而过。

“总裁，刚刚冲出去的是？”人事部的总监诧异地开口，“我记得是前几天孔总推荐进来的一个实习生小丫头，叫左什么来着？是孔总的亲戚吗？”

“左珊瑚。”向堃面上一笑，好心地为他解答，“不是孔总的亲戚，是我的未婚妻，堃卓未来的老板娘。”

刚吃完午饭就听到这么劲爆的消息，人事部张总监都觉得有些消化不良了，将人事报告汇报完就迅速闪人了。

刚到门口，他就听到总裁幽幽的声音传来：“张总监，既然知道左左的身份，那我以后就不想听到任何中伤她的流言蜚语了，如果让我知道公司里的人不务正事、整天以传播流言蜚语为乐，那我就直接找你算账了。”

“是，总裁。”张总监一脸冷汗地回去琢磨怎么能既讨好未来的总裁夫人又能保住自己的饭碗。

“测试部那个实习生，你们见过没？挺漂亮、挺水灵一姑娘。”总裁私人茶水间里，许秘书神秘兮兮地问。

“好像有点印象，前两天不还来过总裁办公室的吗，怎么了？”柯助理好奇道。

“听说策划部的薛主管薛乐看上她了，准备追求呢。”许秘书一脸憧憬，“那薛主管也是仪表堂堂啊，不过是个草包，仗着自己是人事部张总监的妻弟才进来的，而且，据说挺花心，新来的、长得稍微好看的都被他追过了。”

“哎呀，实习生刚出社会人单纯，肯定逃不过他的各种攻势了。”柯助理叹息着转身就看见大老板黑着脸站在身后，两人互相比画了个抹脖子的表情，灰溜溜地回座位了。

“重做。”向堃随手把策划案扔在会议桌上，眉眼间并无怒色，只是那无形之中骤然变冷的气场，足以让策划部的几个负责人后背冒冷汗。

“六年前，我亲自做出来的游戏为堃卓的今日奠定了基础，虽然现在公司已经是以科技产品为主，可我不希望公司的理念就此被遗忘。”他淡淡地扫视了会议桌前的几位高层一番，“而以游戏为开端的公司如今做出的游戏只是这个样子，那堃卓就该炒人了。你们觉得是该炒了我这样领导无方的老板，还是该炒了办事不利的各位呢？”

这话满满都是疑问，像是真的在询问一样。只是，在座的个个心惊胆战，哪有员工炒老板的道理，只有可能他们自己被炒。

向堃做完简短陈词就离开了，留下策划部一群人面面相觑，束手无策。

向堃回到办公室的时候，嘱咐秘书煮杯黑咖啡，他准备好好研究研究怎么驾驭那些人了。他们都是公司的老员工了，前几年他人在国外鲜少回来主持大局，平时只在重大会议上发表讲话、做决策，决定公司的发展，所以，他们并不熟悉他的作风。

而孔卓晨为人和善，更是个不拘小节的领导，底下的人只要没犯大的错误，他基本上也就睁一只眼、闭一只眼了。正是因为这种轻松的氛围，让许多老员工成功地变为了老油条，做事太过敷衍不说，还没有半点担当。

现在向堃回来准备好好整顿的时候，才发现这是个让人头疼的大问题。

“这六年来，你全用来娶媳妇儿生孩子了？”向堃揉揉眉心，没好气地看着还嬉皮笑脸的孔卓晨，“我一回来，你就扔这么个一烂摊子给我。”

“能者多劳啊！”孔卓晨尝了口咖啡，眉头皱得紧紧的，“要不是你这么拼命，咱们堃卓也达不到今天的规模。可是，我一点儿也不感激你，因为你害得我天天加班，深更半夜回不了家，心里想我儿子想得挠心挠肺，却只能隔着电话听他奶声奶气地喊爸爸。这一切的罪魁祸首就是你。”

“好在你也回来了，我总算可以全身而退了。”孔卓晨将手里的文件扔在他的跟前，“这是我一部分股权转让书，以后公司就交给你了。”

“你开什么玩笑？！”向堃蹙眉，“全扔给我，你干吗去？”

“我已经答应带我媳妇儿和儿子环游世界了，九月份起程。”孔卓晨满足地笑笑，“以后我就做个持干股的悠闲董事就成。这几年，我虽然没像你这么拼命，可也投入了不少心力，你好好经营，争取将来能让我儿子继承我的股份。”

“滚、滚、滚！”向堃直接把人轰出去了，这都是些什么人啊，整天嫌他命长，尽添堵。

“向总，测试部的左珊瑚来了。”秘书见总经理被轰出来了，就知道大老板心情不好，接通内线的时候声音都有些发颤。

“让她进来。”奇怪的是，大老板的声音竟然带着罕见的温柔?

左珊瑚一边啧啧几声，一边推开大门，以前去见他，她只要翻一堵墙就成，现在竟然还需要秘书通传，他应了才能放行，还能不能愉快地做小伙伴了？！

“向总。”她一进门就整个人趴在他的办公桌上，一脸殷勤，“那个……今天晚上约了同学逛街吃饭……能不能先预支点薪水？”

“预支自然是没问题……”向堃抱臂看着她，“只是，我今天心情不好，你先想个法子让我痛快了，我痛快了，自然就会痛痛快快地让你预支薪水了。”

“小的愿效犬马之劳！”左珊瑚瞬间无障碍地切换成奴颜媚骨的状态。

他这才满意地点点头：“也没多大的事儿，测试部离策划部近，你待会儿替我带句话给测试部的薛主管，他这次的游戏策划方向不对，游戏的诱惑力度不大。”

拿着刚预支到手的薪水，左珊瑚觉得有点不对劲，带句话就能挣这么多，以后取消公司内线，她做传话筒好不好？！

“姐夫，你怎么也犯愁着呢？”薛乐愁眉苦脸地来姐夫这儿诉苦，“姐夫，我觉得我大概待不久了。”

“怎么了？”

“这次游戏的策划被大老板一口给否决了，说是三天之内不拿出让他满意的方案就得收拾包袱走人了。”

“那就修改啊，向总的个性挑剔，不同于孔总好说话，你们就多花点心思吧，别跟以前似的得过且过了。”张总监如今是自身难保，只能加以提点了。

“我也想改啊，可关键是，总裁半点指示都没有。”薛乐忧心忡忡，眉头都纠结成麻花了，“向总只说了一句方向不对，哪里的方向不对呢？这个向总虽然只有二十六岁，可是城府深不可测，让人半点也猜不准。”

“咱们猜不准这向总的心思，总有人猜得准啊！”张总监忽地福至心灵，“来，姐夫给你指条明路。”

“左小姐，来，坐。”薛乐刚被姐夫指点迷津，需要去找左珊瑚点拨，因为之前见她长得不错，起了别的心思，还纠结了一番。结果他这一回来就看到她，简直有种救世主从天而降的喜悦。

他殷勤地为她拉开小会议室的座椅：“左小姐难得大驾光临，想喝点什么，咖啡、奶茶，还是果汁？”

“薛主管别忙活了，我是要替向堃……向总带句话给你。”左珊瑚简直受宠若惊，“向总的意思是，这策划案总体是不错的，只是方向不对。”

总裁还让她带话？果然，姐夫说得没错。

薛乐一改中午的愁眉苦脸，喜滋滋地把游戏策划案拿出来：“那左小姐替我看看，到底是哪个地方的方向不对呢？”

左珊瑚想着这薛主管从她进公司以来就对她不错，频繁地跑测试部为她答疑解惑，也不嫌烦，于是默默地翻着策划案，也想帮帮他。

策划案最亮眼的地方就是扉页那张女人玲珑有致、曲线毕露的光裸美背了，用这样一张图片做人物宣传，无疑是吸引了男性玩家的目光。

“那个……”左珊瑚强迫自己翻完了全部的策划案，似懂非懂地点了点头，“我觉得还不错……”

她刚抬头就对上对方殷切期待的眼神，只得尝试着开口建议：“他既然说方向不对……那应该是觉得这美女站的方向不对，诱惑力不够，至少得转个身。”

向堃好像是这个意思吧？

薛乐宛如醍醐灌顶，当初他就觉得给一个背影算什么，完全没有吸引力：“果然，左小姐眼光独到。”

两天后左珊瑚就在茶水间听说大老板因为策划案的事大发雷霆，直接把策划部的薛乐开除了。

左珊瑚抱着水杯凑上去：“怎么了，策划案不是修改了吗？怎么向总还不满意？”

“就是因为改了才坏事儿的。”策划部的人瞪大了眼睛，“开始只露个背，还勉强有点美感，可薛主管竟然让她转了个身，整个变成低俗的肉欲系列，简直拉低了咱们整个堃卓的档次。据说大老板一看脸都黑了，直接甩到他的脸上了。”

左珊瑚心里默默地为薛主管点了支蜡烛，随即突然想起，转身什么的，好像原本就是向堃的主意？

下班搭向堃顺风车的时候，左珊瑚试探着问了句：“不是你说策划案方向不对、诱惑力不够吗？怎么又突然把薛主管开除了呢？”

“哦？我有说过方向不对吗？”他淡定地开着车，“就算我真的说过，指的也是整个游戏画面风格的方向不对，佛曰，心中想的是什么，听到的就是什么。由此可见，那薛乐就不是什么好人，开了他，是为民除害。”

等等，好像是她给薛乐提的意见来着……

第七章

喜欢不喜欢

你没有高兴，而是生气，是不是因为连你自己都没发现，其实你已经喜欢上我了？

“左左，今天万达广场做活动，晚上咱们去逛街！”办公室里的人邀左珊瑚一块儿出去。

左珊瑚摇摇头婉拒了，今天树下吧周年庆，有超多好吃的美食供应，更重要的是，她想做回红娘，连接一段旷世奇缘！

只是，她隐隐觉得好像还忘了点什么。

“寿星公，怎么一个人在这儿喝闷酒呢？”雷辰跟向堃干了一杯，“今天你生日，又恰逢树下吧周年庆，咱们哥儿四个也好久没聚聚了，今天晚上必须战斗到天亮。”

“我是有家室的人，跟你们三个单身男人没法比。”向堃摇头拒绝，拍拍他的肩，“你也该抛开那段感情，重新开始了，再这样下去，会伤身的。”

雷辰微微笑了笑，“我去看看咱们大哥来了没。”

“听说你最近在整顿公司，你们整个公司都怨声载道的？”李君城看了眼离开的雷辰，一边跟吧台调酒的美女打趣，一边幸灾乐祸，“咱们大哥被喻霞给甩了，老二更是不争气，不去跟那门当户对的千金闺秀相亲，被家里的老爷子狠狠地抽了一顿赶出门了。咱们哥儿四个就数我人品最好，好运滚滚了。”

“跟着你的运气一块儿滚吧！”向堃懒得搭理，看了看时间，“做杯蓝莓酸奶。”

“小白还没来？我听说小白又去你公司实习了？”李君城眼含鄙视地看着他，“我都不想说你，还是近水楼台呢，可你这追女人的效率真是不知道让多少煮熟的鸭子都飞走了。我追女人绝对用不了三个月，哦，不，一个月就够了。”

“十颗石子等于一粒珍珠吗？”向堃蔑视地看了他一眼，四两拨千斤道。

“哈哈，这真是本世纪最好笑的笑话。”李君城捶桌，“左珊瑚要是珍珠，那全世界的女人就都是钻石了，哈哈哈……”

向堃微笑着看着他的身后，递过这里专门为左珊瑚特制的蓝莓酸奶：“来了啊，听到了吧，李四吐槽你呢，喝了你的能量杯，往死了揍吧。”

左珊瑚喝了一口，直接就一个过肩摔把李君城放倒了，膝盖抵住他的后背，手臂往后折着：“说，我是什么？”

李君城又是好笑又被她这强悍的力量震撼到，“钻石，最大颗、最耀眼的钻石！”

左珊瑚这才放过他，继续抱着自己的酸奶：“算你识相，不然，分分钟打得你竖着进来、横着出去！”

李君城揉着肩，离得远远的：“不理你们这对阴险残暴的变态夫妇了，老子去挑酒了！老大说，今天周年庆，全场酒水任选，我得去挑那瓶看上了好久的罗曼尼•康帝，那个年份的，全世界恐怕只剩不到五瓶了，老子垂涎好久了。”

左珊瑚一听是稀世珍宝，抬脚就要凑过去：“分我一半！”

“想都别想！”向堃拉着她的后领子把人扯回来，“沾酒就醉，待会儿你最爱的什锦蛋糕出炉，又要错过了。”

左珊瑚这才放弃，酒和蛋糕不可兼得，舍酒而取蛋糕也。

“对了，我今天邀了我最好的朋友桑桑来玩，他们单位下班晚，现在也应该快到了。”左珊瑚把手里的包包塞给他，就跑出去接人了。

向堃看着怀里包包敞开着，红色的钱夹随意地打开着，一张合照瞬间映入眼帘。那是他十岁的时候，两家人拍的合照，浓荫匝地的大树底下，四位家长分排而站，而最前面是七岁的左珊瑚，趴在他的背上抱着他的脖子，一脸得逞的笑意。似乎那时候她比现在要黏人得多，他总是嫌弃身后的这个跟屁虫，常常恶语相向。

向堃看着跑去门外的身影，浅浅地低笑，幸好她是圆润的珍珠，而不是尖锐的钻石。

“桑桑，你今天可真漂亮。”左珊瑚笑道，“实话告诉你，我带你来就是为你介绍一个青年才俊的。他温文尔雅，还不像李四那么花心，以前被女朋友甩过后一蹶不振，不过，我觉得你肯定能治愈他的伤口！”

一身宝蓝色印花裙配金色宽腰带让吕桑桑显得成熟妩媚，只是，她的神色间却总有几分冷意。她有些不以为然道：“念旧情的男人最可怕，我肯定拿不下来，就纯粹来凑凑热闹、见见场面而已。”

或者是幻想着能见见心里那个人吧？她失神片刻，瞬间收敛，神色如常。

“哼，现在说得轻松，是因为你没见过他。”左珊瑚笃定得很，“一见君子误终身，说的就是雷辰这样的人！”

“谁？”电梯镜面上吕桑桑的脸忽地有些泛白，仔细听就能辨出她声音里有一丝颤意，“你刚刚说要介绍给我的人叫什么来着？”

左珊瑚以为终于引起了她的兴趣，兴致盎然地道：“雷辰啊，就是雷氏企业的继承人，真人比新闻采访稿子里的要温润一百倍！”

叮的一声，提示着电梯到楼层了，电梯门缓缓打开，吕桑桑微抬的视线直直地对上了电梯外的男人。

哦，原来左珊瑚口中所说的雷辰，真就是吕桑桑心里想的那个人。

被向堃强行扛在肩上离开的左珊瑚仍旧在挣扎着看向电梯外似乎想站成雕塑的两人，直到电梯渐渐合上。

左珊瑚叫道：“欸、欸，你放开我！他们这是一见钟情了吗？真浪漫，我就说他俩是绝配了，请颁发年度最佳红娘奖章给我！”

向堃看到吕桑桑的第一眼就知道是怎么回事了："不是一见钟情，是冤家路窄。"

"啊？"左珊瑚满脸疑惑。

向堃想了想，举例解释道："打个比方，假如六年前出国的时候，我把你甩了，然后你捅了我一刀，六年后，我们见面，你会怎么样？会对我一见钟情吗？"

左珊瑚果断地摇头："我会再补一刀。"

"很显然，他俩现在都想给对方补一刀。"

"宿敌重逢！"这样简单粗暴的解释，左珊瑚很快就懂了，"那不行，我得去劝架，桑桑肯定打不过雷辰！"

因为这对故人的存在，晚餐桌上的氛围变得十分微妙。

老大关应书专注面瘫三十年，即使是失恋，也让人看不出端倪。李四放荡不羁爱红酒，只给每人杯子里倒了一丁点，就一个人醉生梦死去了。向堃旁若无人地享受着美食，顺便体贴地替左珊瑚切了牛排。

左珊瑚心思完全不在吃上面，只在向堃喂到嘴边的时候，才本能地张嘴吃上一口。她一心一意关注着吕桑桑和雷辰之间的动静。

奇怪的是，两人看起来竟然相安无事，其间，桑桑身上的餐巾滑落，雷辰还绅士地让侍应生重新换了一张，体贴地为她铺在膝上，那有礼貌的举止，哪里像是有宿仇的样子啊！

当事人没表示，反倒是左珊瑚替他们急死了。

树下吧周年庆，来的人自然不少，虽然采取的是会员制，入会条件也十分苛刻，可仍挡不住人们追求娱乐的狂热。

左珊瑚吃完饭，拉着吕桑桑下来跳舞的时候，酒吧里就已经是群魔乱舞的状态了。她拉着吕桑桑滑进舞池，借着高分贝的音乐才终于问出口：

“你真是当年甩了雷辰的那个前女友啊？”

吕桑桑向来喜静，也不爱跳舞，今天却一反常态地活跃了起来，兴致勃勃地跟她跳着贴面舞：“不错，我就是那个千夫所指的前女友！”

左珊瑚想都不用想，直接站在她这边，竖起大拇指：“干得漂亮！不过……你为什么甩掉他啊？我觉得他们四个里面就雷辰最好了。”

吕桑桑动作有半拍的停滞，随即潇洒地一笑：“甩了还能因为什么，肯定是因为不喜欢了，不是我那盘菜了呗。”

话音刚落，吕桑桑的手臂就被人狠狠地捏住，整个人也被拽得往旁边踉跄了一大步，跌进了施暴者的怀里。

左珊瑚一回头就看见雷辰残暴得跟向堃一样，有点傻眼了，直到吕桑桑被人拖走了才回过神来，准备去英雄救美。

只是，她刚迈开步子就被向堃阻止了，他摇摇头：“他们自己的事就让他们自己解决，别瞎掺和。”

“可平时温文尔雅的雷辰都变身为禽兽了！”左珊瑚有些着急，“由此可见，你们男人都这样，分分钟变身，也就是说，桑桑现在在禽兽的手里，我这是救她于水深火热之中，不是瞎掺和！”

“你朋友的本事比你强得多，别瞎操心了。”

“她哪有什么本事，根本就手无缚鸡之力！”左珊瑚仍是不放心，想挣脱他去看看。

“不是所有的矛盾和冲突都是用拳头解决的。”

“不用拳头解决，还能用什么解决？！”她仰着头，理直气壮地问道。

圆溜溜的眼睛在迷离璀璨的灯光下更是耀眼，她的表情执着而认真，微微嘟着的嘴像是鸡尾酒上那最诱人的樱桃，仿佛在待人采撷。

向堃有些无奈，今天白天公司的网站上全是对他生日的祝福，秘书已经帮他挡下了无数束鲜花，可偏偏有个人到现在还没记起这个日子。

既然这样，那他就提醒提醒她，顺便要份生日礼物吧。

突如其来的黑影笼罩下来，随即嘴唇被温热的、带着酒香的力量攫住，辗转蹂躏，左珊瑚呆愣在原地，只觉得那一刹那耳边所有的声音像是忽然被吸走，只留下两道相闻的呼吸、两颗狂跳的心。

舞池里狂野的爵士乐不知何时被换成了典雅清越的圆舞曲，原本疯狂地扭动着的人有些惊讶，却因为个个都是跳舞高手，迅速地切换了过来，寻找到最适合自己的舞伴，旋转了起来。

只有最不善舞的左珊瑚，四肢僵硬地跟着向堃的步子，机械地转着。

“原来，我的吻技已经到了炉火纯青的地步了。”他环着左珊瑚的腰身，低低地在她的耳旁开口，声音充满蛊惑，“第一次让你心心念念了六年，这次直接让你神魂颠倒了，那你预备记上几年？”

左珊瑚脑子里蒙蒙的，顺着他的话开口回答:“第一次我念你是初犯，就网开一面只判了六年，第二次就是重犯了，至少判八年以上！”

“你怎么这么傻啊！”向堃语气里尽是恨铁不成钢的意味，“被强吻了就被强吻了，你难道没有想过反击吗？”

反击?

左珊瑚像是突然被点醒，心里一阵豁然开朗。这么多年，她怎么就这么傻啊，被人强吻了，她竟然选择了忍气吞声？！这不是她的风格啊！

想到这里，她凶神恶煞地抬起头，瞪着丝毫没有心虚的罪魁祸首，顿时怒从心头起，恶向胆边生，踮起脚拉下他的脖子，狠狠地、狠狠地……咬了下去！

“左珊瑚！”向堃沉下声音喊她的全名，就代表真的生气了，“你怎么这么蠢，我指的反击是这个意思吗？”

“是啊，你刚刚不是还用牙齿咬我了吗，我这就是货真价实的以牙还牙！”她振振有词地狡辩。

舞曲接近尾声，反而更加缠绵悱恻，左珊瑚放松地将整个人交给他，跟随着他的脚步，心里却在得意，哼，不要以为她不聪明就诓骗她，想误导她主动吻他，她才不会上当呢！

左珊瑚从得意中清醒过来的时候就发现自己已经不在舞池，而是被向堃拉着置身于常待的包厢里了。工作人员推着巨大的、卖相极差的什锦蛋糕进来，上面插着五颜六色的蜡烛，拼成“生日快乐”的字样。

她脑子里这才划过一道闪电，糟了，她好像忘记今天是向堃的二十八岁生日了！

“这蛋糕怎么长得这么丑？”李君城皱眉，“听说还是你自己设计的，真是难看得根本不配进本大爷的胃了！”

“嗯，长得太丑，你就别吃了。”向堃也不介意，“啊，对了，忘了介绍了，这个蛋糕最底下那层加入了顶级的朗姆酒，而且是纪念版的，比你刚喝的还要有市无价。”

“那一层被我承包了！”李君城迅速摆正立场。

“你能有点原则吗？为了个蛋糕就这么奴颜媚骨。”左珊瑚对他表示强烈的鄙视，“这整个蛋糕都被我承包了！”

李君城竖起大拇指：“果然，小白你才是稳居无原则榜的榜首！”

这什锦蛋糕虽长得丑，可是是由葡萄朗姆慕斯、抹茶戚风、提拉米苏、芝士蛋糕等拼接组成，几乎囊括了所有蛋糕的美味，也是左珊瑚最钟爱的美食。

其实，这全世界独一无二的蛋糕，还是左珊瑚和向堃合作研发的。她十三岁生日的时候，两家家长正处于事业上升期，只草草买了个蛋糕给他们就又匆匆赶去工作了。高中放学要晚一些，向堃拎着书包回家就见她守着快要融化的蛋糕，一脸闷闷不乐的样子。他想起那日是她的生日，软下声音来安慰她，以为她是因为爸妈不能陪着过生日才难过的，谁知竟是因为这个蛋糕不是她最喜欢的。那时候，他见她可怜兮兮的模样，有些于心不忍，鬼使神差地答应买个最好吃的蛋糕给她。

只是，找了好久，他仍然找不到她最喜欢的口味，反而是淘到了一大袋制作各式各样蛋糕的材料和模具。两人折腾了一晚上才终于做出一个符合她所有要求的什锦蛋糕，可是，急急忙忙插上蜡烛准备许愿时才发现，她的生日其实已经过完了。

“快点蜡烛，许愿吃蛋糕！”左珊瑚十分兴奋，这六年向堃不在国内，她想念这什锦蛋糕想念很久了，却怎么都做不出他做的那种味道来，所以，馋了很久。

“老规矩，吃蛋糕前得奉上礼物，否则，门都没有。”向堃拉住就快向蛋糕扑过去的她，“老大送的是堃卓的投资合约，雷老二送的是限量版跑车，李四送的是价值连城的名家油画……他们自然是有得吃的。”

他抱臂好整以暇地看着她：“那么，你呢，你准备了什么生日礼物呢？”

李君城端着充满诱人香气的蛋糕从左珊瑚面前晃过来荡过去：“小白，这蛋糕真是好吃极了，慕斯入口即化，芝士浓香绵密，冰激凌果香浓郁……啧啧，真是一辈子没吃过这么棒的蛋糕呢，你要不要尝尝……哦，对了，你没准备礼物，要不，我给你闻闻？”

看得见美食却吃不到嘴是这世上最让人抓狂的事，没有之一。左珊瑚眼睁睁地看着蛋糕被他们瓜分，李四还在诱惑着她，再看看沙发上一脸“我等着”的表情的向堃。

她终于一咬牙，从包里掏出印章递了过去：“给你一个章子！”

向堃接过那块蜜蜡印章，掏出自己的钱包，映入眼帘的是跟她钱包里一模一样的照片，他翻过照片，背面是已经盖了三个印章的九宫格图形。

这是两人从小爱玩的游戏，那时候珍珠奶茶开始在C市盛行，奶茶店店主推出了印章兑换的营销方式。一杯奶茶，一个印章，一张卡片集满印章就能兑换一杯奶茶。左珊瑚就依葫芦画瓢地在刚洗出来的照片后面画了九宫格，要跟他玩集齐兑换的游戏。

鉴于她无论玩什么都玩不过他的历史，他略一思索，就答应了。

两人制定的规则是，在对方的照片上盖章要百分之百自愿，有求于对方时可以用盖章做抵押，恨不得以身相许来感激对方时，也可以用盖章的方式来报答，总之，两人之间，这印章算是万能钥匙。假如她的照片背面的九宫格先盖满向堃的印章，那以后，向堃就得随叫随到，对她唯命是从，反之，亦然。

结果，从十岁开始到现在，她已经在他的照片背面盖了三个印章了，而她的照片背面还是空空如也。

是以，左珊瑚伸过去的手又有了退缩之意，只是，刚要咽咽口水放弃蛋糕收回印章的时候，他的动作没有丝毫的停顿，快速利落地盖下第四个印章："这个生日礼物，我十分满意，我现在正式宣布，这个蛋糕被你承包了。"

本着既然是自己卖身换来的蛋糕，自然不能浪费，左珊瑚一个人围着蛋糕成功地吃成了一个皮球。

李君城在一旁套话："我看你们那印章游戏挺有意思的啊，你的照片呢，给我瞧瞧，上面盖几个了？"

左珊瑚打了个饱嗝，想到这上半场都快打完了，她却一个球都没进，不禁忧从中来："你知道向堃最近有没有什么想求的人或是事啊？"

“求他的倒是一大堆，他求的还真没有。”

“这么嚣张！”左珊瑚想着，既然这样，那就做点让他感动得恨不得以身相许的事，才能改变如今这节节败退的局面啊！

“对了，我收到风声，应家好像近期要推出一款新型多功能电子产品，跟你们准备问世的新系列不谋而合，要是让他们抢占了先机，那你们研发策划了这么久的成果不是要大打折扣了？”关应书是个工作狂，即使在砌长城的时刻都惦记着商场的动态。

向堃点点头：“我也听说了，只怕需要李四的公司出点力来为我造造势了。”

“你以为我像小白那样好骗吗，我凭什么帮你，广告费一分都不能少！”李君城一上场就走背运一直输，“还有，上回拍下来的那个康熙年间的瓷碗花了我一百多万，还有那金丝玉也被你抢走了，也没见你送给小白，哼，看着人模人样的，背地里也是个脚踏几只船的禽兽！”

向堃挑眉，不甚在意：“至少我看着还是人模人样的，可是，你看看你，输得连人样都没了，和了，给钱。”

“给钱没问题，但不光是李四，我也很好奇。”关应书难得地起了好奇心，“你跟小白已经订婚了，说移情别恋就移情别恋了吗？！”

三人齐齐不再接话，心里默默地为老大点了支蜡烛：你这么面瘫、没情趣，女朋友移情别恋根本是分分钟的事好吗？！

“四小那边怎么样了？这眼看着就要开学了，左左的录用聘书还没下来，你靠谱吗？”向堃送了张牌。

雷辰接下碰牌：“放心，我没打招呼之前就问过了，左左已经在留任名单里了。不过为啥让她待四小而不是二小？二小是贵族学校，孩子聪明，带着也轻松些。”

“不想干涉太多，由她自己吧。”向堃比谁都了解小白，“看着笨笨的，其实比谁都能适应新环境，而且，我看过她跟那些学生上课互动的情景。”

那是她最放松快乐的模样。

堃卓近期因为董事股份的变动，召开了一次大型董事会，而向堃因个人持有公司百分之五十二的股份续任CEO一职。整个公司的人员也在这一个半月里有了翻天覆地的改变，处处彰显了这个刚归国的新老板手起刀落的利落和狠辣的作风。

孔卓晨开完了董事会就彻底地轻松了：“这拼图还差一点呢，怎么不继续了？”

说着，他就准备动手。

“别动。”向堃阻止他，“你要动了她的拼图，一会儿她上来得跟你急。”

孔卓晨哪里会不明白这话里的她指的是谁，他也不深问，转移了话题：“你倒是干净利落，也不怕落个薄情寡义、过河拆桥的名声？”

“我过河不是走的桥，是自己游过来的，而那座桥早已经从里到外地腐烂了，不该拆掉吗？”向堃不以为意，最近那些因为严重失职而被开除的老员工确实散布了一些谴责他忘恩负义的消息，他并未放在心上。

“归根结底，还是我这个二当家没做好。”孔卓晨有些愧疚之意，“管理应该赏罚分明、宽严并济，我却一味地纵容，才让你费心收拾这些事儿，算是我这个做兄弟的对不住你了。”

向堃摆摆手，以茶代酒跟他碰了一杯：“说的什么话，当初我提议的时候，也就你肯相信我。公司遇到难关的时候，是你咬着牙抛下新婚妻子跟我一块儿挺过来的。总之，无论什么时候，堃卓都不会更名，无论什么时候，堃卓永远等着你归来。”

咔嚓！左珊瑚进来的时候就把这和谐的一幕抓拍下来了，心里联想了一大段两个人的故事。

“左左，你来了，正好到午饭时间了，临走之前，请你们吃顿好的。”孔卓晨一直拿左珊瑚当妹妹看，摸摸她的头，“回来给你带礼物。”

她眼睛一亮：“那孔大哥你什么时候回来？”

孔卓晨笑：“那恐怕得等你俩办喜事喽。”

“那你还是别回来了，直接把礼物寄给我就成。”左珊瑚迅速摆明立场，“反正我是不会嫁给向堃的！”

孔卓晨好笑地看着脸色黑了大半的某人，继续逗她：“那你想嫁给谁？”

左珊瑚歪着头想了好久，摇头：“还没想好，嫁给歌坛天王，还是电影影帝好呢？哎呀，真是纠结死我了。”

“想都别想！”向堃黑着脸提着她的领子威胁，“咱们的婚约是有法律效力的，换句话说，违约的一方就得付很大一笔违约金，你很有钱吗？”

左珊瑚吓了一跳，用求救的目光地看向孔卓晨，想确定向堃话里的真假。孔卓晨真是服了这对幼稚的家伙，倒也不急着拆向堃的台子，顺势点了点头：“他说得对，悔婚是件很严重的事。”

这么说，她从跳进这火坑的那一刻开始，就没有再跳出去的可能性了吗？！

顿时，她眼前一黑，觉得未来真是一点光亮都没有了。

虽然只是个实习生，但好在她态度不骄不躁，又肯学习，脑子不甚灵光却足够真诚的个性意外地赢得了部门同事的好感。所以，她在测试部实习的最后一天，部门里的同事决定晚上为她举行欢送会，订了酒店和包房，准备好好地玩一玩。

可是，快到下班的时候，大老板突然从天而降，要提前带左珊瑚走。

左珊瑚自觉行得正、坐得端，并不惧怕跟向堃有乱七八糟的绯闻，所以也不藏着掖着，直接当面拒绝：“今天部门同事要替我举办欢送会，作为主角，我不能缺席。”

“欢送什么，又不是再也不来了，还有寒暑假都等着你呢。”

“为什么？！”左珊瑚大惊失色，她选择当老师，就是冲着寒暑假去的，“我寒假要去马尔代夫，暑假要去瑞士，规划已经安排到 2020 年了，我凭什么还来给你卖命？！”

“前天咱们算过，任何一方要悔婚，需要赔偿的金额无疑都是巨大的。”向堃慢条斯理地为她分析，“人民教师的工资有多微薄，你也清楚，如果你寒暑假再不挣点钱存起来，那你就只剩下嫁给我这条路可以选了。”

他说得似乎很有道理，左珊瑚握拳，意气风发地转身：“同志们，我胡汉三还会回来的！”

测试部的同事们个个面面相觑，这大老板和左左之间的关系，好像挺玄的。

“向堃，向堃，我被录取了！”左珊瑚欢呼雀跃，连敲门都顾不上就冲进了他的房间，却正撞上他刚洗完澡，光着膀子，只围了条浴巾，发梢还滴着水。

平常女人撞上这样的场景总是会脸红几分，左珊瑚却下意识地猛咽口水，趁着他没穿衣多占几眼便宜。

向堃平时总是一副衣冠楚楚的斯文相，没想到身材竟然这么好！她要不要偷偷拍几张放到微博上让人流口水呢？

“被四小录取了？”向堃顺手穿上睡衣，挡住她色眯眯的眼神，把毛巾扔到她的手里，“很高兴是吧，高兴得想做点什么发泄一下是吧？那正好，替我擦头发吧。”

左珊瑚心情好，也就任他欺负了。她一边替他擦头发，一边得意扬扬地说：“这回总算可以扬眉吐气了，毕业吃散伙饭的时候，竟然拿我能不能被四小录用下注！哼，就让她们输得去跳天台！”

“全班都押你不能被录取吗？”向堃任由她胡乱地在头上折腾，“那倒是挺有风险评估头脑的，押你没被录用胜算大。”

“可是，现实常常爆冷啊！”

“你看，你自己都承认被录用是爆冷了。”向堃翻着文件，逗她，“既然被录用了，就得好好干。老师是人类灵魂的工程师，你可别尽建造一些豆腐渣工程，残害祖国的花朵啊！”

两人你来我往地斗嘴时，向堃的手机却突然响起来了，左珊瑚瞄了一眼，觉得这电话号码似曾相识，却并不熟悉：“接电话啊！”

向堃以为是骚扰电话，示意她接起来递到他的耳边，自己的两只手仍忙着处理文件。

“喂，是向大哥吗？”电话那头的女声带着迟疑、带着期待。这声音别人听不出是王一婕，可左珊瑚不可能听不出来。

向堃低低地应了一声：“有事吗？”

即便心里气得想摔手机，可左珊瑚还是佯装镇定地为他举着手机，顺便伺机监听这王一婕又动了什么坏心思。

“向大哥，太好了，我还以为打错了呢。”那头的王一婕并不知道这边的左珊瑚已经一副咬牙切齿的状态，犹自兴奋着，“向大哥，我被四小录取了，可家里离四小有些远，所以想在四小附近租套房子。这方面我没有经验，向大哥能替我把把关看看房子吗？”

哼，向堃又不是做地产中介的，能把什么关？！左珊瑚翻白眼腹诽，这伎俩未免太不入眼了！

向堃确定电话那头的话左珊瑚也能听得一清二楚，故意接过她举着的手机，转过身对着她坐着："嗯，你想租套多大的房子，有没有中意的地段和风格，我看最近挺流行简约风的，也适合女孩子住，你觉得如何？"

这些话其实并未经过他的脑子，他只是紧紧地盯着眼前表情变幻无穷的左珊瑚，心里暗爽。

事实上，左珊瑚此刻的脸色确实很臭，平时他动辄对她恶语相向，怎么对王一婕就和颜悦色了呢？！还有，都市简约风明明是她喜欢的风格！平时她看王一婕，王一婕就是喜欢那种炫富浮夸风格的好吧？！

"向大哥，你怎么猜到我喜欢这种风格的啊？"王一婕兴致勃勃，"那明天正好是周末，向大哥有没有时间陪我去看看啊？"

啧啧，终于露出狐狸尾巴了。

左珊瑚终于忍不住了，伸手夺过他的手机，毫不客气道："王一婕，他没时间陪你去看房子，他要陪我去海洋馆、去水上乐园！"

辨认出她的声音，王一婕的声音冷了下来，没了刚刚的那份柔婉："左珊瑚，原来你在旁边，在就更好了，我正愁没机会跟你说呢。"

"咱俩有什么好说的，你配跟我说话吗？"左珊瑚毫不客气地回击，"还有，向堃是我的，你要再敢打他的主意，我分分钟打肿你的脸，让玻尿酸都拯救不了你！"

大话放完了，左珊瑚就气呼呼地挂了电话。

她气得火冒三丈，向堃却带着笑意望着她："小白，你在气什么？"

"气什么，她当着我的面打你的主意，我生气不应该吗？！"她理直气壮。

"应该，实在太应该了。"她越是生气，他越是高兴，他起身，慢慢地逼近她，“可我记得你不是巴不得我移情别恋，主动悔婚，让你早日脱离苦海的吗？这时候你应该拍手称快的，怎么会生气呢？”

左珊瑚本能地想反击，却发现想辩解已无言。

“你没有高兴，而是生气。”她被他一步一步逼进了死角，两人几乎呼吸相闻，眼神相对，他才低低地开口继续说，喑哑、富有磁性的声音弥漫在这个角落里，也飘进了她的心里。

他说：“你没有高兴，而是生气，是不是因为连你自己都没发现，其实你已经喜欢上我了？”

他离得这样近，左珊瑚能闻到他身上清爽的沐浴露的香气，心神都乱了，好在迅速地被她稳住了。

“你想象力真丰富！”她扬着下巴，视线却刻意地避开他，总觉得对上他的视线就容易犯糊涂，“谁喜欢你了？！”

“既然不喜欢我，那怎么这么生气？”他似乎铁了心要追问到底，逼出她心底的实话。她从出生起就跟一般人的脑回路不太一样，对别的事都能凭着一腔孤勇一往无前，可偏偏对感情十分迟钝和懦弱，你不点破，她永远不会去面对。

他分析了一下，她这可能是家族遗传的问题，当年左爸爸是个清苦的读书人，左妈妈是个世家千金，左妈妈倒追了好多年，左爸爸都不松口，就连最后的求婚，都是左妈妈主动的。都说女儿随爹，现在看来，还真是这么回事儿。

左珊瑚被逼狠了，情急之下脱口说道：“我生气不是因为喜欢你，只是因为你是我的大萝卜，一个萝卜一个坑你知不知道？！”

向堃活了二十七年，头一回觉得自己真的像是个萝卜，正蹲在左珊瑚这个坑里不肯出去。

左珊瑚破天荒地失眠了，因为她心里竟然有些迷惘了。

这种时候就该长腿叔叔出马了，她想起暑假似乎很少找他了，有些心虚地上线：Jervis，你在不在？

片刻后，那边有了简单的回应：在。

她松了口气，因为这段时间的冷落，她还怕长腿叔叔生气了呢。她人生每一个重大的转折都有他的参与，她不得不承认，她心里是有所期待的。

只是，吕桑桑的警告犹在耳边，左珊瑚不敢往深了想，也不敢多想，只能往壳里缩，隐藏那蠢蠢欲动的心思。所以，在毕业的时候，她借口说要准备入职很忙，刻意疏远。现在看来，他竟然没有对她的反常产生半点疑惑，可见她这决定是无比明智的。

她想开了，反而能像以往那样肆无忌惮地聊天了：我被四小录取了，快祝福我！

长腿叔叔：嗯，我应该先为那些即将成为你学生的小家伙默哀。

怎么好像全世界都开启了毒舌技能？她咬唇回复：就算我将来是“毁人不倦”的人民教师，那也是你推波助澜的！

长腿叔叔：好了，不打击你了。我当初给你的建议，就是根据你的性格特征和兴趣做出综合评估的。

长腿叔叔顿了顿，继续鼓励她：传道授业的老师教给学生们的不仅仅是课本上的理论知识，更重要的是要教会他们如何去辨识对错，帮助他们树立健全独立的个性，所以，加油。

真是听君一席话，胜读十年书！

左珊瑚点了点头，就算教不出最聪明的学生，她也要教出最出色的孩子！

左珊瑚：嗯，我一定不会让你失望的！

长腿叔叔：不会的。

左珊瑚：谢谢你为我鼓劲打气，谢谢你相信我能变得优秀！

她打心底感激他：高三的时候，你彻夜不眠地帮我补习，为我分析考点，替我讲解，考完了还指导我填志愿，大学的时候怕我找不到方向，时时提醒我不要玩得忘了形，毕业论文还替我把关……我这一辈子，因为认识你而变得圆满。

左珊瑚忽然湿了眼眶，原来，不知不觉之间，他在她生命中的分量已经变得这样重。可正是因为这样重要，她才需要格外珍惜、格外小心地守护。

长腿叔叔话很少，但是句句窝心：我也是。勇敢往前走吧，我永远支持你。已经很晚了，早点睡。

左珊瑚睡着之前还迷迷糊糊地想着，她不是要跟长腿叔叔聊聊自己跟向堃的婚约吗，怎么最后又上升到职业生涯了？

左珊瑚第一天去四小报到的时候，向堃去上班顺便捎了她一程，看她在车上还有些紧张，拍了拍她的肩膀鼓励："好好干，好歹是个铁饭碗，回头我破产了，也饿不着。"

"我一定不会让你失望的。"左珊瑚点了点头。

"不会的。"

"你虽然平时比较毒舌，但还是谢谢你。"左珊瑚简直有些感动了，果然是人间自有真情在，她不该以最坏的恶意去揣测他，他还是有点人性的！

"我不会失望，是因为我对你从来都没有抱过希望。"他的神补刀，戳得刚刚几乎感动得热泪盈眶的左珊瑚一脸血。

早上路口有些堵，向堃瞟了眼身边气鼓鼓的她，从车子的抽屉里拿出一个小礼盒：“送给你的入职礼物。”

这时候，但凡有点原则和骨气的人都会不屑，所以，作为有原则有骨气的人，左珊瑚斜着眼瞧了瞧，假装不在意，道：“无功不受禄，作为一个廉洁奉公的……”

她的话还没说完，向堃就把礼盒打开了，那栩栩如生的小雕刻闯入视线时，她就忘记了言语。拇指粗的橘色金丝石本就精致耀眼，经过能工巧匠雕琢成了人物肖像之后更是大放异彩，仿佛这个雕刻的小人都带着灵气一般。

就连一向不喜欢这些金玉之物的左珊瑚，都对这雕刻爱不释手了。

把玩了好半天，她终于喜滋滋地挂到脖子上了：“这刻的是哪位佛祖神仙啊，是保平安，还是旺事业的啊，难道是招桃花的？”

“心诚则灵。”向堃眼里闪过一丝笑意，高深莫测地答道。

实习的时候，她已经正式代过课，所以小学四年级的语文课程对于她来说并没有难度，更何况，现在刚开学，她也只是跟各位学生互相熟悉一下罢了，所以这一上午过得可谓十分轻松。

只是，大概脖子上挂着的神仙跟她还不熟，没法助她躲灾，所以，在教师食堂吃午饭的时候，她就遇见了一同入职的王一婕。

四小平均每个年级都有六个班，左珊瑚带的是二班和三班，而王一婕带的是四班和五班，科目一样，都是教语文。

王一婕似乎挺混得开的，这刚入职，就打入了老教师的圈子，跟他们相谈甚欢的样子。

“这不是左珊瑚吗？”仿佛已经忘了那夜的事，王一婕热络地跟左珊瑚打着招呼，“殷老师、潘老师、刘老师，这是四年级二班、三班的语文老师左珊瑚，我们是同学。”

那三位老师从头到脚地打量了左珊瑚一眼，出于礼貌，还是跟她打了招呼。

“左左，跟我们一块儿吃吧。”王一婕简直热情得反常，“咱们是新人，应该多跟前辈们交流交流，吸取些经验才是呢。”

她说的话有道理，但是，要自己跟她面对面地吃饭，左珊瑚实在办不到。于是，左珊瑚对那三位老师抱歉地笑了笑，找了远远的位置，自己一个人吃去了。

下午四年级三班的语文课，左珊瑚发教材的时候，发现少了两本，回到办公室也没找到，就问了问分发教材给她的殷老师。殷老师全名殷檬，是四年级三班的班主任兼数学老师，各班的教材都是先经过班主任再到科任教师手里，所以，她只得找殷老师解决。

殷老师一听她说完就火大了：“当初教材征订就是按照入学人数征订的，而发放到我手里时，我还核查了一遍，数量是对的，怎么到你这就差了两本呢？”

“我领了教材就放在办公室的桌子上，刚刚直接抱去了教室，应该不会有遗漏。”左珊瑚也着急，“会不会是学校配发的时候少算了两个人呢？”

“学校是按照我上报的数字配发的，怎么会出错？！”殷檬的嗓门也提起来了，“我知道你是刚毕业，但好歹也实习了半年，怎么连这点事都做不好？现在学校的教材也都发完了，你才告诉我差两本书，让我上哪儿给你找去！”

左珊瑚低下头来，没说话。

“以后咱们就是同事了，是要一起管理三班的，你说你干的这事，叫我以后怎么放心跟你共事？”殷檬的语气越来越不好，“不行，我得如实地向上反映这个问题，今天的课你自己想办法吧。”

她虽然被录取了，但还有半年的试用期，如果这半年的综合指数不达标，那她还是不能继续留校的。

左珊瑚垂头丧气地转身准备回教室时就见四年级二班的班主任盛老师站在旁边，他比殷檬友善多了：“不要紧的，二班待会儿上美术课，我先替你借两本语文书暂时用一用，你待会儿上完课，去图书市场买两本就行。”

她简直要对盛老师感恩戴德了。

上完课已经是下午三点半了，左珊瑚想着学校离图书市场比较远，也就不敢再耽搁，急匆匆地出去了，连手机都忘在办公室了。

开学期间，图书市场是最繁忙的，选辅导书的、课外读本的比比皆是，加上今天正好又有个小型书展，更是鱼龙混杂。左珊瑚好不容易从人群里杀出一条血路买了两本语文书，结果出来一看定价，发现自己被坑了三倍。

正准备回身去找刚刚那个书贩讨回公道，她就觉得周围的气氛有点不对劲。她因为熟悉，才挑了这条阴凉僻静的小路，平时这里并没有什么人经过，只是现在人好像多得有点不正常……

而且，来图书市场买书，干吗要带上大棒子呢？

“向总，您的快件。”秘书敲了敲门，将一个方形的纸盒恭敬地放在他的桌上。

向堃一边看着文件，一边随意地用裁纸刀划开了纸盒，刚打开就被入眼的红色刺激到了。

可爱的女娃娃衣衫被撕得破烂，身上满是红墨水，渗进了布偶的棉花里，像是被血染红一样触目惊心。旁边还附了一张字条，硕大扭曲的字迹也是用红色的墨水写的：向堃，我也要让你尝一尝失去心爱之人的滋味！

明明是九月初，向堃却只觉得四肢冰凉，像血管里所有流动的血液在这一刹那随着他的呼吸一起静止了。

第八章

解除婚约

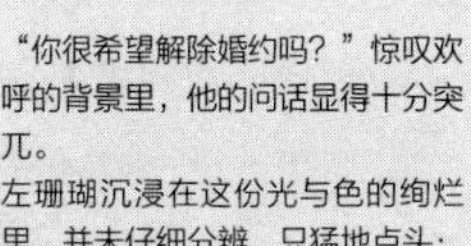

“你很希望解除婚约吗？”惊叹欢呼的背景里，他的问话显得十分突兀。

左珊瑚沉浸在这份光与色的绚烂里，并未仔细分辨，只猛地点头：“是的，做梦都想！”

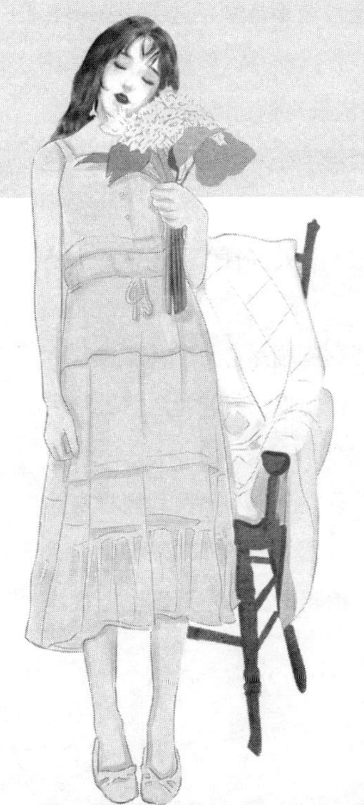

病房内静悄悄的，似乎只有微风掀起窗帘的动静。左珊瑚耷拉着肩膀，像是犯错的小学生一样坐在病床边上，等着挨骂。病床上的人脑袋上缠着厚厚的白色纱布，脸色极臭，却仍旧没有开口，看也不看她一眼。

等待挨骂的过程要比挨骂更煎熬，左珊瑚受不住这病房里的低气压，讪讪地开口："我觉得你缠着绷带的样子更加帅了呢，以前只是帅出全人类，现在是帅出全宇宙了……"

"所以，你的意思是，我该感谢你那一棒子让我现在帅出全宇宙了？"向堃冷声冷气地嘲讽着她，一扯嘴角就觉得头疼，生气就更是疼得钻心，"那可真是多谢了啊！"

"嘿嘿，举手之劳，何足挂齿？"左珊瑚以往没少干英雄救美的事，被对方感激之后下意识就随口应下了。

刚说完，她就看到病床上向堃的脸色以肉眼可见的速度又黑了一层，忙亡羊补牢道："不是，不是，我的意思是，这不是举手之劳……咦？好像也不对……"

已经不敢抬头看他的脸色了，左珊瑚只能低声讷讷地总结陈词："总之，我不是故意的……谁让你突然就冲进战场，还跟他们一样穿着黑色衬衣……"

虽然他的身材气质都和他们有云泥之别，但她都打红了眼，哪里还能辨得出是他啊……

"我跟他们穿的衬衣能一样？"向堃想到刚刚那群打手的猥琐样，脸色由黑变绿了，"他们身上那三十块钱一打的货色，和我这意大利手工刺绣的定制款能一样吗？！"

"不一样，不一样，完全不一样！"尽管完全分不出两款黑衬衣的差别，可此刻为了保命，她也只能这么说了。

向堃看她一眼就知道她心里在想什么，抬起自己的左臂看了一眼：

"袖扣也掉了一颗，你说怎么办吧。"

不过一颗袖扣罢了，至于这么大惊小怪吗？左珊瑚心里不以为然，面上依旧很是惋惜："这可怎么是好啊，肯定是在混乱之中弄丢了，要不，我回头给你配一颗一模一样的吧？"

"这对袖扣是由红宝石和碎钻打造而成，独一无二，市价至少十万美元。"向堃斜睨着她，"你已经准备好了要给我配一模一样的吗？"

"今天月亮可真是又圆又亮啊，病房的灯全关了都还很亮啊，哈哈。"左珊瑚打着哈哈，企图蒙混过关。

袖扣不过是普通的款式，虽然不便宜，却也没到这么夸张的地步，向堃不过是存心逗逗她罢了。如今见她这样，他真是觉得好气又好笑。不过奇怪的是，他的头没有刚刚那么疼了。原来，逗她还能止痛，他默默地在心里领悟了这项止痛新技能。

"今天初三，月亮小得只剩一条缝了，哪来的又圆又亮啊？"李君城进来就听见左珊瑚的话，还特意去窗边看了看，"小白，你眼神不行了啊，当了老师就注定要戴眼镜了吗？我得记下，以后坚决不找老师当女伴儿。"

"人民教师个个灵魂高洁，才不会看上你这样的人！"左珊瑚捍卫着自己的同行。

他也不跟她贫嘴了，转头见病床上的人头上缠着纱布，瞬间就乐了："哎哟喂，这造型可潮得很，黑色真丝衬衫配上白色纱布，下一届米兰时装周的主题就该用这种猎奇搭配了啊！"

"滚！"向堃懒得多说。

兄弟受了伤，自己还在这幸灾乐祸，李君城也觉得自己太不厚道了，忙收起快要咧到耳后的嘴，问起了正事儿："谁敢打咱们小白的主意啊，还把你打伤了，快告诉我是哪一路的，保证让你以后在C市都见不到他们！"

“算了，他们现在八成个个都躺在医院呢，不是折了腿就是断了手，也有一阵子受了。”向堃摆摆手，看了看不远处低着头默不作声的人，示意算了。

“那怎么能算了呢？虽说我方取得了最终胜利，但你还是挨了一棍子啊，听说你当时就昏过去了，要是有什么后遗症怎么办？”李君城不是吃得了亏的人，当下决定要好好收拾那群不长眼的家伙。

左珊瑚的脑袋已经耷拉到肩膀下面了。

“行了，你就别瞎凑热闹了。”向堃又觉得一阵阵的头疼，“这事儿要真追究起来，也不是对方的责任，我的头也不是对方打的。”

“等等。”李君城听得似懂非懂，只得回头问一直没作声的左珊瑚，“小白，啥叫他的头也不是对方打的，难道还是自己人打的？”

她的脑袋已经低到尘埃里，她有气无力地点了点头：“确实……他的头是被我打的。”

李君城愣了三秒钟，随即笑得根本停不下来，“小白，你绝对是本世纪最佳猪队友，哈哈。”

“如果我手里还有一根棒子，那你会比向堃更惨的。”她幽幽地开口。

李君城赶紧脚底抹油溜之大吉，一边逃，一边发誓，以后一定要找个温柔贤惠、毫无攻击力的媳妇儿，不然分分钟有脑震荡的危险……

“向总，已经按照您的吩咐调查出来了，袭击您和往您办公室寄东西的都是同一个人指使的。”特助汇报着进展。

“是薛乐吧。”向堃早已猜到了，薛乐离开之后，公司的流言就开始纷飞，后来跟他一派的几个被降职或是开除后，堃卓老板忘恩负义、过河拆桥的谣言就更是愈演愈烈。而且，最近唯一还在公司任职的薛乐的姐夫请了假，说是家里出了点事儿，他就更确定了。薛乐快递过来的那张字条上面写的就是也让他尝尝失去最心爱的人的滋味，说明薛乐已经尝过了。

像这样遭遇过巨大悲痛的人最容易心智失常，如果不引导向善，那往后的报复更是层出不穷了。小白虽然战斗力惊人，但人太笨，对方玩点花样，她就肯定落入虎口，所以他必须想个万全之策。

“这一次我们受的是轻伤，上了法庭也没法从根本上解决这个隐患。”向堃想了想，“先找人跟着他，看看他还要玩什么幺蛾子。”

“好的。”

左珊瑚进来的时候，正好跟特助擦肩而过，她怀里抱着柯姨熬的鱼头汤，像模像样地替他倒了一碗：“以形补形，你脑子受伤了，就要多喝这个。”

“那你更要喝点了。”向堃瞟了她一眼。

她不解：“我又没受伤，为什么要喝？”

“脑子受伤的人要补，没脑子的不是更要补补吗？”

算了，看着你是赶来救我，还是被我打伤的分上，我不跟你计较！

“对了，医生说今天详细的脑部检查报告会出来，我替你去问问医生怎么样了。”虽然不愿意承认，但她这两天真是茶饭不思地担心着，生怕应了李四那张乌鸦嘴，向堃有个什么后遗症，那她怎么跟向爸、向妈交代？就是她以身抵债跟他交换，恐怕向爸、向妈还会嫌弃她……

“不用了，医生说没什么事了，过两天就能出院。”向堃看着她紧张的样子，总算感到一丝安慰，“倒是你，是不是也该拍个片检查检查脑子了？”

“啊？”

“蠢成这样，确定不是因为脑子里缺点东西吗？”

“够了啊，不想再昏一回就闭嘴！”她真后悔那一棒子下手太轻，没把他打傻，落下无穷后患！

其间，向堃跟远在德国研究考察的向爸、向妈打了电话，然后直接把电话扔给她了。

“向爸、向妈好！”左珊瑚不敢告诉家长自己闯的祸，加上心里有愧，打招呼的语气都谄媚了许多。

向爸、向妈一看表，柏林时间下午五点钟，C市已经是午夜十二点了，向堃他们两人还在一块儿，情况已经很明显了。

“奇怪。”挂断电话的时候，左珊瑚一脸费解，“向爸、向妈刚让咱们努力努力，赶紧为向家做点贡献，做什么贡献，难道向爸、向妈发现了一颗抬不动的钻石让咱们帮忙抬吗？！”

向堃以前常常被左珊瑚蠢哭，所以他好奇地观察研究过左珊瑚的左脑和右脑的分工。一般人是左脑处理知识信息，右脑处理图像信息，而奇葩如左珊瑚，她的左脑是用来养金鱼的，右脑是用来捣糨糊的……

“李医生，有什么问题，你就直说吧。”本该昨天出检查结果的，可李医生说还要跟几位教授一起研究，今天再给出结论，向堃心里就做好了准备。

李医生点点头，拿着他脑部的片子指给他看：“我也就不跟你说那些专业名词了，简单来说，这个黑点阴影，代表着你颅内有一颗小肿瘤的存在。我们会诊研究过，这颗肿瘤暂时属于良性肿瘤，而且位置十分特殊，周围血管密布，进行手术切除的话，风险性太大，所以不建议手术。”

向堃的脸上没有半点表情，只是低低地开口问：“暂时属于良性是什么意思？”

“我们怀疑这颗肿瘤是你在母胎时便有的，也就是说，它已经跟了你二十多年了，并没有扩散增大，说明是良性肿瘤。但是，没有做细胞切片观察，所以并不能否定它有变异和恶化的可能性，换句话说，现在是良性的，有可能明天就因为遭到外界的刺激或是辐射等发生恶变，发展成为恶性肿瘤。”李医生收起片子，“别太担心，我们医院的脑科医生医术享誉全球，就算恶化了，也能救你的。”

他点了点头，他不担心，一丁点也不担心，左珊瑚这么笨、这么蠢，该担心她才是。

“事实上，你父母的健康检查报告也在我这里。”李医生是C市有名的脑科专家，与向爸爸是故交，是看着向堃长大的，所以也没有避讳，“其实，你父亲也有跟你同样的肿瘤，只是所处的位置不一样而已。”

“十年前就检查出来了。”李医生拿出片子，“你父母从事新能源的研究几十年，接触了许多先进的仪器和实验，同时也比常人多了一份风险，因为，通常来说，这些超前的新能源研究实验，都是有辐射危险的。”

“这十年，你父亲的状况一直很好，所以我才说出让你不要太过担心的话。”李医生拍拍他的肩，“年轻人更是要有希望，未来还长着，说不定奇迹在前方等着你们爷俩。”

“我拿到了你跟妈的健康检查报告。那颗肿瘤……为什么从来没告诉过我？”垂着的眼皮掩饰了向堃眸中的情绪，只盯着跟前的两份报告，“妈知道这个事吗？”

“别让你妈知道。”向爸爸似乎在实验室，后面还有分析仪器的嘀嗒声，“眼下，我跟你妈的实验也进展得差不多了，顶多半个月就回去了。”

“爸。”向堃严肃地喊了一声，却不知道该说什么了。医生给他的报告是他脑子里的肿瘤是母体携带的，他当时竟有那么一瞬间的怨怼，怨他们这样特殊的职业，怨他们没有给他一个健康的体魄……

可是，看着片子里跟自己有着一样阴影的父亲，他又觉得喉咙发紧了。

“你这十年是怎么扛过来的？”他幽幽地问道，“你没有想过，如果哪一天你突然就走了，留下妈和我的情况吗？”

“怎么会没想过。”向爸爸虽已年逾五十，声音里却依然带着蓬勃的力量，“刚检查出来那会儿，我心里很乱，天天胡思乱想。”

“那时候医疗设备不如现在先进，甚至都无法确认是不是良性的。”向爸爸想起旧时风月，有些唏嘘，“那时候，老李告诉我手术的成功率不到百分之二十，我不敢赌。回家的时候，正好见你妈在替我织围巾，因为马上要起程去俄罗斯做学术交流，那时候我就知道，这个手术我是不会做的了，我贪恋触摸得到的温暖。”

“那现在呢？”向堃追问，“那现在呢？李叔说手术的成功率到了百分之四十，你要不要再考虑考虑？”

“不了，这么多年都没啥问题，可见阎王爷也不想收我的。”向爸爸开玩笑地说，“好了，这事儿算是咱们父子间的秘密，可千万别告诉你妈。”

办公室是二百七十度落地窗的设计，他望着脚底下如同浮游生物一样的车水马龙，有些释然。父亲这十年来都安然无恙，是因为心底的那份依恋吧。他同样有放不下的牵挂，又怎么能不勇敢一次呢？

“左老师，我急着去上课，可待会儿美术课上要用的静物临摹范本图忘拿了，你能帮个忙，替我送过来一下吗？”左珊瑚刚下课就被下一堂课的美术老师拉住求救了。

“行，我待会儿也没课，这就替你去拿过来。”左珊瑚热心地应下了，“是在你办公桌上吗？”

“不在办公桌上，应该是在右手边第二个抽屉里。”美术老师一脸感激地看着她，“多谢左老师，晚上请你吃甜品！”

“举手之劳，何足挂齿啦。”她摆摆手，不以为意。

美术老师的办公室与语文老师的办公室是在两栋楼里，左珊瑚平时也没去过，找人问了路才找到美术老师的办公室。她记得美术老师说东西放在第二个抽屉，她弯腰准备找找，眼睛无意识地扫了对面一眼，只这一眼，她就僵住了。

有些年头的办公桌似乎不太稳，一个桌脚下垫着两本书，这用书垫桌脚本是稀松平常的事，办公室里随处可见。可反常就反常在这两本书上。平常人用来垫桌脚的是用不上的旧书，可这只桌脚下垫着的，竟然是她发教材那天正好差的两本语文书！

桌上的名牌是那天跟王一婕和殷檬一块儿的潘老师，左珊瑚还有什么不明白！合着是这三人合起伙儿来陷害她！

她想起那天在图书市场的遭遇，难道那些拿棒子的家伙也是她们雇的？不过，看起来又不太像，如果真是的话，那第二天见她完好无损地出现在面前，不应该多多少少有些心虚害怕吗？！

只是，这王一婕，她可不能轻饶！

“在忙吗？”左珊瑚头伸进书房，身子还在外面，“我能进来不？”

向堃头也不抬：“我说不能，你就不进来了吗？”

“一、二、三，系统自动为您开门，请进！”左珊瑚完全无视了他的话，一个人扮演智能开门系统就进屋了，“我的手机掉到水里了，没法打电话，能把你的手机借我用用不？”

向堃看都不看她一眼，直接拨了她的电话，片刻后，她就被兜里活蹦乱跳的手机出卖了。

左珊瑚脸皮厚，再接再厉：“是这样的，我手机欠费了，只能接电话，不能打电话了。”

他仍是盯着电脑无动于衷，三秒钟后，她的手机又嘀地响了一声，他才开口：“替你充值了，多少电话都能打了。”

左珊瑚没了耐心，直接一巴掌拍在他的桌上，居高临下地看着他，语气凶残，“要手机，还是要命？”

他的视线这才从电脑屏幕上转移到她的身上：“皮痒了？”

这句话成功地挑起了今日的战火，书房里一时鸡飞狗跳，不时有尖叫声和威胁声传出，向外面传递着里面激烈而火热的战况。

半个小时后，左珊瑚终于抢到他的手机，同时也被他压制在了身下。

“说出一个我非借手机给你不可的理由，否则，我不介意保持这样的姿势到天亮。”向堃看着怀里脸颊通红、唇色嫣红、眼睛火红的人，压制着自己快要喷薄而出的情绪。

跟他斗智斗勇了这些年，左珊瑚成了精，平时脑子再笨拙，这时候也能高速运转：“我是你的未婚妻，借你手机用用，难道不是天经地义的事吗？！”

向堃舒展眉眼：“这个理由确实很充分，拿去吧。”

左珊瑚乐得手舞足蹈，抱着他的手机溜进洗手间好半天才出来，然后若无其事地还给他：“你手机里竟然一个游戏都没有，害我好无聊！”

她难得地多长了个心眼，把发的信息记录都删了，只是，半分钟之后对方回的短信瞬间就把她出卖了。

——好的，向大哥，周五晚上，不见不散！

后面附带了一个卖萌的表情。

向堃状似无意地开口：“对了，跟你一起录取的那个王一婕，房子找着了没？跟她相处得怎么样？我看她是个挺单纯的女孩子，跟你又是同学，在学校也好相互帮助。”

“指望她帮助我？”左珊瑚不屑，“她只会背后捅刀，你上回被我打了一棒子就是拜她所赐的。”

说到这个，左珊瑚就火冒三丈，竹筒倒豆子似的把最近学校里发生的事告诉他了。末了，她还恶狠狠地补了句：“你要是再跟她多说一句话，我保证那句话会成为你的遗言！”

等她离开后，向堃思索片刻，回了刚才的信息：我想了想，还是改在盛世酒店 2708 号房见面吧，穿漂亮点。

那边迅速地回了个笑脸。

向堃想了想，打了个电话给张副校长：“张副校长啊，真是好久没联系了，您最近怎么样啊？身子骨可硬朗？”

张副校长接到电话简直有些不敢置信：“承蒙向理事挂怀，我这把老骨头，就是不硬朗也得争口气了。”

“张副校长可别这么说。”向堃跟他寒暄客气，“是这样的，这一届四小理事会马上就要召开了，上一任理事长任期也满了，是时候该换人管理管理了。”

张副校长几乎心花怒放，向总作为企业代表，投资了四小近一半的硬件设施，在理事会上的地位举足轻重，就连理事长都要礼让七分。他做了这么多年的副校长，实在不甘心，先前就动了心思，想活络活络向总这条门路，岂料一直在吃闭门羹，所以也就歇了心思。

没想到向总竟然找上门来，张副校长简直有种踏破铁鞋无觅处，得来全不费工夫的喜悦感。

“那这样，咱们约着好好聊聊，我一直认为张副校长是个有能力的人，而理事会长之职更应该是有能者居之。”向堃含糊其词地暗示他，最后敲定了会面的地点和时间。

“王老师，今天穿得可真漂亮，是要去参加婚礼吗？”办公室里的人称赞道，“你这样会抢了人家新娘子的风头的。”

王一婕今天穿着一袭黑色抹胸露背礼服搭配针织外套，上课的时候，穿着外套就不会太暴露，只是，脱下外套后整个美背都裸露在外了。

她一整天都是喜上眉梢的表情，见了左珊瑚后更是趾高气扬，一脸第三者要上位的得意。左珊瑚面上不跟她计较，心底却在偷着乐，她竟然还穿了这么正式的礼服，那晚上要制服她简直是易如反掌！

晚上就能大仇得报，想想，左珊瑚还有点兴奋呢！

左珊瑚最后看了一眼时间，约的是晚上九点，可现在已经晚上十点半了，很显然，她报仇未遂反被放鸽子了！难道王一婕看出她的伎俩了？没道理啊，她今天还把自己打扮成会情郎的模样呢，难道早已经移情别恋对向堃不感兴趣了？

“大半夜不回家在这儿瞎晃悠什么呢？”向堃不知何时突然冒出来了，敲了敲她的脑袋，“再不回家就让狼叼走了。”

大仇没报，谈何回家？！左珊瑚心里有些惆怅：“我是不是太笨了，连骗人都骗不到手？”

“再大的仇，都别影响了自己的心情，因为不值得。”黑暗里向堃牵着她往回走，“今晚有焰火，咱们去湖边走走吧。”

话刚说完，天空中就有大朵大朵的烟花相继绽放，映得整个天际亮如白昼。左珊瑚的情绪来得快，去得也快，一看到灿烂的烟火，马上就将刚刚的情绪抛到脑后了。

湖边人很多，大多都是情侣相拥，左珊瑚怕自己走丢了，也心安理得地窝进向堃的怀里，为这些耀眼夺目的烟火喝彩。

“左左。”向堃低沉的声音在她的耳边响起。

“嗯？”她歪过头应声。

“你很希望解除婚约吗？”惊叹欢呼的背景里，他的问话显得十分突兀。

左珊瑚沉浸在这份光与色的绚烂里，并未仔细分辨，只猛地点头：“是的，做梦都想！”

他忽地松开环环着她的手臂，改成与她并肩而立，一齐仰头看着天际的光华。巨大的烟花轰隆炸响之际，他终于再次开口。

“刚刚放烟火那阵，你说的啥啊？”左珊瑚迷迷糊糊地靠在他的背上，好奇地问道，“当时太吵，我没听见。你是不是准备跟我解除婚姻啊？那刚刚的烟火肯定是给我庆祝的。”

“人在我背上，还敢这么嚣张。”向堃低笑，“当心直接把你扔到湖里喂鱼。”

“哼，我就是下去了，肯定也会把你拉下水，你游泳肯定没我行！”左珊瑚爱玩水，很小就会游泳了，小学的时候还代表学校去市里参加小学生运动会的游泳项目拿了一等奖，自信满满。

这么多年没赢过他一回，想着终于能扳回一局，她简直恨不得马上跳下水：“你们家泳池里有水吗？咱们去比比！”

“没有。”向堃想也不想就一口否决，左珊瑚小时候一个人在他家游泳池游泳的时候差点淹死，后来家里的泳池就再也没蓄过水。

“你肯定知道游不过我！”

“别做梦了，就你那标准狗刨姿势，出去还不够丢人现眼的。”他不遗余力地打击她，“蝶泳、蛙泳、仰泳、自由泳，我都会，可就不会狗刨式游泳！”

“狗刨怎么了，狗刨也属于自由泳！”左珊瑚不服气，“人家狗刨都是最慢的，谁狗刨能刨得过我？！”

“可不是，那是你本家的看家绝活儿，谁能比你厉害！”向堃顺着她的话夸奖。

“那是！”左珊瑚得意扬扬了一阵，突然回过味儿了，大怒，“向堃，你骂我是狗！”

到家的时候，左珊瑚已经趴在他的背上睡着了。她刚刚看烟火看得太激动，被人狠狠踩了一脚，就嚷嚷着脚疼不愿走了，非要往他的背上赖，原来是困了。

向堃交代柯姨给她换套衣服就回房了，可躺在床上怎么也无法入睡，最后还是翻过阳台进了隔壁她的房间。

左珊瑚睡得很沉，因为有夜盲症，睡觉床头总开着一盏台灯，柔柔的光打在她的睡颜上，说不出的恬静。

他缓缓地弯腰，吻在她像扇子一样的睫毛上。

这样沉静的左珊瑚固然迷人，可他更爱睁着眼睛活力十足的她。她圆溜溜的眼珠子一转，他就能猜到她打着什么鬼主意；她笑起来的时候眼里总是带着璀璨的光；就连生气时的怒目圆睁，也似乎格外惹人喜爱。

这样的她，他怎么舍得放弃？所以刚刚他故意挑在烟火会的高潮时说出那个取消婚约的决定，既是不愿让她听到，又是打心眼里不想放过她吧。

向堃啊向堃，你可真自私。

左珊瑚刚到学校，四年级语文组的组长就通知她今天上四班的语文课。

“四班的课不是王老师上吗？”她看了一圈，没见着王一婕的影子，“怎么王老师没来呢？”

“王老师昨晚突然病了，请了一周的病假，所以这周四班、五班的语文课，就由你代江老师上一下了。”

左珊瑚点点头应下，等语文组的组长一走就抓住一旁的老师问：“怎么回事儿啊？王老师昨天还好好的，怎么就突然生病了？是阑尾炎吗？”

江老师压低了声音：“什么阑尾炎啊，我听说了，昨晚王一婕去勾引张副校长，结果被张副校长正室堵了个正着。那正室脾气火暴着呢，不分青红皂白就直接上手了。好家伙啊，听说最后王一婕出酒店的时候都是捂着脸的，不用想，就知道没法见人了。”

这是怎么个走向？昨晚王一婕放她的鸽子就是去会情郎了？会的不是别人，还是那个脑满肥肠的张副校长？！

左珊瑚实习的时候，那张副校长还上台讲过话，长着一副让人毫无食欲的样子，王一婕已经饥不择食到这地步了吗？

“而且，那张副校长的妻子还是个大嗓门，不嫌丢人，到处广而告之，估计现在四小都已经传遍了，以后王一婕怕是没脸再回来了。”

左珊瑚始终觉得有些奇怪，前天她用向堃的手机发短信的时候，王一婕还热络得很呢，不至于这么快就移情别恋啊！而且，王一婕是出了名的才色兼备，什么样的青年才俊得不到，犯得着这么委屈自己去做一个五十岁老头的小三吗？

这事儿肯定有猫腻。

可不管怎么样，这都是王一婕自己作的，虽然直接导致左珊瑚忙了许多，可左珊瑚心里有种大仇得报的喜悦。

晚上回家，她都多吃了一碗饭。

向堃嫌弃地看着她：“这世界上晚饭能吃三碗的女人，你一定是一个人。”

“我当然是一个人！”左珊瑚不服，“你才不是一个人！”

……

“这是我给你做的三文鱼培根三明治、鸡蛋葱花饼和寿司，还有你爱喝的果汁。”柯姨高兴地张罗着，“时间过得真快，还记得你们小时候郊游也是准备这些，这一转眼，你都要带着孩子们去郊游了。”

左珊瑚也高兴得很：“对啊，我小时候就喜欢郊游，可一年就春游、秋游两回，我盼着郊游就跟盼寒暑假似的。”

“可不是，有一回周末，你哭着闹着非要去郊游，可你爸妈那会儿正在学校，你就抱着堃儿的腿不撒手，非让他带你去。”柯姨想起他俩小时候的事儿，直乐。

“那最后呢？”那时候年纪小，左珊瑚已经不大记得了，追着问，“最后他带我去了吗？”

柯姨笑：“哪能啊，他小时候脾气差得很，怎么肯？”

“说得好像现在脾气不差似的。”左珊瑚白了旁边的向堃一眼，“那时候，我这么好糊弄吗？他不带我去，我就这么罢休了吗？”

“当然没！”柯姨摇摇头，“你们小时候都不是省油的灯，他不理你，你就耍赖，最后他被你缠得狠了就骗你说你蒙着眼就带你去，最后，他在屋子里搭了顶帐篷把你带进去，骗你说是在野外郊游。结果，你就这么被他诓了，在帐篷里吃多了寿司，第二天直嚷嚷着肚子疼呢。”

“哼，他就是专业坑我二十年！”

“哪能啊！”向堃顺手抢了个她装进盒子里的鳗鱼寿司，“二十年可坑不够，起码得坑个六十年九十年的。”

“柯姨，你看！”左珊瑚拍掉他准备继续拿寿司的手，“我爸妈竟然要我嫁给他，不是把我往火坑里推吗？！”

柯姨给他准备了一份早餐，就放在旁边，他偏偏要抢左珊瑚装好的，一连抢了好几个，惹得她急了才罢休：“好了，我该上班去了，祝你在火坑里愉快！”

左珊瑚冲着他的背影一阵拳打脚踢以泄愤。

“柯姨，您看他总这么欺负我，您也心疼了吧。”她决定拉柯姨入自己的阵营，将来悔婚也能有理有据，还有目击证人了，“下回向伯伯回来，您得如实汇报我俩激烈的战况，以及我次次惨败的战绩！”

柯姨笑道：“可我看着你倒是乐在其中。他也就嘴上讨点便宜，心里啊，是真的疼你的。在国外留学这六年，他每次打电话回来第一个就问你，你高考考上C大的时候，他比谁都高兴。”

“才没有！我打电话过去的时候，他还讽刺说阅卷老师打盹才给我高分的！”

“可不就是爱跟你呛声儿。”柯姨笑，“你总也说不过他，气急败坏的。可是，你想想，要是他真不在身边了，是不是心里又想念得紧？”

“谁想念他了？！”左珊瑚顺着柯姨的话想下去就心里发慌，他去国外的时候，她确实是常常想他，想得咬牙切齿，就算念，也是巴不得他别回来了！

“还嘴硬呢。”柯姨语重心长地开口，“你俩的父母这样安排，也是为你们好，你俩打小一块儿长大，知根知底，到哪儿都能互相照应着。他们因为忙，所以才把你托付给堃儿，不是堃儿，他们又哪肯放心把你留下？”

“再也找不着比他更疼你的人了。”

“他哪里会疼我？”左珊瑚嘴上犹不松口，“他只会让我疼！”

孩子太多会顾不过来，所以郊游都是以班为单位，左珊瑚和盛老师负责带二班的孩子，郊游的地方就是C市市郊的馒头山。这山并不高，海拔才三百米，孩子们个个精力十足，爬上山顶还能玩老鹰捉小鸡的游戏。

左珊瑚做母鸡陪着他们玩得不亦乐乎，盛老师盛君泽跟另外一群孩子忙着铺餐布，看着她跟孩子们玩成一片，也会心地笑了。实习的时候，他就注意到她了，一起实习的四位老师，似乎她在授课技巧上总没有那三个灵巧，可她有一股子韧性，虽然很笨，但从不投机取巧，踏踏实实地学习。最后写实习鉴定的时候，他给她评了优，并且主动要求她来担任自己班上的语文老师。因为他觉得，她比另外的三个老师都更会是个好老师。

吃饱喝足了，两人就带着孩子们漫山遍野地疯去了。每个班里都有几个熊孩子特别好动、爱冒险，左珊瑚开始还能在后面看着，不让他们丢了，可那些熊孩子太调皮，跟她玩声东击西这一套，她顾得了西边的，就顾不上东边的了。等把人都抓到的时候，她才发现跟大部队走散了。

“你们三个以后可不能这样！”左珊瑚先打了电话跟盛君泽报平安，然后一只手牵着一个，还有一个走在前头，她板起脸，“郊游是集体活动，你们应该跟着伙伴们一块儿玩，而且这荒郊野岭的，要是走丢了，可怎么办？这山上有狼，还有老虎、狮子，一口就能把你们吃了！”

这些顽皮的熊孩子被唬住，乖乖地跟着她回归。

哪知道半路天气忽然变了，雨就哗啦哗啦下起来了。

天气预报播报的是晴到多云，所以，他们并没有备伞。左珊瑚怕孩子们淋着，就脱了外套给他们挡着，自己在后面淋着。

“下雨路滑，别急。”左珊瑚只得跟盛君泽打电话说直接去山下会合，然后带着三个小家伙下山，“慢慢走啊，别怕，老师给你们唱歌。”

可儿歌已经忘得差不多了，她想了想，唱了首最近正流行的《小苹果》：“你是我的小呀小苹果，怎么爱你都不嫌多……”

“老师，你唱得可真难听！听你唱歌，我们都不会走直路了！”一个胆子大点儿的孩子鼓起勇气制止她，“还是我们三个合唱吧！”

她感受到了来自这群孩子深深的恶意。

大概因为自己响亮的歌声，孩子们也不像开始那样害怕了，即使雨越下越大，也稳稳地迈着步子。

盛君泽把孩子们都送到车上交给司机看着，自己就返身去找他们。

孩子们听到山下盛老师的声音，一时十分激动，在山腰上跑了起来。雨后路滑，本来走起来就不容易，更何况跑。左珊瑚在后面担惊受怕地跟着，生怕他们脚底打滑。

可墨菲定律告诉我们，你越是担心什么，它就偏偏会发生。正如眼前的境况，最前头的一个孩子脚下一滑，连带着另外两个也往山下滑了，眼看着三个孩子就要滚下去了，左珊瑚当机立断地跳了下去，一只手拽住了一块石头，一只手紧紧地攥着那三个孩子。

好在盛君泽马上赶来了，想借助绳子把四人一块儿拉上去。左珊瑚知道这绳子没结实到能承受三百余斤的重量，而她也感觉到手上扒着的石头有松动的迹象，赶紧开口：“我还能支撑一会儿，底下的孩子已经撑不住了，你快点先把他们抱上去！”

时间紧急，盛君泽也没法多想了，只得先连背带抱地把下面的三个孩子弄上去了。只是，盛君泽刚把三个孩子放在平稳的地方，回头一看，左珊瑚就连人带她拽着的那块石头掉下去了。

第九章

还好等到你

她终于有些沮丧：“向堃，你要是在十分钟以内找到我，那我以后就再也不提悔婚的事儿了！”

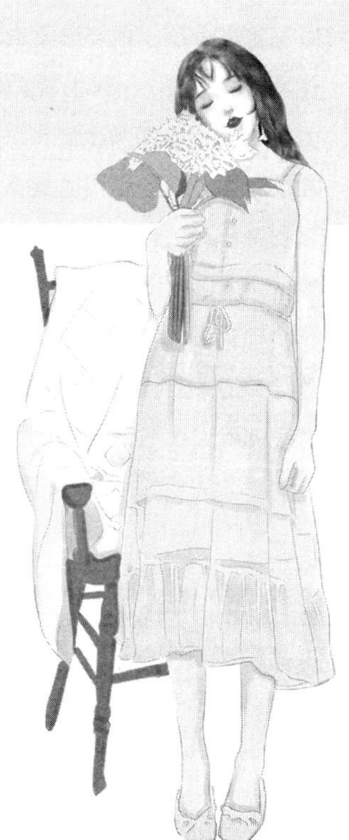

这山虽然并不高，但是山麓处有一大片荆棘密林，左珊瑚顺着湿滑的山坡滚进了密林，根本没法让人在短时间里找到。盛君泽当机立断，给几位老师打了电话，让他们赶来接孩子们。

左珊瑚滚下去的时候出于本能护住了头，所以只是四肢有些擦伤撞伤，但脚被石头缝卡住了，没法动弹。想着盛君泽肯定会回来找自己，她也就安心地在原地等着了。

她本是不害怕的，只是因为下雨了，天色比往常都要暗得早，她看着天幕像是一块巨大的黑布一样兜头笼罩下来，心里却渐渐涌起一股后怕来。

风雨交加的夜色里，欢快的铃声突兀地响起来，打破了这一份心悸。

左珊瑚双眼已经被雨水迷蒙，可仍是能看见屏幕上闪烁跳动着的“向方方”三个字，她鼻子一酸，感动得几乎热泪盈眶。

当初选了部防水的国产机，她真是太机智了！

“怎么郊游郊得人都没踪影了？”那头向堃的声音熟悉得像是就在耳边，“今晚可是做了你最爱吃的糖醋排骨、干贝山药鸡腿煲、虾仁蒸蛋、葱油海瓜子……这闻着口水就直往外流了呢。你今晚要是不回来吃饭，那我可就承包了啊！”

左珊瑚脑补了那些美味，口水直流，“不许吃独食，必须留给我一份！”

向堃听着左珊瑚的话是断断续续的，似乎还有雨声，他搁下筷子：“市区现在雨已经停了，你现在在哪儿？”

“摔下山头了……”左珊瑚语气里有些委屈，“脚也扭了，没法动弹。可能盛老师还没找到我……但是你相信我，我待会儿就回去了，那些菜一定要留一份给我！”

在这时候还惦记着几口吃的，也只有左珊瑚了。

“想吃这些菜就别挂电话，我没挂电话，你要是先挂了，今晚肯定饿着你。”

他太霸道了，竟然连电话的挂断权都不放过！

向堃回身去她房间拿了件外套，开着车就直奔他们郊游的馒头山去了。

“你在开车吗？”左珊瑚开始觉得身上有些冷了，只好抱紧双臂，“难道是要来救我？别、别，一会儿盛老师就找到我了，你就别瞎耽误工夫了。”

“说得也是，反正我也饿了，饭量是平时的两倍，那几道菜刚好够了。那我先回去吃饭了，你慢慢等你的盛老师，什么时候回来都不要紧。”路口左转，指向牌是上高架桥去近郊的。

左珊瑚听着他车子的声音，以为他真的打道回府了，那柯姨的菜就都要被他吃光了，忙做虚弱状：“不要，人家又冷又饿，快来拯救我这个弱女子！”

“说人话。”他眉心抽动。

“快来接我，不许抢食！”左珊瑚言简意赅，气势汹汹。

眼瞧着雨越下越大，盛君泽已经无法干等着搜救人员的到来了，想着左老师一个人在密林里肯定是又冷又怕，一咬牙钻进林子了。

当意识到自己是个路痴时，他已经分不清方向了。左老师的电话也一直提示正在通话中，他只能一边喊着左老师，一边像没头苍蝇一样在这林子里乱转了。

“向堃，我好困……”其实，这时候林子里都是乱七八糟的虫鸣鸟叫声，可因为她专注着打电话，所以竟都无意识地忽略了，“你们怎么都这么笨呢？还没找着我！”

平时开车要一个小时的路程，他二十分钟就冲过来了，竟然还嫌他慢：“是谁笨得滚到山底下，还把脚扭了，巴巴地等着人去救呢？我看你那盛老师肯定也把你忘了，你想想看，几十个孩子跟你比起来，孰轻孰重？”

“话是这么说，可他肯定会报警吧，而且送孩子回去之后肯定会回来救我的！”她信誓旦旦地开口，十分相信盛老师的人品。

“可你不知道的是，因为突如其来的大雨，城里的路堵得很，估计你的盛老师还没回城呢。”这其实也不算是睁眼说瞎话，已经这么久了，盛老师还没找着她，说明他确实是出了状况。

“啊？”左珊瑚大惊，“那岂不是只能指望你了？！”

向堃不悦地皱眉：“指望我怎么了，很丢人吗？”

“也是。”左珊瑚一想，反而高兴了，“我现在这么狼狈，盛老师看见肯定会被吓着，还是你来救我吧。”

向堃突然有种扔下这没心肝的东西不管的冲动。

“喂？”左珊瑚喂了好半天，没听见他的动静，拿开手机一看，竟然已经关机了，大概是没电了，怎么都开不了机。

没人说话，耳边突然清静了，左珊瑚才清楚地感受到夜越深，这雨声和林子里乱七八糟的虫叫声也越来越瘆人了。

向堃不知道她的具体位置，根本不可能那么快地找到她，而盛老师也迟迟未到，她觉得自己不能这么坐以待毙了，她得学会自救。

可是，卡在石头缝的腿根本就动不了，而她力气再大，这个角度也没法把石头搬开，使了半天劲，也只是白费工夫。肚子饿得咕咕叫，她又冷又困，终于也觉得害怕了，害怕被人遗忘在这儿，害怕最后真的饿死冻死在这儿。

“向堃，你快来啊！”她刚刚想搬石头费了不少劲，现在连发出声音都没多少力气了，“你要是来了，我就不跟你抢好吃的了。”

只有自然之声的林子里，没有任何人回应她。

左珊瑚迷迷糊糊又想起了小时候的事。小时候她总是闯祸，有一回甚至还差点被人贩子带走，被关在一辆哐当哐当的破车里要运走了，半路却被向堃找着家长拦截救了下来。那时候，她知道是他救了她，心里十分高兴，暗暗地想以后一定要嫁给他。

只是后来他的脾气越来越坏，就会欺负她，跟她斗嘴，还爱算计她，她回回都斗不过他，觉得实在有失颜面，最后只得敬而远之了……

可无论是喜欢他的时候，还是讨厌他的时候，有一点从来没变，那就是，在她有困难的时候，他永远是最值得她信赖的那个人。

“向堃，你要是能在十分钟内到达，我就再给你盖个感激之章！”她对着空旷的密林喊着，“过时不候啊！啊！啊！”

默默地数完了十个数，她终于有些沮丧：“向堃，你要是在十分钟以内找到我，那我以后就再也不提悔婚的事儿了！”

身后终于传来踏实的脚步声以及那再熟悉不过的声音：“唉，早知道应该等十分钟再来的。”

虽然那不是什么好话，可左珊瑚觉得再悦耳不过了。她下半身没法动，整个上半身都转向身后的他，伸出双臂，脸上混杂着雨水和泪水：“我就知道你肯定能找到我的……”

“你哪来的自信，你又不会发光。”向堃直接忽视她热情的欢迎仪式，径自走到她的脚边，把外套扔给她，三两下就把压在她腿上的石块搬开了。

腿脚被压了好几个小时，血液不流通，早已经麻木了，左珊瑚再次顺理成章地赖在他的背上了。

“这片密林这么大，我又不会发光发热，你是怎么找到我的？”

“嗯，虽然你不会发光发热，但你有特殊的、吸引人的技能。”

“什么？”

“发臭。”

左珊瑚真想直接在背后给他一棍子!

回到车上给手机充上电，左珊瑚才重新联系上盛老师，只是对他刚报了平安，声音就提了好几个音阶：“什么？！你去找我反而自己迷路了？！”

向堃本来还对这个跟她交往过密的盛老师产生了点危机感，此刻听她这么一喊，心里也算完全放下了。

因为自己是路痴，所以她说过，绝对不会喜欢上另一个路痴的。

当然，此时英明一世的向堃也决计不会预料到，就是此时他的疏忽和松懈，让两人的未来生出许多波澜，差点背道而驰。

“虽然只是韧带受伤，但因为不是第一次了，必须待在医院里休养几天。”白袍医生翻了翻她的病历本，“向帅也叮嘱过了，下次再扭了就找我算账。你打小就爱折腾，三天两头就磕了碰了，可每次挨骂的都是我，你说这天理在哪儿？”

“我巴不得现在就出院！”左珊瑚兴致勃勃地在自己打着石膏的腿上涂涂画画，半点伤员的自觉都没，“瞿医生，我想吃唐记糖醋排骨，还想吃干贝山药鸡腿煲、虾仁蒸蛋、葱油海瓜子……”

“我辛辛苦苦地念了十年学，当的是医师，不是厨师。”瞿医生哭笑不得，“敢情姑奶奶您这一声令下，我就得改行了？来，给我看看手臂上的伤口，让她们重新换点药。”

她手臂一收:“你不给我买这些，我就不换药了，到时候伤口发炎了、恶化了，我就去向堃那告状，说你医术不精，庸医误诊！”

“得，小祖宗，我是怕了你。”他躬身亲自看了看她的伤口，替她擦药，“伤口别碰水，洗头洗澡什么的，交给你们家向帅就行。”

“我俩是清白的！”向堃的圈子里所有人看她就像看向堃的所有物一样，她解释了一百遍，这些人都恍若未闻，“我还是未婚，未婚！”

“行、行、行，我知道你未婚。”瞿医生失笑，看到门口的动静，“得了，你家糖醋排骨来了，我也该吃午饭去了。”

左珊瑚一闻到这香味儿就恨不得跳下病床，直嚷嚷着饿了。

向堃却故意将饭盒放得远远的：“听说你未婚？”

“我本来就未婚！”她眼睛一眨不眨地望着食盒，口水都快溢出来了，“快给我糖醋排骨！”

“唐记的顾大厨说了，这糖醋排骨是专门做给向先生和向太太吃的。”他靠着沙发，表情闲适，“既然你是未婚，那就只有我一个人独享了。”

不行，要有节操！左珊瑚眼睁睁地看着他带来的菜色，咽了口口水，心里坚守最后的防线。

“咦？这还配了饭后甜品呢，还是老顺家的杨枝甘露。”

最爱的杨枝甘露！

左珊瑚捏捏拳头，不行，为了一碗杨枝甘露就出卖自己高尚的人格，传出去像什么话！

向堃笑了笑，嗅了嗅碗里的甜品，一脸满足：“爱文香杧和葡萄柚的香气，可真是诱人呢。”

不行，不行，不行，即使是最甜的杧果和最香的柚子，她也不能轻易妥协。

见她埋头不作声，在石膏上写写画画，向堃心里有数，一个人慢腾腾地吃了起来。果不其然，三秒钟后，他手机提示有信息来了，他点开，图片上白色石膏上画着一只可怜兮兮的小老鼠，右下角歪歪扭扭的是补上的几个字：猫先生，鼠太太好饿……

向堃知道她这样的妥协已经实属不易，也退让了一步，把阵地转移到床上，让她也吃上几口。

左珊瑚没抢占先机，便要后发制人，一边把嘴里塞得满满的，一边为自己辩解:“我刚刚的意思是说，我是鼠太太，不是向太太，你别误会！”

他点点头，搁下筷子：“嗯，我不会误会的。”

“那就好。”左珊瑚放下心来，这样不算节操全丢了吧，“咦？你吃饱了吗？”

他摇摇头：“等鼠太太吃饱了，猫先生再吃鼠太太就饱了。”

左珊瑚无语。

“对了，我刚接了个电话，你爸妈后天的飞机，让咱们去接机。”

“可我这样怎么去接？”左珊瑚一听就觉得不妙，“他们要是见我弄得这么狼狈，肯定又得唠叨了！”

“所以，我跟他们说，你带班上的学生去首都参加小学生奥林匹克知识竞赛了。”

“太机智了！”左珊瑚竖起大拇指，“不过，我爸妈走之前把我托付给你，结果你把我照顾成这样，你自己也怕他们跟向伯伯告状，所以才瞒天过海、推卸责任吧？”

“那行，我回头如实告诉他们，你去郊游摔下山坡了，你看看挨骂的是谁。”

盛君泽老师只是迷路了，并没有受伤，第二天就提着果篮来医院看望左珊瑚了。他进门的时候，她正好睡着了，被吊起来的腿上白色的石膏早已经被画满了乱七八糟的图案、写满了文字。他摸着下巴思索了一下，挑个时兴的词语来形容的话，应该是……萌萌哒？

不过，这句“猫先生，鼠太太好饿”是什么意思，她已婚了吗？他好像没有见过她戴戒指，也没见过有人送她去学校啊？

“盛老师？”左珊瑚被强光弄醒的时候，就见着他正在拉窗帘，背影看着竟也和某人一样，有几分伟岸。她这么想着，他倒也有几分帅气，气质如水，清清淡淡的，什么时候都让人觉得舒服，不像向堃，成天冷着张脸，气势逼人，又不是皇帝，每天却摆脸色给所有人看！

盛君泽脸上带了点歉意：“吵醒你了吗？”

要是向堃，她就肯定地点点头，把所有的责任推给他，可是，面对这么坦然的盛老师，她却只得违心地撒谎了：“没有，已经睡了太久了，再不醒，医生和护士该着急了。”

“昨天赶着回去看孩子们有没有怎么样，今天才过来看你，真是抱歉。”他脸上总有着淡淡的笑意，温柔地坐在旁边为她削苹果，“除了腿，还有哪里伤了没？”

左珊瑚摇摇头，看看，这才是来看病人该有的自觉！对比起来，那一进来一句慰问都没有，自顾自吃饭，她不低头就让她饿肚子的男人真是差劲至极了好吗？！

“想什么呢，这么开心？”

“想一样米养百样人的例子。”左珊瑚见盛君泽削出来的苹果皮竟然是连在一起的桃心形的，低呼出声，“连苹果皮都削得这么漂亮，会拿粉笔的手果然灵巧。”

“你这也是在夸自己吧？”盛君泽笑，“我看你不仅手巧，劲儿也不小，那天三个孩子加起来都快两百斤了，你竟然拉得住，真不容易。”

左珊瑚嘿嘿地笑：“孩子们都没事吧，有没有伤着哪儿？”

“他们没事，就是受了点惊吓，学校这边我已经做了说明，你请假好好休养就是，课也有老师代。”

她点点头，这才放心。

只是，她这心才放下，第二天就起了波澜。他们郊游的地点是学校统一安排的，只是当天毫无预兆地下起了雨才出的意外，可有些好事的家长竟然将这事儿加油添醋地闹到微博上，还附上了小孩儿手上的瘀青，说是老师强迫学生交钱参加郊游，不服从的还进行体罚虐待。

左珊瑚记得，那是差点摔下山坡时，她情急之下抓住的那个男孩子，承受着三个孩子的重量，她手上用的力道肯定不轻。

虽然孩子手上的瘀青是她弄的，可是这明显就是歪曲事实嘛！

左珊瑚觉得这世界上最残酷的三件事是：战争、饥饿和被人污蔑。

她跟盛君泽因为这次郊游发生的意外坐在办公室里等候着教委会的裁决，心里委屈得想打人。

“这次郊游，学生们都吓得不轻，学生的家长也来了不少投诉信，说是老师不负责任，导致孩子们现在还不敢来上学。这责任，你们不负，谁负？！而且，现在还被闹到微博上弄得尽人皆知，媒体都找上门了，你让我怎么交代？！”四年级的教务主任会上遭了一顿痛批，一回办公室就情绪转移。

教务主任没有直接说辞退他们而是破口大骂，说明这事儿还没严重到无法挽救的地步。盛君泽知晓主任的脾气，就闷着声挨下了，还朝左珊瑚使了使眼色。

可左珊瑚哪里是会看人眼色的人啊，当下就不服气了：“为什么要我们负责任？突然下雨是谁都没料到的，而且郊游也不是我们逼迫的，微博上根本就是颠倒黑白。我要是忍下了，那不就等于承认是我虐打学生，师德败坏了？！”

教务主任气得吹胡子瞪眼，留下她是看她是个挺努力、挺开朗的姑娘，能够跟学生融为一体，现在却发现她是头倔脾气的牛，怎么拉都拉不回头。

“学校的清誉和你的名节哪样重要？现在我们让你们写道歉信给家

长道歉，就是希望能大事化小、小事化了，息事宁人，你倒是恨不得事情闹得更严重一些！”

左珊瑚还准备据理力争，盛君泽拉了拉她的衣角，抢了话头：“主任说得有道理，其实这事儿并不一定要我们妥协，孩子当时就在，是什么情况，他可以证明。让我去和学生家长见个面吧，这事不宜闹大。”

毕竟在四小有些资历，盛君泽的话，教务主任是信了几分的，把事儿交给盛君泽，他就离开了，当然，走之前狠狠地瞪了左珊瑚一眼。

左珊瑚晚上有些闷闷不乐地把这事儿原原本本地告诉了向堃，并且义愤填膺地怒斥了那是非不分的家长后，才终于心满意足地去睡觉了。

谁知第二天这事儿就有了巨大的反转，在微博上造谣的家长竟然带着小男孩到办公室给她道歉送花，后面还跟着两个传媒记者！

被记者迷迷糊糊地问了几个问题又被夸赞得飘飘然的左珊瑚木木地上完一整天的课。放学的时候，她在校门口遇上盛君泽，明白了，肯定是盛老师动之以情、晓之以理劝服了学生家长，学生和家长才肯来学校为她平反的！

“盛老师！”左珊瑚满心感激地跳到他的跟前，“谢谢你帮我劝服了学生家长，我今天还被主任表扬了呢！为了表达我深深的谢意，我请你吃饭！”

可盛老师还没来得及去找学生家长谈啊！盛老师有片刻的疑惑，随即释然，不管学生家长是怎么想通的，只要能借机跟她吃顿饭，似乎也不错。

“大哥放心，这事儿包在我的身上。”包房里的年轻男子神色恭敬地开口，“薛乐为人极其好胜却又不学无术，所以挖空了心思想走捷径。被堃卓解雇之后，他就一门心思钻进了股市，还借了高利贷，妄想一夜暴富。”

对面的向堃表情稍冷，慢条斯理地品着桌上的几盘小菜，似乎并未将心思放在那年轻男子的话上。左珊瑚喜欢吃这里的松仁玉米、板栗鸡翅和樱桃肉，每次来都要点，所以，他似乎也习惯了。即便她不在旁边，他也会下意识地点这几样，可现在发现，她不在跟前，这三样小菜都不如以往好吃了。

“敢把心思动到我的头上，他确实是活得不耐烦了。”向堃意兴阑珊地搁下筷子，神色莫测，“速战速决才好，别脏了自己的手。”

“嗯，我已经让人接近他，取得他的信任了，到时只要套牢他，光是高利贷追债的都让他无暇分身了。”

“查清楚他的底细了吗？”向堃淡淡地瞥了年轻男子一眼。

“查清楚了，原来，前段时间他跟一个家世不错的女人相亲，对方答应跟他相处，也是因为他在堃卓工作。后来左珊瑚嫂子进了堃卓实习，公司传她是孔总的侄女，薛乐就动了别的心思。”年轻男子越说越气愤，“简直是癞蛤蟆想吃天鹅肉！”

“你嫂子可不是什么天鹅肉。”向堃低笑，“不过，这样的人渣是该教训教训了，你拿捏着度，别过头了就行。”

“行，大哥，我明白了。”年轻男子也不是吃干饭的，说完之后就提前致意离开了。

向堃想着家里还有嗷嗷待哺的家伙，也无心吃下去了，重新照着左珊瑚的口味点了一份，准备带回家跟她一块儿吃。

他出包厢的时候，前面两个服务生在前面闲聊着：“嘿，可真有意思，你十七号包厢的客人点的菜单竟然跟八号包厢的是一模一样的？这两包厢的客人口味儿还真类似。”

“是挺巧的。”那服务生也笑，“正好大厨一块儿做，省时省力。”

八号包厢自然是向堃的，他也有点好奇了，竟然有人跟左小白口味一致？路过十七号包厢的时候，正好有服务生从里面出来，他无意识地往里面扫了一眼，就见左珊瑚撑着下巴语笑嫣然的模样。

而她对面的那个男人，虽然只瞥了一眼，但向堃确定，就是那个路痴盛老师了。

“向总，您的菜已经打包好了。”服务生一进来就觉得包厢的气氛比刚才似乎要冷了几分，知道这些老板都是喜怒难测，也更礼貌了几分。

“放这儿吧。”他淡淡地开口，“听说十七号包厢点的菜跟我的一模一样，我这人呢，比较变态，不知道就还好，知道了顿时有种吃不下的感觉了。”

服务生一脸难色，见过变态的，还真没见过这么变态的。

“你做不了主，就让你们经理过来，我亲自跟他说。”向堃也不为难他。

那服务生一听这话，赶紧找来负责人，想把这尊难伺候的大神请走。

经理一听这事儿，二话不说就瞪了服务生一眼：“不想干了吧，向总是多重要的客户，你不知道吗？宁可得罪十个包厢的客人，也别得罪了向总，知道吗？！快，这几道菜今晚不供应了，重新给向总准备一份，我亲自送过去！要快！”

“哥，那十七号包厢里的客人呢？”服务生讷讷地询问。

“还要我教吗，去跟客人道歉，重新点单，实在不行，今晚替他们免单。”一想到向总还在包厢里等着回话，他踹了那服务生一脚，“还不赶紧滚，要老子亲自去厨房端菜吗？！”

“本来是为了感激你请你吃饭，你怎么一道菜都不点，都是我做主的，不要紧吧？”左珊瑚略带歉意地开口，“要不要加点你爱吃的菜？”

盛老师摇摇头，环视了四周：“我这人不挑食，而且你点的菜听起来挺不错的。这地方也不是很抢眼，你是常来吗？”

左珊瑚笑着点头：“嗯，这家的厨师姓袁，做的菜十分家常，你看看这生意就知道。我从小爸妈就常出差，要么去蹭向堃家的饭，要么就来这家店。”

“能把你养得这么水灵的饭菜，那可真得好好尝尝了。”盛君泽半真半假地调侃。

左珊瑚却十分受用，打小被向堃讽刺加压迫着成长，收到的赞美和表扬简直屈指可数，而盛老师这番夸奖真诚十足，弄得她一阵心花怒放。

只是两人聊了好久都没上菜，平时跟向堃一块儿吃的时候总是点完单没一会儿就上菜了，怎么今天这么久？

左珊瑚去了趟洗手间回来就遇上上菜的服务生，托盘上的菜色看起来跟她点的一模一样，她默默地为那人的品位点了个赞。

进包厢的时候，她正好遇上一脸歉意的服务生：“不好意思，小姐，您点的几样菜正好没了，我们这还有很多好吃的菜，要不我替您介绍介绍？”

“没了？怎么可能没了？”左珊瑚指着八号包厢的方向，“我刚刚还看到你们送菜去那个包厢，那客人点的几道菜都跟我的一模一样，难道偏偏就那么巧，三道菜都只剩下最后一盘了吗？！”

服务员硬着头皮点头：“那这样，今晚的菜除了那几个之外，您随便点，我们餐厅给您免单。”

服务员不这样说还好，他一说完，左珊瑚就越觉得里面有猫腻了，于是理直气壮地摇头：“别的菜色我都不喜欢吃，就只要这三道菜！”

这个服务员是新手，没有什么经验，已经急得快哭了：“小姐，您就谅解谅解吧，其实您要的这菜也不是什么山珍海味，八号包厢的那位先生今晚上包下这几道菜了，您就换点别的，成吗？”

左珊瑚是典型的弹簧性格，这种时候更是半步也不退让：“嘿，我听过包场子、包鱼塘的，还真没听过有人包菜色的！钱多烧得慌，有本事就包下整家餐厅啊，包不起就别打肿脸充胖子，包菜色，真是笑话！”

“可那位先生的的确确已经包下了这几道菜，要不我给您换招牌菜话梅鲈鱼、蒜蓉鲍鱼？”服务生一咬牙，把菜单上最贵的都拿出来了。

可显然左珊瑚不买账：“我什么都不想吃，就要我点的老三样！你们这样分明是歧视，信不信我去告你们！”

盛君泽在一旁拉着她：“行了，珊瑚，今天吃不到就换别的，改天我再请你吃这几样行不行？”

左珊瑚此刻怒上心头，哪里留意到他亲昵的语气和称呼，只恶狠狠地拒绝他的提议：“现在已经不是吃什么的问题了，他们这样的差别对待，让我心里不舒服，还有那个冒充土豪的土鳖！那这样，我也不为难你了，你把我带去八号包厢，我自己去跟那人理论！”

“这……”那服务生有些犯难，经理说了，向总是举足轻重的大客户，要是得罪了他就不用干下去了，“恐怕……欸、欸，小姐，小姐……”

服务生想拉住左珊瑚的时候，她已经怒气滔天一脚踹开了八号包厢的门，里面的光线并不十分明亮，她只看到一个背影，以及他指尖燃起猩红的火光。

“向总……这个……那个……”后面跟进来的服务生已经是语无伦次了。

向堃等的就是这一刻，他转身略微惊讶地看着门口的左珊瑚和盛君泽：“可真是巧呢，你们也来这儿吃饭？正好我点的菜不少，不介意的话，一块儿吃吧。”

左珊瑚被这意外的转折弄得糊里糊涂的，见他桌上那再熟悉不过的菜色，语重心长地教育他，“这几道菜虽然好吃，可是你也不能这么干啊，让别的想吃这些菜的人怎么办？”

向堃一改方才的冷脸，极尽体贴地为她拉开了椅子，还招待盛老师入座，又吩咐服务生加了几道菜。

那服务生出包厢的时候长长地舒了口气，搞半天都是熟人啊，那这向总就更是个让人难以捉摸的人了！他决定了，以后向总再来，他就让死对头伺候！

盛君泽有些看不明白这情况，那天在山麓找到他的也是这个叫向堃的男人，看向堃跟左珊瑚相处十分亲密，却又不太像是你侬我侬的情侣……难道是表兄妹？

“是盛老师吧？”向堃点了酒，为他和自己的酒杯斟满，“上回在馒头山迷路的也是盛老师吧？”

盛君泽笑着点点头，不动声色地打量着这个男人，一身剪裁得体的深色手工西装衬得他沉稳雅致，脸上带着礼貌的笑意，却仍旧挡不住浑身散发的冷意，金贵、倨傲而又有距离感，可与左珊瑚低语互动的时候又是另一番神情，强势、宠溺以及看自己所有物的那种强烈的占有欲。

这样看来，左珊瑚对于他来说，是不一样的吧？

“向先生，你好。”盛君泽举杯，“这一杯，我先干了，算是报答那日向先生的搭救之恩。”

向堃也笑：“盛老师太客气了，那天你也是为了救左左才迷路的，我也算是替左左还个人情罢了。对了，这儿离四小不近，怎么选在这儿吃晚饭？”

后面一句话，他问的是左珊瑚，脸上带着笑，声音也是如沐春风，可左珊瑚后背还是感觉到一股凉飕飕的寒意：“那个……盛老师为我说服了学生的家长，那些家长才没继续抹黑、中伤我，所以我请他吃顿饭，表示感谢。”

向堃看向盛君泽，竟然没在对方脸上看出半点不好意思或是受之有愧的表情，心下感叹，这盛君泽可能是跟他一样的厚脸皮了。

第十章 突发变故

这是二十多年以来，她第一次见他流泪，那泪流到了她的脸上，也流进了她的心里。

既然盛君泽这么无耻，向堃就算当场揭穿了他无功受禄，他也不会羞愤而走的。向堃明白，最难对付的敌人，不是手段有多狠辣、能力有多强大的人，而是脸皮厚的人。

慢条斯理地为左珊瑚挑出松仁玉米里的胡萝卜丁，向堃这才放下筷子一笑："这样的大恩大德，那是该好好请盛老师吃一顿以表感谢了。"

左珊瑚呆呆地看着自己跟前碗里的松仁玉米，向堃今天中邪了吧，干吗无缘无故把她喜欢的胡萝卜丁全挑出来扔了？！

见她怒目圆瞪表示不满，向堃宠溺地拍拍她的头，眼神就跟看挑食的大笨一模一样："乖，你不喜欢吃的胡萝卜已经替你挑出来了，快点吃饭。"

这下，左珊瑚更确定了，向堃早上出门没吃药。

盛君泽见两人互动得这样亲密自然，心里也猜着了八分："向先生客气了，左老师是我们班的老师，她的事就是我的事。"

向堃笑意更深了："那以后就有劳盛老师多加关照了，我家小白人缘好，到哪儿都讨人喜欢，不过，正是因为这样，我这个未婚夫才放心。"

"哪里的话，这是应该的。"盛君泽看了眼一旁并未作声的左老师，心里闪过一丝黯然。以他对左老师的了解，如果她不认可这桩婚约的话，一定会大声反驳的。

眼见着敌人渐有颓势，向堃乘胜追击，先对盛老师点了点头，才转头看向左珊瑚："小白，明天咱爸妈回来，让我带上你一块儿去接机，说是给你带了份大礼。昨晚我也跟左爸爸、左妈妈谈过了，四位老人家的意思是，要提前把事儿办了。"

大礼？左珊瑚一听这个词就被吸引了全部的注意力，猛地点头表示十分愿意去接机，哪里还听得进去后面那段话。

可落在不够了解她的盛老师的眼里，她就是对这桩婚事满心期待的样子了。他有些落寞地搁下筷子，再也不觉得这里的菜色如她描述的那般可口了。

第二天，左珊瑚到学校遇上盛老师时还特地送了份早餐给他：“昨晚请吃饭，我看你好像不喜欢吃那儿的东西，来，王老师说这是你每天的固定早餐，卡布奇诺搭配牛角包！这家店做的牛角包最好吃，外酥内软，你赶紧尝尝！”

盛君泽看着她脸上如晨光般跳跃的神采，只得硬着头皮开口：“其实你不必谢我，微博那件事并不是我帮忙解决的，我还没来得及找家长谈，他们就带着媒体来学校采访你了，不是我的功劳。”

说完，他就静待她的反应，骂他无耻也好，他都做好准备了。

可左珊瑚眨了眨眼睛，消化完这信息后半点怒意都没，仍是把牛角包塞到他的怀里：“好了，盛老师，这是奖励你敢于承认的。我小时候也常撒谎吹牛皮，可是，向堃一戳就破，我要是赶紧承认了，就有奖励，死鸭子嘴硬就只会挨打！”

这个奖励，似乎不得不收啊，他好笑地接过，跟她一块儿去办公室，“你跟那个向先生从小就认识？”

大概刚刚为了追上前面的盛老师跑得太快了，左珊瑚忽地觉得胸口有一丝丝抽痛，蹙眉点点头：“我们两家是世交，爷爷辈就认识了，我妈说我还在娘胎的时候，他就常跟我说话，应该算是从小就认识了。”

盛君泽没再多问，先回了数学组办公室。左珊瑚一坐下，刚刚那诡异的抽痛感又袭来了，好一会儿才缓过来。

“哟，这是学人家西施捧心呢？”王一婕休养好了就回了学校，当时那沸沸扬扬的风声已经过了，而且风传王一婕动用关系强行镇压了绯闻，所以只有张副校长因为这事儿受了调查，她仍旧若无其事地回来上课了。

“捧不捧都不关你的事吧？”左珊瑚强忍下这阵不适，看着她脸色差了不少，也不再跟她斗嘴，“我去上课了。”

“你等等。”王一婕突然出声，“我出事的时候，你为什么替我说好话？”

左珊瑚疑惑，自己没落井下石已经是仁至义尽了，怎么会替她说好话：“我什么时候替你说好话了？”

“所有的人都在背后议论我是张副校长的小三，只有你不相信，还替我跟上头来调查的人说好话。谢谢你。”王一婕顿了顿，“以前的种种都是我不对，对不起。”

左珊瑚这才想起来，王一婕请假后的第二天，上头就有人来调查了，语文组的老师也都被叫去问了话，而她只不过是随意说了几句，表示王一婕不可能跟张副校长有一腿而已。

“我上二班、三班的语文课已经够吃力了，只是不愿意再多增加负担而已。”

航班到站时间是下午六点钟，可现在都晚上八点钟了，出站口却不见向爸爸和向妈妈的人影。

向堃蹙了蹙眉，没作声。

左珊瑚也想起白天时不大好的预感，仍是勉强安慰他：“航班延迟是再正常不过的事了，现在空中管制限流，肯定是要晚上几个钟头了。”

话音刚落，向堃的手机就响起来了。

向堃看着屏幕上跳跃的“父亲”两个字，终是松了口气，接起电话。

“堃儿，我因为临时有点事耽搁了，你妈妈先上飞机了，现在也该到了。我昨天把航班信息发给你了，你们接到她了没？”

左珊瑚也下意识地松了口气，可下一刻心又提起来了，因为眼前向堃的脸色变得极为难看，声音也有些颤抖：“航班还没到站……”

与此同时，机场大厅里航班显示屏上德国回来的那一趟航班的信息突然没了，而大厅电视墙突然转播了紧急新闻。

“德国法兰克福飞往C市的CA××2号航班于俄罗斯境内突然起火坠毁，据证实，机上两百九十名乘客和八位机组人员全部遇难。”

左珊瑚下意识地伸手，紧紧抓住身旁的向堃，张了张口，却不知道说什么，她知道，这个时候说什么安慰的话都是苍白无力的。

电话那头的向爸爸也听到了新闻里播放的内容，过了良久，才低低地叹了口气：“我该陪着你妈妈的，不该让她一个人先走的。”

机场大厅里来接机的有许多是遇难客机里的亲属家眷，此刻突闻噩耗几乎崩溃，一时之间，大厅里哀鸿遍野，甚至有人伤心过度，失了心性，癫狂了一般胡乱地冲撞了起来。

明明眼看着有人朝自己撞了过来，可左珊瑚觉得双腿像是灌了铅一样，根本无法挪动。千钧一发之际，终于有一股力道将她揽入了宽厚的胸膛。

这种时候，她虽然伤心，心里却十分清楚，这份伤心远远及不上向堃的一半。她笨嘴拙舌，不知道该怎么安慰他，只是下意识地伸出手，紧紧地抱住他的腰，仿佛这样能传递给他力量。

“左左，我来吧。”柯姨接过她手里的粥，“你从回来到现在就没歇过，早点去休息吧，明天陪堃儿一起去，有你在，他总会好点的。”

“我不累，柯姨。”左珊瑚一开口，泪就落了下来，“我只是心里疼。”

在机场的时候，她整个人都蒙了，根本就哭不出来。而那时她靠在向堃的怀里，却感觉脸上湿湿的，那泪水流进嘴里，咸咸的、涩涩的，让她心里都一阵苦、一阵疼的。

这是二十多年以来，她第一次见他流泪，那泪流到了她的脸上，也流进了她的心里。

向家以前家规严苛，小时候他犯浑，被爷爷家规处置，两指宽的皮鞭抽在他的背上，一抽一条血痕，她在旁边吓得直哭，他都咬着牙挺过来了。这些年，无论遇上什么事儿，他都是泰山崩于前而色不变的模样，连难过的表情都难得在他的脸上看到，更遑论流泪了。

房间里没开灯，窗帘也拉得严严实实，没有一丝光透进来。左珊瑚开了手边的灯就见他颓然地靠着床坐在地上，脚边胡乱地扔着几个酒瓶子，浓浓的酒气扑鼻而来。

她把手里亲自熬的粥放在一旁，跟他一起并排坐下："向堃，明天我陪你一起去接向妈妈回家。"

他没作声，只是将头靠在了她的肩上，过了良久，才开口："其实，他们原定计划是去德国附近转一圈，下个月回来的。在那边半年，总是被困在实验室里，两人准备趁机度个假。要不是我急着催他们回来……"

"这不是你的错……"她安慰的话来来去去也不过是这一句，只能顺着他的话说下去，"他们答应现在回来，肯定也是因为心里惦记着你，想回家看看。"

这一晚，左珊瑚陪着他一夜无眠。

第二天他们乘坐的是早班机，柯姨略略收拾了一下，左珊瑚就牵着向堃准备出发了，两人刚走出大门就听见院门口有动静，随即是院门被打开的声音。

"Surprise！"院门口响起尖锐而熟悉的声音，下一刻向妈妈就出现在了众人的视线里，笑盈盈的，"小心肝们，我回来了！"

向堃惊讶道："你……"

左珊瑚惊呼："向妈妈？"

柯姨更是不敢相信自己看到的，用手捂住了嘴。

"怎么了？一个个跟傻了似的。"向妈妈拖着巨大的行李箱走过来，抱住向堃，"儿子，别担心，我平安无事地回来了。"

左珊瑚明显感觉到身边一直紧绷着的向堃忽然松弛了下来，他的声音却冷得很："这到底是怎么回事？"

向妈妈把行礼交给柯姨，拉着左珊瑚一起进门："这还多亏了左左，临上飞机前，我才记起忘带左左的礼物了，所以，就没赶上那趟失事的航班，改成了飞往北京的，再从北京转机回C市。"

"也多亏了堃儿说让我们早点回家把你俩的婚事办了，这礼物我才非带回来不可，走，左左，看看我给你买了什么结婚礼物。"

这一连串的逆转几乎让左珊瑚有些招架不住了，从从天而降的噩耗，到惊魂未定的回家，再到现在都把她的婚事提上日程了……

是在拍《万万想不到》吗？！

在积极联系确认事故的左爸爸、左妈妈得到消息也松了口气，中午一起聚在了向家，为大伙儿压惊庆祝。

"让二位亲家为我受惊了。"向妈妈举杯，"我先干赔礼！"

左妈妈笑了笑："论受惊当然是堃儿了，左左昨晚上寸步不离地守着，就是心疼，怕他想不开。当初订婚的时候，这丫头百般不乐意，现在却是半步也舍不得走了。"

左珊瑚垂在桌下的左手被向堃紧紧地攥在手心里，她脸上闪过一丝红晕，咬着筷子犟嘴，"我那是看他太可怜了，才没有心疼！"

"那正好。"向妈妈眉开眼笑地看着他们，"我跟老向也通过电话了，他明天就赶回来，咱们张罗着年前把婚事给办了。明年我跟老向得去十几所大学做学术研讨，要耗上大半年工夫，你们也总往外跑，对得上的时间不多，不趁这次办了，下次怕是得等好几年了。”

做学术的人向来不爱拖拉，讲究的就是雷厉风行、速战速决。左爸爸、左妈妈跟向妈妈一拍即合，吃完饭就商议着婚礼的日期、场地和相关事宜了。

结婚这件事，真的不用咨询咨询新娘和新郎的意见吗？！

“什么？！要结婚了？！”吕桑桑只吃惊了一秒，瞬间恢复正常，“是宿敌的竹马，还是治愈系的长腿叔叔？”

“前者……”左珊瑚心虚地低头喝咖啡。

“当初是谁说宁死不屈的？”吕桑桑略鄙视地看着她，“掂量一下，发现你的原则不到二两。”

“二两原则就像二两鸭脖，随便吃吃就没了。”左珊瑚伸舌头舔了舔，仿佛意犹未尽，“况且，我爸妈、向爸爸、向妈妈已经单方面地去准备婚礼了，我已无力回天。”

“你无力回天？”吕桑桑表示不相信，“你大闹天宫的力气都有！你就是巴不得赶紧嫁给你那个竹马，被他狠狠地、死死地欺负上一辈子！”

“你说得也对……”左珊瑚反思自己，“难道我有受虐倾向？”

“恭喜你，自我认知度又上了一个台阶。”吕桑桑讽刺道，“好了，我中午就一个小时的休息时间，还有三个案子的资料没整理完，得使劲给你挣个大红包，先走了。”

左珊瑚这才发现正事儿还没说，忙拉住她：“欸、欸，等会儿，红包就不用了，你给我做伴娘就成。”

“你可真敢冒险啊，请我这样的绝色做伴娘，你就不怕新郎跟我跑了吗？”

“这年头只有新郎跟伴郎跑的，哪有新郎跟伴娘跑的啊？”左珊瑚丝毫不担心，“而且，伴郎请的是雷辰哥，我一点儿也不担心。”

果然，一提到雷辰，左珊瑚就觉得吕桑桑的脸色变了变：“桑桑，你俩以前是不是有什么误会？我觉得他心里还有你，你心里也放不下他，那干吗还这么别别扭扭不给个痛快？”

吕桑桑摇摇头：“这世上最脆弱的莫过于感情了，你没有经历过疼痛，就不会懂的。”

左珊瑚望着她的背影，若有所思，如果感情必须经历疼痛，那她这么怕疼，还是不要了。

因为这一场虚惊，向爸爸回家的时候脸色不大好看，满脸的疲倦。左珊瑚想着是因为向堃和自己的事害得家长们最近这么疲惫，也有些愧疚，主动申请要分担一点，好让向妈妈腾出点时间陪陪向爸爸。

向妈妈一听，心里就乐开花了，以前还觉得左珊瑚是个只会跟在向堃后面、长不大的小丫头，现在也长大了，懂事了，越来越觉得自家向堃捡了个宝贝。

“走，闺女，以后嫁到我们家，就不再是我闺女，而是儿媳妇了，趁现在给你置办几身衣裳去！”向妈妈一高兴，就拉着她逛起了街。

“这套不好！”向妈妈摇摇头，“年轻女孩子怎么跟我一样穿得老气横秋，今年不是流行那种夸张的拼接色吗，我看外国的女孩子经常把‘调色盘’‘交通灯’穿身上，挺好看、挺潮的，你也去试试。”

左珊瑚自认跟不上未来婆婆的审美，试衣服试出一脑门的汗，“向妈妈，我们学校有规定，老师不能穿得太时髦，穿得太好看，教导主任就会嫉妒，一嫉妒起来，我就没好果子吃了。”

话音刚落，旁边就传来一声低笑，左珊瑚转头就发现盛老师竟然也在，刚刚那个低笑的女孩子正挽着他的手臂。

“真巧啊，盛老师！”左珊瑚冲他挤眉弄眼，还朝旁边那女孩子打量了好几眼，“盛老师可真是深藏不露啊！”

那女孩子个性极为开朗，忙出声：“哥，这就是你跟我提过的左老师吧，果然长得比我还好看，难怪……”

她话没说完就被盛君泽制止了，他礼貌地跟向妈妈致意，才开口：“左老师，我正好有点事儿找你，介不介意陪我喝杯咖啡？”

撇下向妈妈这种事，左珊瑚做不出来，刚想婉拒，向妈妈就出声了：“盛老师是吧？你好，我是左左未来的婆婆。现在是非工作时间，如果是有公事，明天周一去学校谈就行；如果是私事，那就更不应该了。”

“对了，我们家向堃和左左的婚礼安排在下个月的二十五号，这是请柬，欢迎二位前来观礼。”

一直到兄妹俩离开，左珊瑚仍旧对向妈妈这举动一头雾水：“婚礼请柬已经印好了吗？您跟我妈不是连到底是办中式还是西式婚礼都还没定好吗？”

向妈妈点点头：“是没定好啊，请柬也没印好，刚刚那个只是样本。”

她见过请柬样本，上面随意印了一家酒店，到时候定下婚礼地点并不是这家酒店的话，那他们岂不是扑空了？

向妈妈是做学术研究的，因为常常做实验比对结果，所以观察入微，不过三两句话、三两个表情之间已然窥见那盛老师对自家左左的情意。婚礼在即，她可不能让人来破坏，只得防患于未然，提前让他出局，让他根本参加不了婚礼。

“左老师，你真要结婚了啊？”办公室里老师们一片欢呼，“怎么样，最近有没有紧张兴奋到饭也吃不香、觉也睡不着？”

“每顿两大碗米饭，晚上不睡足八个小时，眼睛根本睁不开……”左珊瑚如实相告。

“心可真大，一看就是谈了好多年的，结不结婚，日子都一样过的，是吧？”

根本就没谈恋爱好吗？！

选婚纱风格的时候，左珊瑚突然有些迷茫了，用来做宣传的那些婚纱照里，男男女女的幸福感仿佛会从照片里溢出来一样。

可是她呢，她觉得自己并没有多期待、多紧张。得知向妈妈航班出事的消息时，看着他失魂落魄的模样，她心疼，可是，这就是非嫁不可的动心吗？

她想了想，把自称身经百战的李君城叫了出来取经。

“哎哟，准新娘不好好在家里待着待嫁，找我干啥？”他永远是这副痞里痞气的样子，“怎么，要结婚了，发现自己爱的其实是我吗？”

“我手上的这杯子掂量着有一斤重，它下一刻会落在桌上还是你的脑袋上，这取决于你的狗嘴能不能吐出象牙！”

“行，姑奶奶你说，有啥事要小的效劳的。”李君城是见识过她的战斗力的，丝毫不敢挑战，忙开口，眼睛一扫就见她把玩着挂在脖子上的那个金丝玉小雕像。

“你不是自称情史丰富吗？”左珊瑚好奇，“那你觉得真正爱一个人，愿意跟他走进神圣的教堂，愿意跟他一辈子走下去，究竟是什么样的感觉啊？”

李君城一听这话，就忍不住为向堃点了支蜡烛，敢情向堃这是要娶个还不懂感情的小白眼狼啊……不过，看着只会压榨他的腹黑向堃能被她吃得死死的，想想，他还有点兴奋呢！

他脑子一转就有了一个坏主意，压低了声音道：“这样啊，小白，我教你个方法，你按照我说的去做，肯定能测试出你想不想嫁给他！”

左珊瑚凑了过去，听完他的话点点头就又一阵风似的走了。

李君城见计谋得逞，赶紧掏出电话打了过去，煽风点火道：“向三、向三，完了，完了，小白说不嫁给你了，现在正准备回家去悔婚呢！”

“那正好。”电话那头向堃的声音像是从地狱里发出来的一样阴寒，“就算她想嫁，我也不会娶了。”

四小正值秋季运动会期间，三班班主任却因为家里有急事赶回去了，所以，左珊瑚只得硬着头皮顶上去做临时班主任，领着一帮猫狗都嫌弃的小屁孩儿参加游泳比赛、接力赛、立定跳远比赛，一整天忙得团团转。最后的体操赛里，还有个孩子把脚腕扭伤了，她又火急火燎地将其送去医院，等交给了孩子的父母出医院的时候已经是晚上十点钟了。

手机上有十几个未接电话，全是左妈妈和向妈妈打来的。她这才猛地想起今天是答应下班后跟向妈妈一块儿去试结婚礼服和鞋子的！

“向妈妈……”电话一接通，左珊瑚就卖乖，“向妈妈，都是我的错，我们学校今天运动会状况连连，游泳比赛的时候，有一个学生脚抽筋差点溺水；跳远比赛的时候有几个打起架来了；体操比赛的时候，又有孩子崴了脚，我送医院一折腾就耽搁了。向妈妈，我明天肯定去，一口气儿把所有的婚服、婚鞋都试完选完！”

“唉……”向妈妈一声低叹，“你说这都是造的什么孽啊！你快回来吧，家里都乱套了。”

造孽？乱套？

左珊瑚觉得，肯定是向妈妈他们也觉得这婚礼办完中式的再办西式的实在太折腾了！四位家长以前是志同道合，谈科学、谈研究能聊上一整天不带休息的。可是，自从确定了要把她跟向堃的婚事提上日程之后，矛盾就渐渐地显露出来了。

大到婚礼的仪式，向爸爸和向妈妈是做前沿的新能源研究，却固执地坚持婚礼一定要遵循古礼，凤冠霞帔举行旧式的婚礼。而专注考古三十年的左爸爸和左妈妈却觉得孩子们在婚礼上应该穿婚纱礼服办西式的婚礼，丝毫让步的意思都没有。最后的结果是，左珊瑚和向堃为了安抚四位老人家，决定中式的和西式的各办一场，这才让他们眉开眼笑。

小到请柬的风格，向家爸妈想请专业人士设计漂亮的款式，可左家爸妈觉得这么重要的东西要自己动手设计才有意义，最后，为了合家欢喜，只得左家亲戚用左爸左妈亲自设计的请帖，向家爸妈发出去的是请有名的设计师设计的请柬。

左珊瑚最近常看到四位博士为了芝麻绿豆点大的事儿争得面红耳赤，心里有些担忧，这样下去，他们能不能顺利结婚还真是个未知数。

果然，今天终于谈崩了吗？

左珊瑚坐上车准备先打个电话问问向堃是怎么回事，可是，电话半天都没人接，她只得作罢。C市的夜色很美，这样靠海的城市，总有舒适的海风迎面吹来，她靠在窗户上，又想起李四出的主意了。

“桑桑，你说得对，我不能这么糊里糊涂地把自己嫁了，我得做个测试，测测自己是不是真的想嫁给他、是不是真的喜欢他。”她望着迷离的夜色，觉得离婚期越近，她的心却跟这月色一样越发朦胧了。

吕桑桑的声音永远带着一股子清冷和理智：“可是，左左，你想过没有，爱是本能，根本就不需要我们花心思去测试、去琢磨，你只要跟着自己的心走就能找到答案。”

吕桑桑低低地叹了口气：“需要用测试来明白自己的心意，这已经就是一个否定的答案了。你虽然迟钝，但是也不傻，好好想想，自己是不是真的要嫁给这个不能让你奋不顾身的男人。”

左珊瑚揉了揉眼睛，只觉得视线更模糊了。

她喜不喜欢向堃，这个问题简直比高考文科综合最后的政史地综合大题还要复杂！

刚进门，左珊瑚就发现客厅的灯都大亮着，平时争吵不休的家长此刻神色严肃地坐在沙发上，不发一言。向堃更是不知去向。

“向爸，向妈，爸爸妈妈晚上好。”她弯着腰看了看四人的表情，却半点端倪都看不出来，“是商量婚礼的事有分歧吗？不要紧，我跟向堃早就说好了，什么都就着您四位的意见，一场不够，办两场，我们绝对不嫌烦！”

向妈妈低低地叹了口气：“左左，不用再瞒着我们了。是我们向家对不起你，我替那个浑蛋小子给你道歉。”

道歉？

“向妈妈，你知道啦？！”左珊瑚一惊。

向堃前几天竟然威胁她，强行让她搬出去跟他一起住市区的公寓！那样，她每天早上至少要少睡十分钟，简直太过分了！

左妈妈拉过闺女，搂进怀里安抚着：“不怨别人，是我跟她爸这些年没好好关心她，一心只惦记着研究，就连当初订婚，都没有问问她的意思。”

左珊瑚下意识地点点头，是啊，是啊，当初她根本就不喜欢向堃，完全是被赶鸭子上架的，被逼婚了……

“左左打小迷糊，我们将她托付给向堃，也是看他疼爱左左，会好好照顾她。”左爸爸心平气和地开口，“既然他已经不愿意娶了，我们也不会非嫁不可，就当我们没有亲家缘分了。”

“不行！”向爸爸脸色铁青，“这婚约是早就定下的，由不得他想毁就毁掉！左左是我唯一认定的儿媳妇，他想娶也得娶，不想娶，也得娶！”

咦？这是什么走向？左珊瑚听着几个人的对话云山雾罩的，什么叫向堃不愿意娶了？！

“老左，你放心，我用这条老命跟你保证，左左进了我向家的门，我是不会让她受半点委屈的！”向爸爸撂下话就气呼呼地离开了。

向妈妈眼眶都湿了，抱了抱左珊瑚，也跟着向爸爸出去了。

左珊瑚这才大致猜到发生了什么：“向堃悔婚了？”

左妈妈心疼地摸摸闺女的脸蛋：“别难过，宝贝儿，妈妈以后给你找个比他好一百倍的人，咱不稀罕他！”

“我不难过。”左珊瑚脸上堆起了笑意，长长地松了口气，“妈，你不知道，这些天我多想告诉你，我不嫁了。”

“当初订婚本来就不是我自愿的。而且，我一直拿他当仇人，跟他结婚，未来肯定会弄得鸡飞狗跳的，我既打不过他，又吵不过他，那最后不得吃亏吗？”左珊瑚安慰着比自己还伤心难过的左妈妈，“你就放心吧，您闺女天生丽质，像你一样漂亮，哪能嫁不出去，是不是？我们学校暗恋我的男老师个个都能秒杀他，而他以后上哪儿找我这么好看又聪明的媳妇儿呢？所以，这悔婚完全是我们稳赚、他们赔到破产的生意啊！”

被闺女这么一通安慰，左妈妈脸上的愁云也散了，有些欣慰：“嗯，咱们左左是真的长大了。好，咱不嫁给他，咱以后嫁给一个比他更高更帅的小伙儿，气死他！”

“妈，我们学校今天举行运动会，我折腾了一整天就吃了块面包，现在已经饿得连点头的劲儿都没啦……”她哭丧着脸，“想吃凤凰鱼、水煮牛肉、麻辣鸭头，呜呜……”

“你的脑子是八核的吧，这模式切换得够快啊！”左妈妈围上围裙就进了厨房，她学过地道的川菜，做出来的菜品不输大厨，左珊瑚总是馋得口水直流。这么多年，她要么在外考察，即使在家，也是忙着学校那边带研究生的事儿，正儿八经地烧几道菜的次数真的不多。

向妈妈心里有些发酸，她是一个合格的学者，一个合格的研究生导师，却不是一个合格的妈妈。

左珊瑚把左爸爸和左妈妈赶去睡觉之后，就把东西搬到自己阳台上那张小桌上开吃了。她嗜辣，却也吃不得太辣的，否则，第二天嗓子铁定说不出话来。

可今晚她兴致好，就着这月色，就着隔壁院子里向爸爸一边斥骂、一边用皮鞭抽人的动静，吃得津津有味。

吃饱喝足了，旁边的动静也消停了，左珊瑚擦擦嘴，利落地翻身而下，再爬过一道墙，爬上一层楼，猫着身子一下就窜上向堃房间的阳台了。

笑话，当初说要订婚的是他，现在单方面要悔婚的还是他，这是拿她当电视机一开一关耍着玩吗？！向爸爸刚刚肯定已经把他打得皮开肉绽了，现在他的武力值肯定已经是负数了，看她不一雪前耻、收拾得他跪地喊“女王大人”！

她刚想推开落地窗，就听到向妈妈低低的呜咽声：“你又不是不知道你爸那暴脾气，服个软认个错不就行了？”

向堃没回话。

“你跟妈说句实话，你到底是怎么想的？”向妈妈苦苦问道，“妈知道你心里是有左左的，所以才决定跟她订婚，怎么现在说变就变，说不结婚就不结婚了呢？”

向堃语气里有些不耐烦：“妈，你别多问了，我决定好的事是不会改变的。瞿医生一会儿就来了，您先出去吧。”

“妈知道你长大了，会藏心事儿了，妈就问你一句话。”向妈妈顿了顿，“你还喜欢左左吗？你当初要订婚，是因为对十一岁的事耿耿于怀而内疚吗？”

“这是两句话了。”向堃的声音在夜里越发的冷了，“而且我无话可答。”

向妈妈叹了口气，终是离开了。

左珊瑚没听懂这母子俩的对话，向妈妈一走，她刚准备进去，可下一秒瞿医生就进来给向堃上药了。

房里的灯一下全部打开了，因为落地窗玻璃是半磨砂花纹的，左珊瑚无法清楚地看到房里的景致，却能瞧见趴在床上的人背后一片血红色。

这向爸爸未免也太狠了，她暗暗地想，虎毒还不食子呢，向爸爸简直不拿他当亲生的。

“这向叔叔下手也太没轻重了，你又犯啥事了？小时候三天不打，上房揭瓦，还说得过去，怎么你这么大了，还这么幼稚？”向堃后背的衬衣都被血粘在伤口上了，瞿医生一边剪开向堃的衬衣，一边数落，“而且老爷子这些年脾气也收敛了不少，上回打这么狠，还是你十一岁的时候因为左左的事。这次又是因为啥？”

过了良久，向堃才叹了叹气：“能因为啥，还不是因为她！”

窗外的左珊瑚觉得这向堃未免太无耻，挨打完全是因为他自己背信弃义、出尔反尔，怎么什么都赖在她的头上？

而且，他十一岁的时候挨打，不是因为欺负班上的男孩子结果害得人家从树上掉下来摔断了腿吗，怎么说成关她的事了？！

第十一章

喜欢就争取

如果我现在不悔婚，你以为我就会
乖乖地遵从他们的意思娶你吗？
左珊瑚，你是在做梦吗？

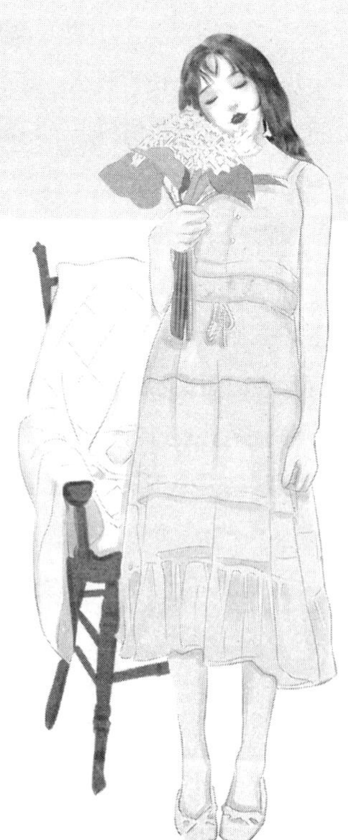

等瞿医生一离开，左珊瑚就气势汹汹地闯进了房间，一副要揭竿而起的模样。

向堃趴在床上，头都没转就知道是谁：“不走正门翻窗户是为人师表的人该干的事？多大的人了，怎么还跟个孩子似的！”

“我翻得这么顺溜，也是你教的！”左珊瑚见他大半个背都受伤了，涂的淡黄色药膏有的还溢出了纱布，心里的气愤也消了一大半，“而且咱们已经解除婚约了，我就还是未嫁的黄花闺女，明目张胆地往男人房间里钻像什么样子？”

“偷偷摸摸地翻墙爬窗就像样了吗？！”他眼睛紧紧地盯着她，声色沉沉，“以后没有我的允许，不许踏进我房间半步！”

“凭什么？”左珊瑚气性又上来了，不爽地道，“你进我的房间跟进厨房一样随便，凭什么我就不能进你的房间，这是强盗逻辑！你不让我来，我偏要来！”

向堃至此才终于明白，这个婚约解除与否，对左珊瑚来说都没有任何意义。她到现在对他的感情都没有过深刻的认识，更谈不上爱不爱的问题了。

她这样没心没肺，他都不知道是该难过，还是该庆幸了。

他难得没跟她斗嘴，她胡乱地转了一圈反而觉得无聊，挪步到他的旁边，见他瞧都不瞧自己一眼，伸手抢过他垫在下巴底下的枕头：“喂！”

向堃今天没去公司，看着平板电脑上的报表文件，恍若未闻。

“你到底为什么要解除婚约，突然不跟我结婚了？！”她刚刚在房里想了好半天都想不通，他当初上杆子要跟她订婚，现在又单方面反悔，根本就是在耍她！

“你不是一直嚷嚷着不愿意嫁给我吗？”他垂眸淡淡地反问，“我悔婚，难道你心里很难过、很伤心，像失恋一样？”

“怎么可能？！”左珊瑚一脸惊悚，“我巴不得早日脱离苦海，待会儿就去买炮仗庆贺！”

“那正好如你所愿了。”向堃的声音本来就没啥温度，这样刻意放冷，更是能冻死人，“窗户在那边，好翻不送！”

哼！左珊瑚觉得他真是反复无常到不可理喻，白是他，黑也是他，简直是“精分”界的奥斯卡得主！

本来是该拍手称快的事，左珊瑚却一晚上没睡着，这是继当年他出国前宣布订婚那个失眠夜之后第一次失眠，当初她是因为不满他擅自做主要订婚，心里都是愤怒，可现在呢，他取消婚姻，为啥她心里还是感觉怪怪的？！

为了避免爸妈误会她是哭了一夜导致眼睛肿了，她破天荒地起了个大早，亲自给他们煲了一锅煳了的白粥，才留下字条说学校领导临时要她去开会，先去上班了。

初冬的早晨，四小校园里一片静谧，操场上的秋千都有了霜意，根本没有半个人影。左珊瑚急匆匆地出门，只穿了件针织外套，此时被寒风一吹，就狠狠地打了个冷战。这种时候，她打谁的电话最后都会演变成一场口水战，她只好坐在晃悠悠的秋千上，毫无预兆地生出一股陌生的寂寞感来。

太阳渐渐升起的时候，操场上也开始有住校的老师在跑步锻炼身体了。她拍了拍身上的衣服，准备去校门口的早点铺吃上一碗热气腾腾的海鲜粥。

吃完了，她一翻包包，发现竟然没带钱包！

眼瞧着老板娘的脸色都变了，她准备打电话求助，眼前却忽然伸过一只骨骼均匀、线条修长的手，手上正好是那份早餐的钱：“我替她付。”

声音微微带着熟悉的暖意。

左珊瑚眉开眼笑："盛老师，真巧！"

盛君泽微微一笑："不巧，我从操场就一路跟着你过来的。"

她的警觉性怎么变得这么低了？！让人一路跟随了这么久都没发现，这真是习武之人的耻辱！

"我看你开始是坐在操场上发呆，后来是坐在美味可口的早餐前发呆，怎么，发呆能挣钱？"盛老师的调侃总是独具匠心，左珊瑚忍不住笑了。

"有些事情想不通，所以多花点时间想想而已。"只是，她发现花再多的时间也是枉然，就像小时候的奥赛题，那些尖子生一节课能做一套，而她四十五分钟连一个题目都没看懂。

"既然想不通，就别钻牛角尖了，有时候有些事情是踏破铁鞋无觅处，得来全不费工夫。也许在一个很放松的状态，你忽然就福至心灵想通了呢。"盛老师拍拍她的肩膀，开解她，"不过，既然来了，我就不会轻易放你走的。班上有几个孩子觉得学习有些吃力，我针对他们每个人制定了辅导计划，作为重要科目的老师，你正好能替我参详参详。"

"有加班费吗？"左珊瑚想了想，觉得盛老师说得十分有道理，她是该转移一下注意力，不钻这个牛角尖了。

盛君泽摇头："加班费是没有的，不过，这附近有家餐厅开业，送了我券，中午能请你吃顿好吃的。"

"在下愿效犬马之劳！"

"犬马之劳？"盛君泽一脸坏笑地摸摸肚皮，"刚刚好像吃得太饱了，那你就变成马，让我骑回去吧！"

"被你的笑话冻病了！"

餐厅开业自然是人满为患，好在老板是盛老师的熟人，知道他要来，特地预留了位子给他，两人这才从泱泱大军里杀出一条血路来。

“这火锅店开张第一天生意就这么火热，以后一定会生意兴隆的。”左珊瑚想着以后又多了个觅食的地儿，也高兴了起来。

盛君泽开始点单，并没注意她的话，只是跟侍应生交代：“什锦盘里把胡萝卜去掉，还有这香菜也不要，虾滑来一份……”

“等等，盛老师，你不吃胡萝卜和香菜吗？”左珊瑚纳闷，他竟然跟向堃一样挑食！

盛老师疑惑地看向她：“我倒是不挑食，不是你不爱吃这些吗？我怕下进去，影响你吃别的了。”

“谁说我不爱吃的，服务员，都要！”

涮锅的时候，盛君泽盯着她一口口地吃胡萝卜和香菜，更是好奇了：“上回吃饭，你未婚夫不是说你不吃这个吗？还体贴地替你都挑出来了。”

左珊瑚回想了片刻，还真有这么回事，当时她还觉得向堃是不是脑抽了，现在看来，的确是抽得挺严重的。

以前她确实不吃这两样，菜里只要放了点就敬谢不敏。向堃就强迫她吃，把她喜欢的菜举得高高的，让她够不着，规定吃几粒胡萝卜丁就能换几块排骨、几个鸡翅。她又抢不过他，最后为了吃到喜欢的菜，只能硬着头皮吃几粒胡萝卜丁。他这样逼着她吃了几回，她竟然诡异地喜欢上了胡萝卜和香菜。

向堃说，她这是得了一种叫作舌尖上的斯德哥尔摩症候群。

注意到对面的人脸色明显暗了暗，盛君泽敏感地察觉到发生了什么：“怎么了？跟未婚夫吵架了？”

左珊瑚摇摇头：“我们已经解除婚约了，他不再是我的未婚夫了。”

盛君泽震惊了一瞬，随即被一阵不厚道的喜悦掩埋，“那你呢，你还喜欢他吗？你今天难过，是因为这个吗？”

左珊瑚觉得这新开的火锅店味道一般，生意肯定红火不起来。

“我跟他订婚不是因为喜欢，取消婚约，也不是因为不喜欢。”她有些苦恼，“桑桑说得对，我的心患了近视眼，离得太近，反而更看不清楚了。”

作为一个数学老师，盛君泽很想纠正她，那不是近视眼，那应该是老花眼。

下午他们继续忙活着培优计划，等终于告一段落时，已经是月上中天了。农历的十月十五，月亮大得像银盘，却丝毫没有温度。

左珊瑚刚缩了缩肩膀，就觉得有件暖暖的衣服盖了过来，还带着盛老师身上那股清新的气味，很好闻，跟向堃身上令人讨厌的味道完全不一样。

“盛老师，我听说你迟迟不结婚是在等出国的前女友，你很爱她吧？”觉得两人静静地走着有些尴尬，左珊瑚挑了个话题，成功地让氛围更加尴尬了。

过了好半天，盛君泽才呼出一团白气，开口：“或许吧，但等了这么多年，已经不知道初心是什么了，或许会遇上比她更值得我喜欢的人。”

左珊瑚一脸羡慕地看着他。

这是什么鬼表情？！盛君泽看着她：“怎么，你嫉妒她？”

她摇摇头：“我是羡慕你！”

“嗯？”他有点跟不上她脑子的运转速度了。

“羡慕你分得清自己的感情，明白爱或者不爱。”左珊瑚也呼出长长的一口气，“不像我，连自己怎么想的都不知道。有时候，我觉得自己好像是喜欢他的，有时候又觉得自己讨厌他讨厌到恨不得掐死他。当初他说订婚的时候，我觉得未来简直一片漆黑，可现在他悔婚了，我并不觉得是一种解脱……盛老师，我是不是有病？”

盛君泽看着她真诚而疑惑的表情，也不忍心逗她了：“不要急，这些都不是一时能想清楚的事情。但是，你要相信，时间一定会给你答案的。”

她似懂非懂地点了点头，准备跟他道别，哪知竟然已经走到他的车旁了。

“今天你帮了我大忙，不把你送到家，我于心不安。”

她也不推辞，直接上了车，瞄了一眼：“嗯，去年圣诞的限量版揽胜极光，市价至少六十万，真是好车。班主任的工资这么高吗？”

“哪能啊，只是投资赚了点。”盛君泽有些好奇，“你对车有研究？”

左珊瑚点头：“我一直想买辆大切诺基，可是没钱，我爸妈本来是想给我买的，结果向堃不同意，说我买了，准出事儿，这事儿就不了了之了。”

“那要不先拿我这车练练手？”他建议道。

左珊瑚一脸惊喜：“真的可以吗，我没有驾照也可以吗？！”

“算了，我什么都没说。”连驾照都没到手就想着买大切诺基，买了不出事儿才怪。

左珊瑚下车的时候才发现身上还披着他的衣服，转身准备还给他，却发现他已经下车了。她这才发现，朗朗夜色里，他踏着清辉的模样，倒还真是挺俊朗的。

“左老师……”他接过大衣，目光真诚，“明天我们网球俱乐部有场比赛，你能来替我加油吗？我爸妈都不在C市，妹妹也刚出国了，一个场外亲友都没，可真凄凉。”

左珊瑚刚酝酿着婉拒的借口时，忽然就看见向家二楼站着一个人影，隐隐觉得那人的目光是投向自己的。

她把嘴角的笑意扩大了好几倍，点点头，拔高了声音：“没问题，到时候一定去替你加油！”

盛君泽离开之后，左珊瑚才拖着步子回到院子，坐在树下的秋千上，有一下没一下地晃着。

“盛君泽是个不错的男人。”

向堃像鬼影一样突然出现，把她吓得不轻。

“我早说了，以你为基准，全世界的男人都是不错的。”左珊瑚跟他并肩坐着，“别以为你不娶我，就没人稀罕我了。”

“嗯，我是没想到那盛老师口味这么独特。你这样的，他竟然也下得去嘴。”他毫不留情地挖苦。

左珊瑚本来已经平息了一些的心绪又被他搅得乱七八糟，也顾不得他背上有伤，拿起包便扔过去砸他：“你是不是觉得你不要我了，全世界就没人肯要我了？！向堃，我恨你！我一定要嫁一个比你好一千倍、一万倍的男人！”

胡乱地发泄了一通，她就哭着跑进去了，不是不愿打死他以泄心头之恨，只是觉得被抛弃了还在他跟前哭鼻子，实在是太丢人。

向堃感觉到后背的伤口撕裂了，可是这疼痛抵不上他心底的万分之一。静静地看着二楼的某个房间，他微微地叹了口气，这种时候，恨总比爱要好。

“不是我说你，会有你后悔的时候。”向妈妈仍旧不死心，“左左多好的女孩子，打小跟你一块儿玩着。出国的时候，你抽了风一样坚持要订婚，我就看出你对左左是真心的，现在又跟中了邪似的拼命要解除婚约，简直丧心病狂！都说女人心，海底针，我看你的心才是那海底针。”

“你爸都气病了，这两天脸色一直不大好，饭也吃不下，就算不为自己考虑，你也该为你爸跟我想想啊！”

“行了，我知道了，公司还有事，我先走了。”向堃对她的叨叨很不耐烦，搁下筷子起身。

“得，一个个都这样子！”向妈妈怒上心头，“老的不省心，一大早就不知道上哪儿去了，小的也不是省油的灯，难怪医生说我更年期都提前了！”

“你不让人省心的时候远比老向多，该反省的是你才对。”向堃扔下这句大逆不道的话就大摇大摆地离开了。

向妈妈气得直咬牙。

“这是半年前的片子。”李医生将片子放在向爸爸的跟前，又拿出另一张与之并排，“这是这次的片子。”

他指着两个片子里的阴影部分：“之前十年，阴影的大小一直都是直径三毫米，芝麻般大小，可是这次的片子显示肿瘤已经长到黄豆大小，已经压迫到你的神经了，所以，最近你才常常出现昏厥、头疼以及呕吐的症状。”

“诱发恶变的因素有很多种。”他们几十年的老朋友了，李医生脸上也不禁带了些忧色，“这些年都好好的，怎么突然就恶化了呢？”

说这话的时候，李医生下意识地看了眼一旁的向堃，他神色如常，有着完全不是这个年纪该有的冷静。

向爸爸脸上无半点忧愁，反而扬起一丝笑：“大概是命吧。这十年算是我偷来的时间了，我也知足了。”

他心里清楚，听到飞机失事的消息的那一刻，他心里的绝望，那一瞬间连跟她一块儿离开的心情都有。也许就是那短短的一天里，他被噩耗刺激，被绝望侵蚀，肿瘤才恶化的吧。

“手术吧。”向堃脸上并无半点波澜，父子俩早已经平静地接受了这样的结果，“早点跟妈说一声，让她也早点做好心理准备。”

“再晚一点吧。”向爸爸摇头，“我答应你妈把你跟左左的婚事办完了就带她去意大利转转的，现在你们的婚事也办不成了，我就先带她去玩玩。是凶还是吉，听天由命吧。”

“走，咱们爷俩好多年没好好说说话了。”向爸爸宽慰地拍拍儿子的肩膀，“今晚咱爷俩好好醉一场，说点掏心窝子的话。好好说道说道，怎么就突然不跟左左好了！”

“干吗呢？下来吃饭！”左妈妈看着几乎整个身子都探到窗外的左珊瑚，“别抻着脖子看了，向堃还没回来。”

“谁看他了？！”左珊瑚不悦道，“墙上那爬山虎底下有只很漂亮的壁虎，我这是在想下周给学生们布置什么观察日记呢。”

“得了吧，你四年级的时候，连爬山虎和壁虎都分不清楚，那年夏天姥姥新栽的爬山虎爬到你的阳台了，你还兴冲冲地跑去跟向堃说墙外爬满了壁虎，把你向伯伯都逗乐了。”左妈妈提溜着人就下楼了，“果然，每逢假期胖三斤，老娘都快拎不动你了。”

“我哪会那么笨！”左珊瑚不服气，又觉得丢脸，原来从小就让向堃看笑话看够了，难怪他已经忍受不了了。

她扒了一碗饭，外头就有车的声音响起，她伸长了脖子往外看，放下碗筷就往向家去了。

向堃下车就跟门口的她“不期而遇”了。

“站在这儿干吗？”向堃绕过她进门，反身就准备把她关在外面，只是还没来得及关上门，一条腿就从门缝伸了进来。

“向妈妈让我来吃饭，怎么，有意见？！”她扬着下巴，高傲地斜睨了他一眼，觉得仰着头傲视人脖子真难受，又懒得再看他，于是大摇大摆地走进厨房，“向妈妈，我是不是我妈从社区垃圾站捡回来的啊，她一点儿也不疼我，专挑我不喜欢吃的菜做。”

向堃一脸惊讶：“你竟然有不喜欢吃的菜？”

“那正好，我做的全是你爱吃的。”向妈妈一脸喜色，“你就在这儿跟我们一块儿吃吧，堃儿赶紧换衣服，下来吃饭。”

向堃上了三级台阶，又退到她的跟前，面无表情地看着她：“你嘴巴边还有吃糖醋排骨沾上的糖渍，既然你说糖醋排骨已经是你不喜欢的菜了，那今天晚上的，我就承包了。”

左珊瑚果断地用袖子擦了擦嘴角，“你看错了！”

饭桌上，向堃只是埋头吃饭，只有左珊瑚跟向妈妈聊得十分带劲。

“向伯伯呢？最近好像很少看到他。”左珊瑚好奇道，“是在忙新项目吗？”

“谁知道他上哪了。”一说到这个，向妈妈就满脸气愤，“自打这次回来，他就整天神出鬼没的，回到家就累得直接躺在床上了，要不是知道他没那胆子，我还真要怀疑他在外面养了个小的。”

“不会啦。”左珊瑚拍胸脯替向爸爸打包票，“向伯伯那么古板无趣，正常人谁会看上他啊！你看看向堃就知道了，到现在连个对他表白的人都没有。”

向妈妈噎了噎，点头，“你说得对，我当初就是瞎了眼才看上他的！左左，你可要擦亮眼睛，像你左手边这样的人渣坚决不能要！以后他就是冒着瓢泼大雨在你窗前跪个三天三夜，你也千万别原谅他！跟他爸一个德行！”

左珊瑚点头如捣蒜，表达着不能更赞同的意思。

向堃直接夺下她手里的筷子，还没等人回过神来就直接将她扔到门外了："以后不许来我家！"

她看着紧闭的大门，舔了舔嘴角，有些不甘地打了个嗝，啊，喂，要把她扫地出门，也得等她把刚刚夹起的那块排骨吃掉再说吧！

向堃神色自若地回饭桌边准备继续吃饭时，向妈妈也如法炮制地夺过了他的筷子："我做菜不是给人渣吃的，大笨，来，尝尝今天的菜好不好吃。"

客厅里传来动静时，向妈妈心里一阵火蹿了起来，套上睡衣就出了房门，瞪着门口的人，语气讽刺："哟，怎么还舍得回来啊，温柔乡不够温柔，还是怎的？！"

向爸爸平日里总是不苟言笑，就连罕见的温柔都是板着脸的，今夜却难得地微笑了起来，只是，他脸色有些苍白，笑意就显得十分虚浮。他扬了扬手里的机票："媳妇儿，咱们也学学年轻人，来一场说走就走的旅行吧。"

不知是夜里的灯光太惨白，还是她的错觉，眼前的老公此刻虚弱得像个孩子。她心里那点气愤瞬间消散无踪，只是上前接过机票："不知羞的老东西，一把老骨头了，还以为自己二十岁呢。"

他们是在人生中最璀璨的二十岁相遇的，彼时他还是个穷学生，追她的方式就是拼命写论文发表，用挣的第一笔稿费买了两张火车票到她的跟前，淡淡地开口："你不是一直想去西藏吗，那就跟我走吧。"

他的脸上毫无表情，眼睛里却尽是温柔。

左珊瑚第二天还想来蹭饭的时候，就发现家里只有柯姨一个人了，得知向爸爸和向妈妈去了意大利度假，只得恹恹地准备打道回府。

没了向妈妈帮衬，她连个名正言顺地蹭饭的借口都没有了。

柯姨见她耷拉着脑袋，觉得好笑：“堃儿今天没上班，就在楼上书房，好像心情不大好，要不，你上去哄哄他？”

“哼，凭什么我去哄他啊？他算老几啊，生平没干几件厚道的事儿，心情不好也是活该！”左珊瑚语气恶狠狠的，脚下却仿佛不听使唤地往楼上去了，“柯姨，你别误会，我只是去骂醒他，完全没有要哄他的意思！”

柯姨笑着点点头，却一脸了然。他们还年轻，能经得起折腾，更何况，感情这种东西，也只有折腾过了，才能发现它的不容忽视。

左珊瑚象征性地敲了敲门就推门进了房，向堃在书桌前看着文件，脸色确实不大好看。他听到动静，头也不抬：“出去！”

语气里的冷硬和疏离几乎是扑面而来，左珊瑚心里有点难过。她总觉得从悔婚开始，向堃就变了，具体说不上来，只是，她觉得奇怪，觉得疑惑，所以一次又一次地想靠近，想窥探他最真实的想法。

可是，到这一刻，她不得不承认，向堃的心，跟她离了十万八千里，即使拿着高倍率折射望远镜，也窥不到分毫。

她如往日一样嬉皮笑脸地凑上去：“你让我出去，我就出去，那我还能叫左珊瑚吗，我改叫左大笨算了！”

“大笨比你讨人喜欢多了。”向堃避开她的靠近，狠下心来，“你真是个女孩子吗？哪个女孩子被人悔婚，还整天厚着脸皮往人家跟前凑的，你是真觉得脸皮一厚，从此无忧了，是吧？”

“你这是什么意思？”左珊瑚也敛了神色，正儿八经地注视着他的眼睛。

她的眼珠子又黑又大，直愣愣地看着人时，像是水仙盆里的黑曜石，亮亮的。带点婴儿肥的鹅蛋脸在光下肤色如玉，毫无瑕疵。

这样一个他以往恨不得捧在手心疼着、宠着的人儿，如今他却只得狠狠地伤害了。

他的声音里似乎有着破釜沉舟的绝望："这么多年光长个子，不长脑子，那我现在就明明白白地告诉你吧。六年前我单方面宣布订婚，不过是权宜之计而已。你八岁、我十一岁的时候，你跟着我一块儿爬树捣鸟窝，最后从树上摔下来把脑子摔坏了，那时候你就变傻了，当然，之前你也不见得有多聪明。我爸妈说这全是我的责任，所以，我这一辈子只能跟你拴在一块儿了。当初出国，他们也不同意，说是除非我答应娶你，我没办法，只能妥协。"

向堃的声音低沉喑哑，在这书房里回荡着，竟有一股子苍老、无力之感。

左珊瑚也似乎能感受到他被逼无奈的那份无力感，同时心里也隐隐憋闷起来。

"我每天都要被你蠢哭，怎么可能会真的爱上你？更何况，今时不同往日，曾经我需要借助我爸妈的资金来维持公司的运转，现在我的资产已经是他们的无数倍，我能直起腰拒绝了。我要娶，也是娶一个聪明、漂亮，工作上的左膀右臂、生活里的贤内助的女人，而你呢？你显然只会在工作上断我的左膀右臂，还是个闲不住的女人。所以，如果我现在不悔婚，你以为我就会乖乖地遵从他们的意思娶你吗？左珊瑚，你是在做梦吗？"

"是堃儿。"左妈妈看了看门外站着的人，转身对左爸爸道。

左爸爸脸上有阴云笼罩着，语气不善："让他走，我们左家不再欢迎他。"

"说的什么话！"左妈妈叹了口气，"他们结不了婚，大概是没缘分，或者是他们真的不合适。堃儿也是咱们看着长大的，不是草率任性的孩子。咱们左左这些年也多亏他照顾着，更何况，左左看着也不像是受了多大伤的样子，兴许她原本就不想嫁呢。”

左爸爸哼了一声，却也没反驳。

左妈妈见外头雨也下起来了，开了门，让向堃进来。

虽然他跟往日一样挺拔笔直，可左妈妈仍发现他眼底泛红的血丝了，心里更是唏嘘，对比一下，自家女儿没心没肺的，吃得好、睡得好，哪像是被退婚的模样？

“左阿姨，我想找左叔叔谈谈。”他的嗓音有些沙哑。

左妈妈拍拍他的肩膀鼓励：“去吧，好好谈谈你的想法，左叔叔会理解的。”

向堃点了点头，抬脚进了书房。

书房里只开了一盏灯，左爸爸坐在书桌后头，戴着办公时的眼镜，远远地审视着他：“说吧，如果你不能给我个合理的解释，我是不会轻易原谅你的。”

向堃并未马上回答，只是将手里的两份文件郑重其事地放了一份在左爸爸的跟前：“左叔叔，我希望您能替左左签了这个。”

向爸爸翻开第一页，就被“股权转让书”几个字震惊到了。粗略地看完了整个文件的内容，他的脸色却更难看了：“你当我们左左是什么，是为了你的堃卓，是看中了你的身家吗？！”

“不是。”向堃摇摇头。

“那把这些股份转到她名下是什么意思，感情上亏欠了，准备用金钱来补偿吗？！”左爸爸扔开那文件，“虽然我跟左左她妈妈一辈子清苦，能留给左左的东西还不及你这些股份价值的万分之一，可我们左家是断断不会稀罕你这些东西的！”

“我知道你们年轻人思想前卫，把订婚不当回事儿，可我觉得这就是极度不负责任的表现！”向爸爸神色愤然，“既然已经是这样的结果，我们也认了，只是，别用钱来继续侮辱我们左家了！”

向堃没有辩解，只是再次恭敬地将第二份文件放在他的面前：“左叔叔，您再看看这个。”

左爸爸不知道这孩子卖的什么关子，狐疑地打开第二个文件，这次是一个 CT 片子。

“这是什么？”

向堃转身将书房的灯都打开了，才开口：“左叔叔，这是我的脑部扫描片子，你手边那块有个不甚明显的小阴影。嗯，就是肿瘤，只是暂时是良性的。我爸脑子里也有一颗同样的，悄无声息地蛰伏了十年，现在却在一朝之间恶化了，李医生说手术成功率不到百分之二十，可如果不冒险做手术，他的生命就只剩下不到半年了。”

向堃说这话的时候，语气是平稳的，仿佛只是在念教科书上的课文，又或者是电视里无关痛痒的旁白。

左爸爸却早已震惊得根本无法开口了。

向堃继续道：“因为不知道会在哪个瞬间恶化，留下她一个人伤心，所以，我宁愿她现在恨我。”

“至于股份转让书，那是我现在唯一能给她的了，左叔叔，请您成全我。”他神色沉沉地看着向爸爸，眼里有着深藏不露的痛楚和无奈。

左珊瑚从梦里吓醒的时候正是月上中天，她起身看了一眼四周，明晃晃的月光大摇大摆地照进房间，把开着的落地灯的光都挤到角落了，跟梦里的某人一样霸道。

她懊恼地把怀里的枕头扔了出去，做个梦都梦到晦气的人，还能不能愉快地睡觉了？！

被她随手扔出去的枕头正好砸到了床头的照片墙，挂在中间的相框被砸了下来，哐当一声碎了。她开了灯，爬到床尾一看，是那张两家人的合影。钱包里是这张照片，房间里也挂着，这讨厌的人真是无处不在。

左珊瑚气愤地掏出钱包里的照片，已经被拒绝了、被抛弃了，还玩什么游戏，还盖什么章！

当初她就不该跟他玩这种游戏！

照片已经被洗出来超过十年，有些泛黄，只是画面依旧清晰，那从树叶缝隙漏下的光线笔直地打在照片里所有人的脸上，生机盎然得犹如春天雨后的笋尖。

她怔怔地看着手里的照片，印象里似乎真的就是这之后的不久，他虽然一脸嫌弃却仍是到哪儿都带着她这个小尾巴。

莫非他真的是摔坏她了，觉得内疚才这样？

那他觉得内疚，现在怎么还这么狠地捅刀子，简直是半点良心都没了！

而且，他当初答应玩集齐九个印章兑换随意使唤对方的权利这种坑爹游戏，肯定也是瞧不起她的智商，觉得他肯定能先集齐，然后堂而皇之地要求她滚远点！

不行，这种事情应该先下手为强的！如果先把自己照片上的九宫格盖满了，她就可以像女王一样颐指气使地要求他跪求复合了！

只是，想到她照片上到现在还一个章都没有，她又是一阵绝望，向堃这种变态值爆表的物种，可真是没法用强呢。既然不能强夺，那她就只能智取了！

左珊瑚迅速套了件黑色的运动连帽衫，动作迅捷地沿着老路轻车熟路地摸去了向家，只是这次好像不大顺利……

怎么今天阳台被锁住了？！

空手而归哪是她的作风？！她蹲在阳台找了半天，终于找到一把培土的铲子，准备悄无声息地从外面撬开反锁的落地窗。

只是，她还没动手，落地窗里面就立了个人影，月色洒在他的脸上，衬得他如同鬼魅一般。她吓得丢了手上的铲子，拔腿就要往回跑，一时情急，脚上没踩稳，直接摔下去了……

惨叫声把隔壁房间里的柯姨都吓醒了，柯姨忙开了灯出来，把她抱进去了。

“怎么深更半夜还不睡觉呢？”柯姨以前是个护工，简单地为她检查有没有伤到筋骨，“要过来走正门就行啊，干吗要爬阳台，幸好不高，不然，摔出点问题，我怎么跟你爸妈交代？！”

左珊瑚往楼上看了看，发现罪魁祸首竟然半点下来道歉的意思都没有，心里也气愤：“柯姨，是向堃故意站在窗口装鬼吓唬我的！”

好在只是额头蹭破了点皮，柯姨一边上药，一边开口：“左左，你跟柯姨说句实话，你喜不喜欢向堃？他说不跟你好了，你心里难不难过？”

药水洒在伤口就将原本没啥感觉的疼痛无限放大了，左珊瑚嘶了一声，没说话。虽然不愿意承认，她却清楚自己其实是难过的。只是，这种难过是因为气愤，还是别的，她却分辨不清楚。

“难过说明你是喜欢他的，既然喜欢，就要去争取啊！”柯姨摸摸她的头，“我看堃儿这些日子一直都有心事，悔婚的事应该也另有隐情，你也别太着急，等他想通了，就好了。”

左珊瑚撇撇嘴：“我才没有着急，也不喜欢他！”

她心里却用柯姨的话安慰自己，他肯定非常想娶自己，只是有苦衷，才悔婚的。

“你大半夜爬窗户过来，是找他有事吗？我去喊他下来，你们好好聊聊。”柯姨起身准备上楼，却被左珊瑚拉住了。

她压低了声音凑在柯姨的耳边：“柯姨，您能帮我个忙吗，帮我偷个东西……”

柯姨一脸惊讶：“你要他的印章干吗，他平时带着的印章是跟签名一样有法律效力的，哪是能随随便便拿来玩的。”

“不是那个，是小时候一起做的那个！”左珊瑚掏出照片和自己的印章，“那时候不是做了个跟我这个一模一样的吗，印章上的字还是我们自己写好请人做的。”

“我有印象，那时候你臭屁得很，觉得自己写的字最好看，非让堃儿的印章也用你写的字，他老不情愿了。”柯姨拿过她手里的照片，“这张照片当时还是我给拍的，你笑得见牙不见眼的，非抱着堃儿不撒手。不过，这跟你要他的印章有什么关系？”

左珊瑚三言两语把这事儿的前因后果都说了，末了，还一脸愁苦：“可现在，他那儿我已经盖了四个了，可我的这张照片背后还是一片空白，柯姨，你再不帮我治治他，我就要被他压在五指山下，不得翻身了！”

柯姨失笑，她真的还是个孩子，跟小时候一样倔强不服输。

柯姨随意地翻过照片时，微微愣住了。

左珊瑚见柯姨像是呆住了一样，也凑过去瞄了一眼，想替自己辩解说虽然一个章都没拿到，但我其实还是蛮拼的，可这一眼就像粘在上面一样，再也移不开了。

照片背面理应是空白的九宫格，不知何时已经被盖得满满当当的了，歪歪扭扭的“向方方土”，毫无疑问是她儿时的笔迹。

那已经被填满的九宫格右下角还写着一句话：集齐九章可兑换帅哥“向方方土”一枚。

不同于印章字体的幼稚，那字迹凝练遒劲，力道几乎破纸而出，昭示着写字之人的认真与投入。

左珊瑚张了张嘴，却发现心里被一种莫名其妙的情绪充满了，一时间，半句话也说不出来了。

第十二章 选择权

“左左，如果哪天我离开了，你会难过吗？”他的声音宛如浑厚低沉的大提琴音，说出的话却残忍又咄咄逼人。

“左老师，左老师！”一起批改试卷的王老师叫醒发着呆的人，“快点批改试卷啦，学生们后天就要来拿成绩单了，现在就剩下咱们语文组没改完了！”

左珊瑚这才回神，忙低头继续干正事儿。

从那天发现照片的背面盖满章后，她已经半个月没见到向堃了，柯姨说他搬去了市区的公寓，大概是每天被她骚扰得烦了吧？

“噗……”对面的王一婕忍不住的喷笑惊醒了她。

“干吗？笑得这么夸张！”自从上次的事之后，两人的关系好像有所缓和，也不再针尖对麦芒，只是也没好到哪儿去。

“真是有其师必有其徒啊！”王一婕把手上的试卷捂住，“你们三班的试卷，这个成语接龙的题目，‘见义勇为’后面接三个成语，你猜你班上的孩子怎么填的？”

左珊瑚没作声，一旁的老师也凑了上来。这个年纪的孩子想象力都是天马行空，答卷内容更是千奇百怪，有时候真是惹得他们哭笑不得。

“他竟然填为所欲为、为所欲为、为所欲为！”王一婕忍不住大笑，“真得给这熊孩子满分，才能表达我的心情啊……左珊瑚，你班上的孩子这么有趣，你这老师知道吗？！”

左珊瑚心里略有不悦，明明是个多么机智的答案，有趣什么？！

批改完试卷，录入了分数，已经是晚上十点钟了。有两个老师住在学校，就王一婕跟左珊瑚离学校远，两人收拾着一块儿出了教学楼。

“怎么最近没见你那未婚夫来接送啊，怎么，新鲜感过了？”王一婕状似无意地问道，“他要不是因为父母之命，根本就不会跟你订婚的吧，就你一厢情愿而已。”

“他来不来接我都跟你没关系！”左珊瑚觉得王一婕肯定又心怀不

轨，没好气地回道，“他最近忙才没来接我，我俩都快结婚了！”

“这么草木皆兵干吗？”王一婕撇嘴，“我最近也想通了，你那相亲男太冷了，不是我的菜。”

左珊瑚一头雾水：“相亲男，哪来的相亲男？”

“就你那未婚夫啊！你俩不是才认识三个月就订婚了吗？他说是家里逼的，就凑合着找个对象完事儿。”王一婕说着话，就感觉周围更冷了几分，“其实，我觉得你虽然配不上他，但好歹也是根正苗红的好青年，这样的男人，外头看着优质，里面其实全是渣！”

左珊瑚心里一股子怒火往上蹿，他当初肯定是为了勾引王一婕，才编这些瞎话骗她上钩，简直是渣男之王！

“说实话吧，我觉得你们班的班主任就挺好，就那盛君泽，看着也俊秀，听说是个低调的富二代，比相亲男好了不知道多少倍呢。”王一婕一脸向往。

“不要拿他跟盛老师比，简直是侮辱了盛老师！”左珊瑚怒道。

王一婕率先宣布主权：“别又跟我抢，盛老师是我的新晋男神！”

“什么叫又啊？！”左珊瑚不乐意了，“之前向堃是你动了歪心思准备跟我抢好吗，向堃是我的！至于盛老师，你也别祸害人家了，你这样的渣女，适合找个跟向堃一样的渣男！”

“那我继续回去跟你抢渣男向堃怎么样？”

“你敢！”她怒目一瞪。

王一婕反而笑了：“果然是男人不坏，女人不爱。”

“桑桑，求醉！”好不容易放寒假了，左珊瑚却觉得自己半点精神都提不起来，只能打电话骚扰还勤勤恳恳地上着班的桑桑了。

吕桑桑永远在忙，敷衍道：“乖，去买个朗姆酒冰激凌就能满足你的愿望了。”

左珊瑚觉得自己被歧视了，道：“有本事咱俩单挑！今晚树下吧不见不散！”

“我讨厌树下吧！”吕桑桑摇摇头，“况且，那里的酒太贵，这样吧，我们事务所楼顶的天台看夜景不错，你带几罐啤酒过来吧。”

左珊瑚一听就来了精神，一个鲤鱼打挺坐了起来，兴冲冲地冲了出去。

左妈妈看着她终于有了点精气神儿，跟左爸爸对视了一眼，不约而同地松了口气。那天向堃在书房里说的话，可以看出，他都是为了左左。而他们夫妇二人虽然心疼他，却也不得不承认，及时让左左回头，才是最好的做法了。

“跟堃儿比起来，我们亏欠左左的，实在太多了。”左爸爸望着女儿的背影，“机票订好了，咱们一家好久没一块儿出去散散心了。”

左妈妈也点点头：“我以前还怨过堃儿，不是他，咱们左左当年就不会从树上摔下来，留下这不轻不重的后遗症。可是，现在，我又自私地觉得，她这样迟钝，也挺好的，心不动，则不痛。只是苦了堃儿了，老向他们这两天就回来了，咱们也该推心置腹地好好谈谈了。”

左爸爸点点头，只低低地叹了口气。

“解除婚约了？”吕桑桑有些惊讶，“我还以为你俩这辈子就绑定了呢，竟然有分开的一天。不过，早分开早超生啊，男人算什么，咱们都是能文能武的新时代女性，非找个男人给自己添堵，真是不要太烦！”

左珊瑚附和地点头，举杯跟她干了：“说得对，渣男统统走开！”

“好了，你酒量小得可怜，别等会儿要我背你回去！”吕桑桑夺过她手里的啤酒，“来，跟我说说，他为什么突然就悔婚了？之前千方百计要跟你订婚的，不也是他吗？而且，生日那天，我也看出他对你不是敷衍，怎么会这样？”

“不光是你，所有人都疑惑，我更是被退婚退得一头雾水。”左珊瑚又顺势开了一罐，仰头猛地喝了一大口，“比起这个，更让我郁闷的是，被糊里糊涂退婚之后，我才发现自己好像真的喜欢上他了。”

“那你说说什么叫作喜欢。”吕桑桑显然有些不信，“还记得大二的时候吗？那时候有一个学弟扭了脚，你骑车送他回家，人家喜欢上你，委婉地表白，问你车后座能不能留给他。”

想到这里，吕桑桑又忍不住莞尔：“结果，你竟然愣了半天，回家后就真的把车后座拆下送给他了。哈哈，我还记得当时那学弟窘迫得一句话都说不出来的模样，这事儿足足让我们宿舍笑了一整年呢。你这样不解风情，我还真好奇你所谓的喜欢上他是个什么概念。”

其实，具体她也说不上来，只是每天晚上趴在窗台上看着对面的屋子黑黢黢的，心里就也跟着一起黑黢黢的了。这半个月没看到他，她连左妈妈拿手的糖醋排骨都觉得不那么美味了。

这种感觉，二十多年来是头一次产生，所以，她甚至连对比确认的标准都没有。

“那你呢，桑桑，你当初跟雷老二谈恋爱的时候，是怎么确定自己动心了呢？”左珊瑚好奇地问道。

吕桑桑平时总是一副冰冷、难以亲近的模样，大学四年虽然暗恋她的人多如牛毛，却因为她的高冷望而却步。这种个性的女孩子，左珊瑚想象不出她会因为爱一个人而变得迷惘彷徨的模样。

“那时候啊……”大概是酒精的催化，吕桑桑陷入回忆，“其实跟你们一样，我跟他早就相识了。小时候我父母天天吵架，因为一些鸡毛蒜皮的小事都能吵上一整天，甚至有一次还因为争吵太激烈，顺手就拿起手边的东西互相砸了起来。我上前劝架的时候，我妈正好将手上的锅铲扔过来，刚好砸到我的手臂上，划出一道深深的口子。

我总记得当时鲜血沿着手臂流到指尖的感觉。我疼得都忘了哭，可是，他们连看都不愿多看我一眼。直到他来找我，明明我受伤的是手臂，他却慌得什么都忘了，二话不说，背着我就往医院跑。

我靠在他的背上，一边嘲笑他那么蠢，都不知道打的，一边觉得心底有暖意升起来，盖过了所有的疼痛。

有时候，我会觉得，漫长的人生里有这样温暖到极致的瞬间，总算没白活一场。”

吕桑桑的脸上，是对旧时的依恋。

左珊瑚脑子里还留着最后一丝清醒，给李四发了条短信，就倒下睡着了。

“啊？果然解除婚约了？”李君城大吃一惊，“我还以为你就说着玩玩而已的。”

“婚姻大事，岂能当儿戏？！”关老大也有些不悦，“咱们哥几个都知道你这辈子是非小白不娶了，怎么说不娶就不娶了？”

向堃笑着摇摇头：“今儿个是雷老二的生日，就别提这些扫兴的了。今晚咱们哥四个不醉不归！”

“这大概是咱们四个过得最提不起劲的一个生日了，老大跟我被心爱的人甩了，向老三把心爱的人给甩了，老四更是连个想被甩的机会都没有，来，咱们难兄难弟走一个！”

“我才不跟你们三个一样没出息呢，我以后找，也得找一个温柔善良、善解人意的，别跟小白一样战斗力爆表，不像吕桑桑一样冷艳得跟冰块似的，也不像喻霞那样说移情别恋就移情别恋。”李君城话音刚落就挨了三个拳头，刚想反抗，手机就叮了一声。

“得，小白发短信让我转达雷老二，你家吕桑桑醉倒在天台了，等你驾着七彩祥云去接呢。”他低头看完短信，向雷老二转述着，结果却见向堃率先起身了，“说吕桑桑醉了，你着什么急？”

“无论多少人，她自己都会是最先醉倒的那个。”向堃淡淡地解释。

“就算小白醉倒了，又跟你有什么关系？你已经不是她的未婚夫了，有什么资格关心她？”关应书出声，“老二去接吕桑桑，李四，小白交给你了。”

向堃脸色有些难看地目送他俩离开。

“说吧，发生什么事了？”关应书长向堃两岁，看人也犀利一些，自然能够窥见他的不正常，“把什么都藏在心底，最后受伤的，反而是最关心你的人。”

向堃沉默了片刻，终是将一切和盘托出。

过了良久，关应书开口道：“你真的觉得这是在保护她吗？或者说，你这样自私、独断专行地决定了一切，可有片刻站在小白的立场考虑过？”

“冒着随时会恶化的风险跟她在一起，那才是真正的自私。”

“我认识小白不是一两天了，她的坚强，绝对超出你的想象。既然当初你单方面决定订婚已经让她不快了，那这一次，把决定权交给她吧。”

“她对感情迟钝，并不代表没有感情。”

“如果她心里有你，这根本就不是问题，她会愿意陪你一起冒险。”

“那如果没有呢？”向堃终于开口，反问道，“如果她心里没有我呢？”

关应书看着自己的兄弟，拍了拍他的肩膀：“原来，你对死亡的在乎，远远不及你对小白心意的在乎。你不是怕以后没命跟她在一起，而是怕她会名正言顺地借这个机会离开你吧？”

向堃呼吸一滞，倏地无言以对。

左珊瑚揉了揉快要爆炸的脑袋下楼吃早餐的时候，左妈妈一把抓住她：“来，快跟妈说说，昨晚送你回来的帅哥是谁？妈瞧着挺俊的，你们是不是……”

“他上个月换了四个女朋友。”左珊瑚想起昨晚是李君城送自己回来的，一脸无奈，“而且，没准还有我不知道的男朋友，你确定希望我跟他……”

“那算了，真要是跟他好了，我们该更担心了。”左妈妈皱眉，“跟这样的花蝴蝶一块儿，还敢喝酒，你最近胆儿肥了，是吧？！”

“妈，你在担心啥，你觉得从小到大除了向堃，还有谁能占得了我的便宜？！”左珊瑚一脸得意扬扬。

左妈妈越发担忧了，这样下去，女儿还能嫁人吗？不行，女儿都二十几岁了，既然向堃那边已经是不可能了，就算自私也好，她也该重新为闺女找个靠谱的人了。

“会诊的结果还比较乐观。”李医生脸色有些舒展，“你请回来的几个顶级国际脑科专家给出的方案可行性很高，虽然并没有十成把握，但手术的成功率比之前是多了三成。”

向堃一直紧锁的眉头总算是松了些：“多谢李叔叔费心了，知道您喜欢品茶，这是今年新出的高山冻顶乌龙，特地带给您尝尝。”

“堃儿有心了。”李医生也不推拒，“现在手术是势在必行，当务之急是要让你母亲知道这件事。老向一直排斥做这个手术，还不让你母亲知晓，没有他的积极配合，咱们会诊的结果再乐观也是枉然。”

向堃点点头：“这件事李叔叔放心，我肯定能说服他的。”

“不光要说服他，还要说服你自己啊！”李医生目光真诚地看着这个晚辈，“你也算是我看着长大的，因为他们常年不在家，所以你比同龄的孩子都要早熟懂事，天天像个家长一样看着左左。现在到了真正该懂事的时候了，你反而执拗得像个孩子。你瞒着父母，我自然可以理解，只是，左左那里，她该知道的。”

向堃没再回应，心里有了几分思量。

“左老师，咱们学校的老师组织了冬季滑雪大赛，我听说你是滑雪小能手，要不要报个名，替咱们四年级争口气？”盛老师在电话里提议。

“不去了，太冷了，我要在家待着。”左珊瑚心不在焉地回应着，寒假就是用来吹暖气、看漫画的！

“左珊瑚，你是听说我要参加，怕了吗？”电话那头王一婕凑过来，说道，“大学的时候，没机会比试比试，现在正好可以一较高下，你要是不来，我就算你举白旗了啊！”

笑话，她左珊瑚字典里就没有“投降”二字！

左珊瑚霍然起身：“你给我等着，看我不把你甩出十条街！”

王一婕激将法得逞，这才笑道：“你不懂左珊瑚的个性，不刺激刺激她的话，她永远不会给你反应的。”

盛君泽也开了眼界：“你俩是大学同学，你这么了解她，应该关系很好吧。”

“关系不好，我俩是宿敌。”王一婕丝毫不避讳，“不过，作为对手，我还是很了解她的，怎么，盛老师你难道看上她了？！”

“嗯，算是吧。”盛君泽也坦白，“她个性单纯，勇敢也善良，是块璞玉。”

“我发现你们男人一个个都有毛病吧，都喜欢傻子吗？”王一婕大惑不解，“她那个相亲对象也是，怎么都好这一口？觉得傻傻的，好控制吗？”

盛君泽皱了皱眉：“说她傻的人，才是真的傻，左老师只是比你们都少些心眼儿而已，并非傻。她虽然不够聪慧，但用上了十分的心去教孩子，而你们纵然十分聪颖，却只用了八分在教书育人上，这一点，你就比不上她。”

“是啊，是啊，她千好万好，其余人一文不值。”王一婕也没好气，“那你就焐着这白眼狼吧，等哪一天发现怎么也焐不热，还被反咬一口，可别哭啊！”

“你怎么这么大的火气？”盛君泽看着她莫名发怒了的样子，一头雾水，“看看，你们就是小心眼儿，不像左左，大气！”

左珊瑚带上自己的作战武器雄赳赳地去了战场，她会滑雪，是当初和向堃在滑雪场里学了一整个寒假才学会的，这是她唯一能跟向堃一较高下的技能了，她再不练习练习，就再也别想赢他了。

王一婕看她眼冒凶光，吓得直后退：“滑雪不过是图个乐子，你不用一副找我拼命的架势吧？！”

“废话少说，走起！”左珊瑚由不得王一婕退缩，拉着她就去滑雪场了。

风声在耳边呼啸而过，左珊瑚像一尾在海洋里畅游的鱼，驰骋在滑雪场里，自由而肆意。盛君泽和王一婕都追不上她，又怕她这样横冲直撞会出什么意外，只得一左一右拼了命地追逐着。

学校举行的让老师自己决定是否参加的滑雪活动是以娱乐为目的的，所以，大家伙儿也没有非要争个高下，只是借着这个时机聚一次而已。

大家见四年级组的几位老师都还蛮拼的，也不好意思在后头磨磨叽叽了，个个都争着表现，怕落个倒数不好交差。

只是，左珊瑚凭着一股子冲劲，早已遥遥领先了。盛君泽捏了一把冷汗："左老师还真是蛮拼的，瞧这架势，第一名肯定是咱们四年级组的了。"

王一婕一直跟盛君泽保持着几米的距离，不愿服输，却总是超不过，此时提高了音量回应："盛老师，我看左老师滑得稳当，咱们也不用这么马力全开了，等等后面的老师吧。"

盛君泽看着前头铆足了劲的人，虽然心里仍有些不放心，却也无力再追上去了，点了点头，跟她一道放慢了速度。

然而，众人只是看到左珊瑚滑雪时灵巧如飞，却不知道她有个致命的缺点，那就是，没有外力的协助，她根本没法停下来。

以往总有向堃在旁边，最后实在没办法，他就抱着她在雪地里滚上两圈，也就停下来了。

只是，此时此刻，左珊瑚见着代表终点的旗帜近在眼前，才急急地回头，想找个能借用的外力，可是，那些老师早早就被她甩开了很远，远水救不了近火。她看着终点不远处的小雪堆，一咬牙一闭眼，做好了撞上雪堆让自己停下的准备，身体却被突如其来的一股力道拦腰抱住，人也随着温热的怀抱翻滚着，熟悉的气味刹那间盖过清冷的空气，窜进了鼻腔，让她蓦地睁开了眼睛。

熟悉的长眉，熟悉的眼眸，只是脸庞好像比之前瘦了，皑皑白雪里，她趴在暖和的胸膛上，眼睛一眨不眨地看着眼前的男人，脑子里一时一片空白。

"说了多少遍了，没我在旁边，不许这么横冲直撞！"他皱了皱眉，不知是因为抱着她翻滚时撞到了，还是因为她的任性。

“难道是我早就预料到了你会从天而降？”左珊瑚心里因为见了他而欢喜异常，笑得眯了眼，仍旧借机抱着他不肯起身，还抻着脖子够了上去吻吻他的下巴，“你怎么在这儿？”

“那可能是我也早就预料到某个捣蛋鬼又在等着我来拯救了。”他微微松了口气，眼里却溢出些许笑意。

这些天强迫自己不见她，他心里像是被一块大石头狠狠地压着，半口气都难得透出来，如今被一块实实在在的“石头”压着，他却反而松了口气。

盛君泽和众位老师到达终点时，就看见左珊瑚抱着身旁男人的手臂在撒娇，她的目光移到男人的面上，眉间充满笑意。

盛君泽心里有些失落，左老师对感情的察觉总是比一般人要慢上几拍，他以为持之以恒的话，他总是能打动她的。可是，他现在见她这样自然而然做出的娇态，只有在这个男人跟前才会有，这是不是预示着，他的漫漫长路，将会变成永远没尽头的长路……

这次滑雪来参加的都是些年轻人，也没有学校教委会的成员，他们并不认识平日低调的向堃，只是有些好奇地打量着这个长身鹤立的男人，没想到他竟然看上他们学校最爱惹是生非的老师了。

“左老师，这次滑雪你赢了，得了奖金，可是要请客的啊！”有老师开口提议。

马上就有人附和：“对啊，左老师交了男朋友，也不吱一声儿，也不知让多少年轻老师心碎了呢。”

左珊瑚心里高兴，嘿嘿地笑着应下，拍着胸脯：“没问题，今天我请客！”

向堃见她得意忘形的模样，忍不住出声提醒：“一般人请客之前都会先摸摸自己的口袋的。”

她一愣，想起自己确实没带钱包，眼珠子转了转，用比刚刚还要响亮的声音开口：“我男朋友说了，今天请各位老师吃海鲜，管饱！”

“哎呀，跟人家比起来，你还真是差那么一点点。”王一婕幸灾乐祸的时候，心里仍是有点酸的，她觉得左珊瑚的命真的不是一般好。

盛君泽从头到尾一直保持着沉默，只是看了眼抱着那个男人手臂的左珊瑚，便重新有了斗志。

左珊瑚吃起自助餐来，也蛮拼的，餐厅经理约莫是鲜少见女孩子能十几二十几趟地来回跑，眼见着名贵的海鲜以肉眼可见的速度在减少，心渐渐凉了，这一单真是亏大发了！

其实，左珊瑚自己并没有吃多少，来来回回都是替向堃拿的，生蚝更是排队拿了不少，尽数放在他的跟前，一脸殷勤：“还要吃什么，我再去你替你拿，雪蟹、龙虾，还要不要？”

向堃用剥好的虾肉堵住她的嘴，看着跟前的催情圣品生蚝，有些无奈：“好了，够了，人家经理脸都绿了。”

左珊瑚这才嘿嘿地笑：“那好，咱们先吃着，不够，我再去给你拿。”

不知道是不是向堃在眼前的缘故，左珊瑚的心情出奇的好，心情一好，胃口就更好了，哼哧哼哧就干掉了好几盘。她准备向下一盘扇贝进击之时，却冷不丁被对面的人抽走了盘子。

“你也要吃吗？那我再去拿一盘吧。”

“我不吃，只是，你也不能再吃了，这些海鲜吃得差不多就行，去拿些主食和甜点过来。”他皱眉看着她，“你脾胃不好，吃多了，闹肚子的话，又折腾得人仰马翻的，这些给其他老师送过去。”

搁在平时，左珊瑚肯定是要跟他争辩几句的，只是，今天心情好，就顺着他，屁颠屁颠地端着送给旁边的老师了。

那些老师一边吃，一边悄悄打量着那边的向堃，压低了声儿打趣她：“左老师，捂得挺严实嘛，交了这么帅的男朋友，也不介绍给我们认识？！”

左珊瑚的脸上难得有些羞涩：“还没有啦，我刚刚是瞎说的，他最近好像脑子出了点问题，一会儿对我好，一会儿又翻脸不认人，估计有点‘精分’。”

老师们眼里的好奇更甚了，同时也颇为惋惜，看着挺清俊的一小伙子，怎么就不正常了呢？

“不过，你们放心，我会督促他吃药的！”左珊瑚信誓旦旦地拍着胸脯保证。

跟同事们分开之后，两人之间的气氛就静了下来。左珊瑚坐在车里，心里有些紧张，她刚刚是被见到他的狂喜冲昏了头脑，可是，静下心来又觉得捉摸不透他的心思，不愿承认心里在害怕他反复变化，同时又在期待着他的回归。

左珊瑚觉得心里像是一团乱麻，这种感觉不同于当时喜欢上舒亶时的迟疑，也不同于对长腿叔叔的幻想，更像是被一股意念催促着、鼓动着，叫她说出自己的心声。

向堃见她都快把自己的大衣扣子抠掉了，忍不住出声提醒：“这大衣是你攒了一个月的工资买的，抠坏了不心疼？”

左珊瑚赶紧放开，下一秒又觉得不对劲：“这衣服是我前几天跟桑桑一块儿去买的，你怎么知道价格？！”

“你有什么是我不知道的吗？”他反问。

“好像也是。”左珊瑚点了点头，坦然地接受了自己的一切被对方了如指掌的事实，“那为了公平起见，我也要知道你的全部！”

车上暖气开了没一会儿，温度就升了上来，左珊瑚解了安全带，费劲地脱着大衣。

“好啊，那你要知道什么？”向堃一只手握着方向盘，另一只手帮她扯大衣的袖子，“来，手再缩一点儿。”

左珊瑚想了想：“我想知道为什么你不想跟我结婚却又要来找我。”

“盛老师要跟你结婚吗？”他不答反问。

“没有啊！”左珊瑚一脸莫名其妙。

“那为什么他能来找你，我却不能？”

“说得也是。”左珊瑚经他这么一疏通，觉得逻辑也顺了，就不纠结这个问题了，继续下一个问题，“那你为什么不跟我结婚了？”

“正常情况，不是先恋爱再结婚的吗？”

左珊瑚简直无法反驳，一脸错愕地愣了愣，“那我们现在是要谈恋爱了吗？”

“既然你这么迫不及待，那我就跟你恋爱吧。”向堃眼里有笑意，面上却仍旧没有显露出半点。

“我没有迫不及待好吗？！”左珊瑚脸色绯红，随即假装发怒，“况且，你都甩了我一次了，不跪下认错忏悔，你以为我会原谅你吗？！”

“左珊瑚。”他神色变得严肃，郑重其事地喊着她的名字。

左珊瑚下意识地并拢了双腿，端端正正地坐好，规矩得像小孩子一样：“到！”

向堃斜着眼瞄了她一眼：“我脑子里多长了点东西。”

你脑子里多长了不止一点东西，她心里吐槽着，却表现得一脸好奇：“多长了什么？”

“我父亲脑子里也长了，十年前就长了，最近医生诊断出有恶化的迹象，手术成功率不高，换而言之，可能活不了几个月了。”

车子已经缓缓驶进了左家的院子，左珊瑚却已经傻掉了。

“以后，或许有一天，我会像他一样，脑子里的东西不知道什么时候会恶化，而我不知道什么时候会毫无预兆地离开。左左，如果哪天我离开了，你会难过吗？”

他的声音宛如浑厚低沉的大提琴音，说出的话却残忍又咄咄逼人。

“明天早晨，你告诉我，你要不要陪着我担惊受怕。”他在她的额上轻吻了一下，才缓缓开口，“左左，这是我第一次把选择权交给你，也是最后一次。”

“左左，我做了你爱吃的芝士蛋糕，来尝尝。”好不容易闺女今天愿意出去玩，左妈妈是打心眼里高兴，可是，刚刚看到她坐的是向堃的车，又不免有些担忧，“来，尝尝味道怎么样。”

左珊瑚却恍若未闻，直直地走上楼，整个人像机器一样，没有丝毫认知。

左妈妈刚想追上去，却被左爸爸拦住了：“让她自己待着吧，咱闺女不是那么经不起事情的人，你看我就知道。”

“都是你出的鬼主意，分了就分了，左左一向爱忘事儿，过了这一阵，咱们换个地方就啥事也没有了。”左妈妈有些怨念，“那样只难过一阵子，可现在让她知道了，万一她非要跟堃儿在一起，那就是提心吊胆过一辈子的事儿了。我说，你是不是亲爸啊，哪有人这么坑自己闺女的？！”

“我自己的闺女自己清楚。真的知道了，她还是会奋不顾身的。”左爸爸解释道，“更何况，堃儿也不一定跟他爸一样，他爸这是受了刺激，我看堃儿稳重得很，不会受那么大的刺激的。”

“可你闺女不就专门刺激人家堃儿吗？打小，她都不知道吓了他多少回了。”左妈妈叹气，“她从树上摔下来那回，堃儿背着她过来的时候，小脸吓得惨白，泪珠都在眼眶里打转了。”

“恐怕也只有向家小子，能这样真心实意地疼咱们的闺女了。”向爸爸有些内疚，“咱们做父母的，还不如他照顾得多。”

左妈妈却很固执：“再怎么样，我都不会同意他俩在一起的。堃儿再好，脑子里的那颗肿瘤也是定时炸弹，指不定什么时候会爆发，我不能让左左冒险。”

“好了，你们别争了。”左珊瑚不知何时出了房间，站在楼梯口，眼神空空的，“我根本就不喜欢向堃，也不可能跟他在一起的，你们放心吧。”

门口玄关处，向堃拿着她落在车上的包包，深深地盯着她，眉眼间的神色清冷如水。

第十三章

主动出击

他们不是约法三章，然后在同一个屋檐下再擦出火花，堂而皇之地确定关系，最后完美大结局吗？

“左老师，上次让你考虑的事情，你考虑得怎么样了？”沈主任看着对面的人，“学校一共只有四个名额，是盛老师极力推荐，校领导才决定给你这个难得的机会。”

左珊瑚点了点头，没作声。

“好了，这样可遇不可求的机会，你不要，后面还有很多老师排着队等着呢。”沈主任觉得现在的年轻老师真是不识好歹，语气也有些不耐烦了，“这是申请表，周四之前填好了交给我。”

“去……不去……去……不去……”左珊瑚趴在吧台纠结着。

“去就喝薄荷朱丽普，不去就喝长岛冰茶……”树下吧里的人早就认识她，知道她是老板的朋友，也知道她的酒量，调的时候减少了酒的量，可看她一刻没停歇，早就使眼色让下面的人去联系向堃了。

“老三，唉……”李君城嗟叹一声，拍了拍向堃的肩膀，“你也算是遇上克星了，这么多年都没拿下左左。最近我看上一音乐学院的妹子，他们院里美女如云，要不，我给你介绍一个？”

“滚。”向堃不屑地睨了他一眼，“你也就只有看上的能耐，交了几十个女友，现在还是处男，方圆百里，除了你，没别人了。”

李君城脸色倏地大变：“这么毒舌，活该你到现在都没拿下左左！”

李君城年纪最小，他们三个也不跟他多计较，各怀心事地沉默着。

关应书的公司最近遇上了官司，可算烦恼无限。雷辰更是一个头两个大，跟吕桑桑的关系是空前的剑拔弩张，致使素来温文尔雅的男人脸上都有了几分戾色。哥四个聚在一块儿难得这么沉默，只坐了片刻就散了。

元宵刚过，情人节就近在眼前了。向堃漫无目的地开着车，临街的店铺都被装饰得温馨浪漫，让人看着就心醉。

可是，他跟心爱的人，却似乎从来都没正儿八经地过过一个情人节，甚至连个正经的表白都没有。

电话显示来自树下吧，他犹豫了片刻，接了起来。

即便路面有些雪后的湿滑，可性能良好的车依旧是迅速流畅地打了个弯，往来时的路行去了。

“你是要去哪儿呢？”带着金属质感的、冷淡的声音此时听起来简直宛如天籁之音。

透过鸡尾酒看对方的身影更显得迷离璀璨，左珊瑚微眯着眼睛：“帅哥，你请我喝酒的话，我就告诉你。”

吧台后的酒保纷纷扶额，整齐一致地为她点了支蜡烛。向总的脾气以阴冷著称，人人都要退避三舍，此刻他眼里的火光几乎要把眼前的酒都点燃，啧啧，已经能看到结局的惨样了……

左珊瑚被拎着扔上车的时候，还抱着鸡尾酒杯，浅茶色的液体洒得到处都是。他费了好大的劲才替她把毛衫脱了，人却微微失神了。

她里面穿的是幼稚的史努比打底衣，旧得已经起球了，衣服上的标志都微微褪色了，略有些小的衣服竟被她日渐玲珑的身躯撑出女人独有的景致。

他蓦地记起当初被她缠着去买衣服的模样，那时候她不过十四岁。

她跟同龄人一样爱追星。那时候，红遍大江南北的明星是谁，他不记得了，却总也忘不了她翻墙爬窗过来苦苦哀求他带她去邻省省会城市看演唱会的情景。那个让她五迷三道的偶像代言这个品牌，她就缠着他要这件衣服做生日礼物。那时候，他心里又是生气又是嫉妒，似乎从来没给过她好脸色。

他这样一想，心底竟满是酸涩。

他总在为自己爱了她这么多年得不到回应而生她的闷气，却总也没反省过，他所谓的爱，这样不温柔。

他失神的片刻，左珊瑚已经伸手搂住了他的脖子，脑袋瓜凑到他的胸膛上蹭了蹭，跟小狗似的嗅了嗅，发觉是熟悉的味道后就安心地歪倒在他的怀里了。

在向堃的床上醒来也不是头一回了，左珊瑚揉了揉眼睛，撑着脑袋熟练地爬到床边穿鞋去洗手间，只是，走到一半忽然清醒了……

说好的不喜欢，说好的从此陌路呢……

“怎么了？”向堃的声音也带着晨起的慵懒，随手将大毛巾扔到她的头上，一脸嫌弃，“真是个污染源，赶紧洗头洗澡下来吃饭，吃完，送你去学校。”

“不用了，我回自己家洗了直接去就行。”左珊瑚像是被人打了一巴掌一样，脸上火辣辣的，昨晚的事朦朦胧胧地从记忆里蹦出来。前几天她才说要断绝往来，不喜欢他了，一喝醉，她竟然恬不知耻地抱着他要跟他回家……

向堃看着像一阵风一样消失的家伙，不由得失笑。

“沈主任，这是我的申请表。”早上从向堃的家里逃出来的时候，左珊瑚就做了决定，如果留在C市，她根本没法跟向堃真正划清界限，那么就分开吧。

吕桑桑一直不理解左珊瑚在别扭什么，左珊瑚却比任何时候都清醒地知道自己的想法。她从出生开始就依赖着向堃，长大了更是黏他，而不知道从什么时候开始，她已经分不清自己对他的感情是单纯的依赖，还是喜欢了。这次向爸爸生病，她去医院看过好几次。大部分时间向爸爸都是睡着的，手上永远插着针管，不断地输入营养剂，他却仍是以肉眼可见的速度迅速地消瘦下去了。

向妈妈在病房里仍是跟平时一样，对向爸爸说话时语气都是凶巴巴的，可是，只要出了病房门，她的眼泪就像是断线的珠子一样往下掉，不过短短的一个月，她就像老了十岁一样，左珊瑚看着心里发酸。

左珊瑚一想到有一天向堃会同样因为受刺激而这样虚弱地躺在病床上，而自己只能强颜欢笑地接受命运，她就觉得难受到无法呼吸。

与其这样煎熬，不如将刺激到他的机会扼杀，不如从一开始就远离。

"是这样的，左老师，学校领导对全国各大师范院校做了全面评估，C市师大的文学院是比A师大更权威、师资更雄厚的院校。而且，这次深造的经费也增加了不少，所以临时决定送你们四位老师去C师大研习，正好也不用去外地，年级的课程也可以分担一些，一举数得。"沈主任也是满脸喜悦，昨天接到电话的时候，他还一头雾水。

C师大的进修经费远远高于A师大，之前学校就因为经费不足，导致A师大的进修最终无法进行，现在却突然被通知改在需要经费更高的C师大，据说还是某位校理事自掏腰包给的经费，难道是这几位老师之中有后台？

他思前想后觉得左老师最有可能，明明成绩并不算拔尖，却被破格留了下来，校董事长的儿子盛君泽也对她赞赏有加，种种迹象都表明，她不是简单的人物，于是，他语气都格外客气了几分："左老师，我已经交代你们年级主任了，这学期只给你排一个班的课程。你自己在C师大研习，好好听课才是你的重心，好好干啊，左老师。"

"妈，我想搬出去住。"在每天都能奇异地跟向堃偶遇之后，她终于决定快刀斩乱麻了！

二十多年从来没有离开家的闺女竟然要搬出去住，左妈妈大吃了一惊："怎么了，怎么突然要搬出去了？上回说是去研习，我不大放心，但幸好是在C师大，我跟你爸也不用忧心了。”

“啧啧，说得跟多疼我似的。”左珊瑚不满，“隔三岔五把我扔家里一连几个月都不闻不问，现在说什么不放心我，你跟老爸真是两个奇葩。”

“死孩子，之前那是因为堃儿跟柯姨都在家里边，我们有什么不放心的，可现在不一样。”左妈妈敲她的脑袋，“况且，你向爸爸出了这种事，堃儿估计心里也不好受，你又狠心拒绝了他，难道还准备麻烦人家？”

“就是因为不想麻烦，才搬出去的啊……”她小声嘀咕着，“我会找个离C师大和四小都近点的、社区治安比较好的地方，这样，你们该放心了。”

“你现在也二十多岁了，该嫁人的年龄了，我跟你爸等你向伯伯做完手术身子好些了，要去埃及考察两个月。你趁我们还在家安顿下来也好，这样，我们也不至于放心不下了。”左妈妈看着自己的闺女，自己身上掉下的一块儿肉，呱呱坠地时只有西瓜那么大点，这一晃都长成了漂亮的大姑娘，想到以后她会嫁到别人家里，伺候公婆，有她自己的家庭，左妈妈感慨万分，“这是我跟你爸最后一个考察项目了，以后就不去实地考察了。”

“嗯，你跟爸也该歇会儿了，到时候，你们想做什么，我都陪着好不好？”

“我跟你爸商量好了，准备环游世界，带你这盏电灯泡干吗？”

“妈，我是不是你从小区左手边第三个垃圾桶里捡回来的？”

“瞎说，怎么会呢？”左妈妈抚着她的肩膀安慰，“是第四个。”

“左老师，今天是盛老师的生日，我们晚上要给他庆生，快交份子钱，礼物要记得单独准备啊！”

办公室里的女老师一大早就在讨论了，前些天不知道从哪里传出盛老师是校长的儿子之后，他的人气呼啦一下就上来了，晋级为四小高富帅男神，未婚女老师对他的爱慕也到了空前绝后的火热度。

左珊瑚开始找房子，才知道C市的房价已经这么高了，之前花钱没计划，现在就捉襟见肘了。她略心疼地交了份子钱："晚上我要去看房子，可能没法参加了，礼物我会给盛老师补上的。"

"那正好，去我家吧，我来筹划。"王一婕眼睛一亮，兴致勃勃地提议。

"啧啧，我看你是志在必得啊！"左珊瑚一脸鄙夷，压低了声音吐槽，"能改改你这德行吗？在学校就这么按捺不住了。"

"找死啊你！"王一婕听得火大。

左珊瑚挑眉："要打吗？"

"我先上课了。"

房东是个很温和的人，介绍房子的时候也中规中矩，没有任何夸张的成分："这套一室一厅的房子是我当初买给闺女结婚的婚房，所以是按照年轻女孩子的风格装修的。这小区既方便又安全，只是她嫁去外地了，一直闲置着，也不是个事儿，所以打算租出去。我看你跟我闺女差不多大，看着亲切，也信得过，左老师觉得怎么样？"

怎么样……左珊瑚觉得这房子完全是自己房间的翻版了，就连窗帘的颜色、款式都一模一样，亲切得跟量身定制似的。

只是，这个地段、这个面积，一个月租金没四千元，也得三千五元吧？她一向没理财概念，身上的钱加起来一万块都不到，这样押一付三的方式，她吃不消啊……

左珊瑚压低嗓音试探道："那房租……多少呢？"

"我是看左老师亲切，像自己闺女似的，就给个实诚价，一个月两千元怎么样？押一付三，八千。”

左珊瑚乐开了花，就是三千元也划算啊，谁知道竟然这么优惠，顿时点头如捣蒜：“那您等我一下，合同带了吧，我去取一下钱，马上回来签合同！”

话音刚落，人已经一溜烟进电梯了。

“向总，已经处理得差不多了，按照您的吩咐定的价钱，就等着左老师来签约了。”电话那头的人汇报着最新情况。

“现金三千八，加上卡里六千，一共是九千八，付完房租还剩一千八，正好可以给盛老师买个像样的礼物了！”左珊瑚一边走，一边喜滋滋地计划着，平时多受盛老师照拂，好好准备份礼物算是答谢吧。

向堃正准备点头挂电话，听到拿好现金返回来的左珊瑚的碎碎念，声音顿时冷了几分：“合约修改一下，房租调整为两千五，照旧押一付三。”

省钱让她给别的男人买礼物，开玩笑！

“盛老师，不好意思，昨晚没能参加你的生日聚会，这是补给你的生日礼物！”左珊瑚小心翼翼地递了过去，心里始终觉得有点不好意思，“你别看它平平无奇，其实这雕刻可是我当时花了好几个通宵熬夜做出来的，虽然……你肯定认不出这是什么玩意儿……”

“是个……实用的锤子？”盛君泽眉眼间带着认真的笑意，似乎并不介意这样简陋的礼物，“正好累了用来捶背。”

左珊瑚愣了愣，开口，“其实，我雕的是玫瑰花……”

盛君泽也怔了片刻，迅速反应过来，又仔细端详了一下：“是吗？这样仔细看看，还真有点玫瑰的样子，嗯，看得出来，创作者很认真。”

“咯咯，盛老师眼光果然独到。”她都有点不好意思了，因为房东突然加价，让她措手不及，房租还欠着好几百块，穷得身无分文了，最后翻遍房间发现只有这玩意儿能厚着脸皮勉强地当礼物充数了。

“这是金丝榔木吧，真是一份名贵的礼物，作为答谢，我请你吃午饭吧。”

“好啊！”左珊瑚已经穷得揭不开锅了，有人请吃饭，简直是求之不得。

盛君泽选的是离学校有点远的法式餐厅，左珊瑚看了看招牌，咽了咽口水，厚着脸皮问：“这里最低消费是五百一位，要不，折算成去学校食堂吃？那样够吃一个月了。”

“我当然是求之不得。”盛君泽愣了一秒才失笑着回答。他不得不承认，过往认识的那些女孩子，都不如眼前的左珊瑚来得独一无二。她爸妈这名字取得真好，她果然是如珠如玉的珊瑚。

一想到一个月的午餐都解决了，左珊瑚一身轻松，下午都是飞奔着回家的，哼着歌烤了个向爸爸爱吃的蛋糕就去医院了。听向妈妈说向堃这几天都在外出差，她才能趁机去医院陪一会儿向伯伯。

“左左来了啊，正好去陪你向伯伯说说话。”在病房门外正好遇上向妈妈，左珊瑚看她眼睛里全是血丝，心里觉得难过。

“向妈妈，我下午没课，我在这陪着向伯伯就行，您回家洗个澡休息一下吧。”她忍不住抱了抱向妈妈，希望能代替向堃给向妈妈一些力量，“您这样一直熬着，脸色这样差，向堃和向伯伯都会担心的。”

“嗯，刚刚在洗手间照镜子的时候，也被自己吓着了。那你在这儿陪陪他，我回家拾掇拾掇。”向妈妈点点头，长叹了一声，“现在才发现，我们左左也长大了呢，已经能让我依靠了。你向伯伯前两天还说，要是你跟堃儿能在一起就好了呢。只是，儿孙自有儿孙福，哪是能勉强的呢？”

左珊瑚无言以对。

“老远就闻到是左左来了。”向爸爸的气色比前几日要好一些，“是我喜欢吃的布朗尼吧，快切一块给我尝尝。”

“这可是我花了好几个钟头才烤好的，怎么能只吃一块？！”她佯怒道。

向爸爸皱眉犹豫：“你烤的啊……那算了，我怕跟以前一样吃得小命不保。幸好你不喜欢向堃，不然，一想到以后得常吃你做的东西，还不如死在手术台上来得痛快。”

虽然所有的烹饪经历都是黑历史，但是左珊瑚还是不悦了，撒娇道：“向伯伯，您怎么生病了心肠都黑了，您以前可最疼我了，我烤的蛋糕就您最捧场了，还说有我这样的儿媳妇真是百年修来的福气，现在都已经开始嫌弃了……”

“那还不是你先嫌弃我们家那臭小子的，你一出生，我就跟你爸把你给定下来了，可你这丫头死活看不上我们家向堃，我也痛心得很哪。”向爸爸语气中带着调侃，笑道，“只是，前两天你妈妈也找我谈过，我们也不是古板固执的父母，既然你不喜欢那小子，你就拿他当哥哥吧。以后你出嫁，还有两份嫁妆，是不是？”

左珊瑚觉得今天的话题她有点招架不住了，切了块蛋糕递过去转移话题，“向伯伯，我马上要去C师大进修研究生，可能要忙一阵子，不能常来医院看望您了，您一定要加油啊！”

“嗯，今天的蛋糕烤得不错。”向爸爸从床头拿过一个盒子给她，“左左，向伯伯能拜托你一件事吗？”

左珊瑚好奇地接过盒子。

“这是我准备给你向妈妈的结婚纪念日礼物，你替我交给她，再替我给她打打气。这些天，她天天伺候我，却不肯跟我说一句话，终归是怨我的。”向爸爸脸上有些愧疚之色，“让他们母子担心，我是罪人……”

“向伯伯……”左珊瑚受他感染，声音也哽咽了，“你放心，向妈妈和向堃都很坚强，不会希望看到您这样自责的。”

“我后悔没能多抽点时间陪他们母子，左左，你要吸取我的教训啊，人生不过短短几十载，有些东西错过了会遗憾终生的。”

“嗯……”她低低地应着，心里不知在想着什么。

向妈妈来的时候，看着精神了许多，左珊瑚见向爸爸睡着了，悄悄地带上门，拉着向妈妈去了天台。为了防止病人寻短见，平时天台都是上锁的，左珊瑚在瞿医生那儿磨了很久，才拿到钥匙，打开铁门的时候，扬起一阵灰尘。

正是日落时分，雪白如棉花的云朵绕着夕阳，被镀上一圈灿烂的金边，像沉甸甸的元宝。左珊瑚把向妈妈拉到栏杆处，让她伸出手摆出个心形，恰好把那一轮夕阳拢住，拍下了这一刻。

“你这小丫头又想什么鬼主意呢？”向妈妈有些无奈。

左珊瑚笑得狡黠，掏出刚刚向伯伯交给她的盒子：“这是向伯伯给您准备的结婚纪念日礼物，您先拆开看看？”

向妈妈怔了片刻才接过盒子，低着头轻轻地抚着，道：“前两个月的时候，我跟他还因为这个大吵了一架，我埋怨他不懂浪漫，结婚这么多年都没点表示……可是现在，我宁愿他还跟往常一样跟我吵得脸红脖子粗。”

“向妈妈……”左珊瑚打小就喜欢赖在向家，在她的心里，他们就跟自己的父母一样，这一刻她觉得自己身为子女，到了该坚强懂事的时候了，“我刚刚陪着向伯伯聊了很久，他心里对您和向堃都很愧疚。现在距离手术时间不过一周了，如果连您都对他没有信心，那他哪里会有意志力战胜病魔？医生只能医病，可是，咱们要医好向伯伯的心，您说是不是？”

左珊瑚留下发愣的向妈妈，离开了天台。说到底，这是他们的心结，这种时刻，向妈妈能想通乐观起来，才是对向爸爸最好的鼓励。

想通……左珊瑚的眼神暗了暗，其实她自己都想不通。

出电梯的时候，她正好遇上了一场骚动。医院附近出了一场连环车祸，死伤数人，被紧急送到了就近的这个医院，大厅里有股浓浓的血腥味。

她不敢挡路碍事，忙闪到一边，最吸引人眼球的是一个穿白色西装的伤患，胸口还佩戴着有新郎字样的胸花，可是，血已经将这份纯洁的白色浸染成刺目的红……

跟在后面的新娘雪白的婚纱上也满是血迹，她伤心得连哭都发不出声来，只是默默地泪如雨下。

新郎伤成这样，新娘却毫发无损，左珊瑚心底猜测着，大概是千钧一发的关头，新郎用生命将新娘护在了怀里。

蓦地，她的心底冒出了一个熟悉的身影，尽管已经有大半个月不曾见他了，尽管一直刻意不去想他，可他总是如同鬼魅一样在她的心底时不时出现。她几乎能够肯定，如果是他们遇上这样的事情，他一定会毫不犹豫地护住她的。

而现在是他最需要她的时候，她却退缩到千里之外了。

这一刻，左珊瑚萌生出一股冲到他怀里的冲动……

“爸，今天感觉怎么样？”向堃是直接从机场过来的，连日高强度的工作到底让他面上染了几丝疲倦之色，“这次去B市，我也联系了几位经验丰富的专家过来会诊，他们都有这方面的执刀经验，手术成功的概率会更大一些。”

向父却似乎并不怎么在意："你们母子俩也别瞎折腾了，我自己的身体，自己清楚，这么个小坎儿难道还跨不过去？"

"那最好了，我回家把这些年日历上的纪念日圈了一算，你欠我的假期也够环游世界了。给你半年的时间复原，好了，咱俩就起程。"向妈妈已经从天台上下来了，白皙的脖子上挂了一串造型独特的项链，像是两根缠绕的青藤，或者其实更像是一根十八街的麻花……因为常年在实验室里做研究，身上不适合佩戴首饰，所以，向妈妈进门的时候还有些不自在地摸了摸脖子。

向堃心里有些诧异，之前向妈妈虽然细致入微地照顾着向爸爸，但是总是愁眉苦脸的样子，怎么他出了趟差回来，两人跟约好了似的都变得这么乐观了？

"这不是左左的包儿吗？小迷糊又给落下了，你上来的时候没遇上那丫头吗？她刚下去。"向爸爸忽然想起来了，"估计刚出医院，你赶紧给她送过去，小妮子又没有方向感，身上没带钱，也没拿手机，待会儿又要走丢了。"

向堃心里咯噔了一声，刚刚进医院的时候，耳边都是急救车的声音，隐隐听到说是医院附近出了车祸……他明显地感觉到眼前黑了一秒钟，脑子里被一股钻心的疼痛侵袭，好半天才恢复，步履更是匆忙了几分。

"发什么呆啊，左老师？"盛君泽穿着正装进了医院就发现她傻傻地站在电梯口旁边，于是调侃了一句，结果还是没看到她有任何反应。

没办法，他只好走到她的跟前："你怎么也在这儿？"

她猛地回神，眼睛还是直的，直勾勾地盯着他，瞳孔好半天才聚焦："啊，哦，我来看一个长辈。你呢？"

盛君泽刚想回应就看到身后又有几台急救床被推了过来，怕挡了道，他只得上前一步让出位置。

左左也下意识地后退了一步，哪知后面竟然有几级台阶，于是整个人往后倒去。

好在盛君泽手疾眼快地搂住了她，只是脚下也有些不稳，只能一只手搂住她，一只手扶着扶梯，两人这才稳住了。

只是，这姿势……

电梯被占用了，向堃急匆匆地从楼梯口下来就撞上了这一幕。从他的角度，他其实只看到男人的背影和底下的四条腿……

大庭广众之下，他们竟然在救死扶伤的地方干这种伤风败俗的事情，向堃皱了皱眉，准备无视着路过时，却忽然听到那女孩开口了，只是听起来更像是带着哭腔的嘤咛。

“盛老师，你弄疼我了，你轻点……慢点……”

刚刚还只是眼前一黑的向堃现在已经整张脸都黑了，他就是聋了，也知道这声音是谁的！

“你们在干什么？！”向堃提高声音说道，上前一看，这才发现左左整个脑袋都顶在盛君泽的胸口，平时柔顺的头发此刻像是鸡窝里的稻草，原来是头发被卡到盛君泽的衣服拉链里了。

左珊瑚听到向堃的声音，匆忙间转头过来，拉扯之间又痛得嗷嗷乱叫了。

“你别乱动，我再捋捋。”盛君泽怕弄疼她，所以不敢用力，只是好半天都没理出个头绪来。

同为男人，向堃如何能看不出盛君泽眼里的温柔，心里有些烦躁，随手拿起路过的护士盘中的医用剪刀，三下五除二就剪断了那纠缠不清的头发，把她拉进怀里，替她理了理鸡窝头，语气又是宠溺又是严厉：“都多大了，还跟个孩子一样冒冒失失的，快跟盛老师道歉！”

这样好闻而熟悉的气息，左珊瑚真是朝思暮想。即使是被骂了，她也笑嘻嘻地抱着他的腰耍赖：“盛老师人可好了，我俩在学校都是好哥们，他才不会跟我计较，对吧？”

她对向堃这样毫无保留的依赖，像是本能一样的动作，让盛君泽心里有些失落，随便编了个理由便匆匆离开了。

即使一早就知道他们关系亲密，盛君泽还是觉得左左这样大大咧咧的性子，八成连亲情、爱情都分不清楚，也侥幸地以为自己能够让她意识到他的存在。

可是，现在看来，也许正是她的这份傻气，才让她模糊掉了他的那份感情。

抱了不知道多久，左珊瑚终于意识到两人现在是分手状态，脸上顿时染上一丝红晕，讪讪地把手缩了回来。

向堃一言不发地盯着她，心里觉得好笑。

她脸皮厚，不好意思这种情绪最多维持四五秒，只见，她板起脸望着他：“你这样简单粗暴地不经过我同意就剪断了我的头发，不知道身体发肤受之父母吗？！”

“从十二岁起就没消停过折腾自己的头发的人，这话你真说得出口。”他挑了挑眉，看着已经被她折腾成鸡窝的脑袋，“路上遇上一只母鸡，它都能直接在你的头顶上下蛋了。”

左珊瑚不跟他斗嘴，心里却觉得，医生肯定诊断错了，那颗毒瘤没长在他的脑袋里，而是长在他的嘴巴里的。她竟然喜欢上这样的毒舌男，想想也是醉了。

坐在向堃车上的时候，左珊瑚就迅速地转着脑子，之前是她死活不答应跟他一块儿，现在总得想个法子既能够不用放低姿态，又能不着痕迹地和好如初。

“你跟爸妈说了什么？”向堃有时候觉得左珊瑚是个很神奇的存在，他前些天费尽心思也没让二老放下心结，而左珊瑚脑子里没装多少心思，怀里也没揣多少本事，嘴上功夫也只是差强人意，可偏偏他搞不定的事情到她跟前就迎刃而解了，毫无道理可言。

“你猜？”难得有卖关子的机会，左珊瑚趁机故弄玄虚。

向堃根本不吃她这一套：“你猜我会不会猜？”

“没说什么。”强忍了半天，左珊瑚终于憋不住，摇摇头，“其实，向妈妈不是真的在怨向伯伯隐瞒不报，只是担心而已。”

因为她跟向妈妈是一样的心思，所以，她更能理解。

接下来，一路无话，眼看着就到了，左珊瑚心里着急死了。

“好了，到了，明天还要上班，早点上去休息吧。”向堃把她送到租的房子的楼底下，好整以暇地看着她。他都开始赶人了，她也不好死皮赖脸地要跟他回家，只得耷拉着肩膀无精打采地回家了。

向堃看着她的背影，眼里闪着笑意。

一到回家，左珊瑚就赶紧请教以情圣自居的李君城：“快支招儿，怎么能快准狠地搞定一个男人？最好还是那种不知不觉的、不用放低姿态的方法！”

“搞定男人，你来找我干啥？”李君城口气不善，她那话像是在质疑他的取向。

左珊瑚听不出他的不悦，继续刨根问底：“万变不离其宗嘛，你是怎么搞定竺叶的啊？”

向来在感情问题上都能滔滔不绝的李君城这回难得地卡了壳，过了半天才开口，声音还低了几度，“那哪还……需要搞定啊……我勾勾手指头，她就飞扑了过来！”

话音刚落，电话就被挂断了。

左珊瑚握着手机脑补了一下邪肆、狷狂的妖孽总裁勾勾手指，美艳软萌的竺叶就像只听话的猫咪一样凑过去的场景，顿觉萌翻了。

她再深层次地脑补了一下她勾勾手指，向堃一脸乖顺地凑过来……

左珊瑚成功地被自己吓得从床上掉下来了……

那头李君城挂了电话，目光闪烁，不敢直视对面的女人。竺叶冷笑，勾了勾手指头：“李大少爷的魅力真是大呢，勾勾手指头就有人扑上来了，不知道昨晚是哪位红颜知己这样软萌呢？”

李君城一脸献媚卖乖地凑过去：“怎么会呢，媳妇儿，你是我唯一的女神。除了你，其他的女人在我眼里都是白菜帮子，只是昨天不走运，遇上一棵品质不好的烂白菜，才出现意外的！”

“哦，原来如此，难怪今天老闻到你身上有一股子渣味儿，本宫也不是那不通情理之人，就赐你今晚去跟厨房的那堆烂白菜一块儿睡吧。”

“女王大人既然喜好这重口味的地方，小的这就遵命！”李君城臂力惊人，单手扛起人就往厨房去，“我这才想起来，当初是你闹着要装修成开放式的厨房，啧啧，看不出来，原来是早有预谋啊！”

肩上的人被冤枉得一口血都要喷出来了：“给我闭嘴！”

还没有等到左珊瑚想出拿下向堃的对策，向爸爸的手术日就如期而至了。

这一天，左珊瑚从早上起床开始眼皮就直跳，不好的事情接二连三地发生：早上去学校的路上，她的钱包被扒走了；追扒手的时候，她被单车撞了；赶到学校的时候，她又突然被告知有位语文老师早上阑尾炎住院了，要帮忙代两节课。等她终于忙完了，已经是下午五点钟了，从早上十点钟开始的手术，也进行到了尾声。

偏偏又遇上了下班高峰期的大堵车，左珊瑚看着前面的车海，急得恨不得插上翅膀飞过去，飞到向堃的身边去。她心里也明白，这种时候，向堃的心里一定十分复杂，她比任何时候都想要待在他的身边，她想要给他力量。

“师傅，你从左边的巷子拐进去，那儿去医院最近，而且也不堵！”

“姑娘，我知道你心急，去医院的，没一个不急的，可那是单行道！”被催了三百次的司机耐着性子跟她再解释了一遍。

“那算了，算了，还是我跑过去比较快。”左珊瑚也知道没法子了，直接下车就拐进巷子里，这里离医院就一条街的距离，从巷子里穿过去，只要再翻堵墙就到了。

只是，穿过来了，左珊瑚就有些傻眼了……以前不是石头砌的围墙吗，怎么成了铁栅栏了？！

因为学校规定上班必须穿正装，所以，她穿的是一条行动不便的一字裙……

向堃出来透口气就正好看到卡在栅栏上进退两难的左珊瑚了，一只脚已经迈了进来，裙子却被雕花栅栏外面的钩子给挂住了。她双手抓着柱子不敢松开，另一只脚迈不过来，也退不回去……让她整个人像是一只姿势怪异的、用一只脚站立的金鸡……

被漫长的手术逼得有些烦躁的向堃却因为看到她这窘迫的样子轻松了不少。他挑了挑眉，好整以暇地看着她，眼里充斥着“你是猴子派来取悦我的傻子吗”这样恶意满满的信息。

左珊瑚扭头僵硬地看着他，僵持了好一阵，脖子都酸了，终于忍不住开口：“向堃，你准备就这样袖手旁观、见死不救吗？！”

向堃终于低笑了起来，费劲地把她从栅栏上抱下来，虎着脸：“医院有三道门，怎么你就非得另辟蹊径地爬墙呢？！”

左珊瑚撇了撇嘴，有些委屈地看着他替自己拍裙边蹭上的尘：“我心里着急，可是，今天一直出意外，路上又堵车，就想着抄近路过来，结果忘了自己今天穿的是套裙……”

“算了，你不出点岔子，就不能叫左珊瑚了，反正我已经习惯了。”向堃替她整理好就直接往病房走了。

因为他气息远离，左珊瑚有一瞬间的失落，随即跟了上去。看着前面的背影颀长而挺拔，她咽了咽口水，小步追上他，准备伸手抓住他垂在身侧的手。哪知就差一厘米她就抓到了，他却突然抬起手放进口袋里，让她扑了个空。他加快步伐，甩开了她。

左珊瑚颇有怨念又失落地追了上去。

候在手术室门口的向妈妈神色平静，左珊瑚不知道她是故作镇定，还是心里在坚信地等待着，从包里掏出保温盒：“向妈妈，手术的时间长，您一定也没吃东西，所以，我熬了点粥，您好歹吃点，别让向伯伯、向堃担心。”

向妈妈微笑地摇摇头：“有劳左左了，可是，我刚刚吃了一屉虾饺，还喝了一大碗汤，现在也不饿，倒是堃儿什么都没吃，你去劝他吃点吧。”

向妈妈心态真好……

左珊瑚又屁颠屁颠地抱着保温盒凑到向堃的身边递给他：“喏，你也别着急，谭医生和罗恩医生是享誉全球的专家，向伯伯肯定会吉人天相的！”

向堃随手接过：“这是你亲自做的？”

“嗯！”左珊瑚为表心迹，猛点头，“花了好多心思，特地熬了三个小时，上一节课就回去看一下，还加了干贝和虾仁，肯定很好吃的！”

“那还是算了。”向堃一脸嫌弃，“你亲自做的，我不太敢吃，去医院门口给我随便买点吧。”

左珊瑚瞬间愤怒值满格，难道她做的，还不如路边摊的吗？！

她正准备抗议的时候，手术室的大门终于开了，她心里十分紧张，下意识地抓住身旁向堃的胳膊，想要靠近他，只是，他手臂上的肌肉都紧绷绷的，可见他心里也不像面上这般镇定。

主刀的谭医生取下口罩，脸上虽然有些疲倦之色，却也掩不住喜色：“手术很成功，只是现在病人还没有完全脱离危险，已经被送到重症病房观察了。如果四十八小时内能醒来，就算是脱离危险了。”

左珊瑚跟着大伙儿也松了口气。

“好了，妈，司机就等在外面，你赶紧回去休息休息，明早再过来吧。这里我守着就行。”向堃转头看向左珊瑚，“你也跟着一块回去吧。”

“为什么？”刚来就被赶走，她不服。

向堃揉了揉眉心：“你不在这儿，我才能安心休息休息。”

“要么你把这粥吃了，要么我留在这陪着你，二选一吧。”左珊瑚跟他待久了，深得真传，这时候也耍得一手好无赖。

向堃看着她，终于明白教会徒弟、饿死师父的感觉了……

向爸爸生命力顽强，手术后不到二十四个小时就醒了。看着一直守在身旁的家人，他眼里的神采也在慢慢地恢复，嘴角艰难地扯出一丝笑意，让大家放心。

谭医生看了各项数据，终于宣布向爸爸脱离危险，三天后就可以转到普通病房了。

这一刻，所有的人心里都是五味杂陈的。

向妈妈握着向爸爸的手，泪如雨下。向堃松了口气，看着一旁的左珊瑚，本能地将她搂进怀里。而她的眼前也早已模糊成一片。

这段时间，她的心里到底有多纠结，只有她自己最清楚。她已经认清了自己的心，所以是打定主意这辈子非向堃不嫁了。

可是，她心底无数次闪过惧怕的念头，只是看到他皱眉，她的心就像是被揪起来了似的，怕有一天他跟向爸爸一样倒下，到时候她是不是也能像向妈妈一样坚强地挺下去？

而现在，向爸爸手术的成功，总算是给了她无限的希望。

左珊瑚悄悄地在心里做了个决定。

“向总，那个租客今天来要求退房还租金，我要怎么办呢？”这是向总亲自交代的事情，“房东”不敢有半点马虎，每天都去检查一下她有没有关好门窗，就怕出点岔子。

向堃愣了愣，她这才住了几天，就住不惯了？

“知道了，这是租客的责任，租金就不必退还了。”

挂了电话，“房东”还十分费解，这租客跟向总到底是什么关系，要是恋人的话，向总身家无数，却还要在最后一刻涨女朋友的房租，人家退租了，他还不愿意退还房租，这像话吗？可是，他们要不是恋人的话，里面的家具、电器，他还非得指定品牌型号，挑最好的配置，就有点说不过去啊……

“向总，下午五点钟有个会议，六点钟约了盛达实业的张董进餐，七点半有个晚宴邀请，需要另外为您准备服装吗？”随行沈秘书在办公桌前报告今日的行程。

“不用了，晚上有更重要的人在等着我，张董那里的会餐延后，晚宴，你去就行了。”向堃整理好桌上的文件，“走吧，开会去了。”

软件部的部长进会议室的时候还是胆战心惊的，听闻最近老板的脾气极难琢磨，阴晴不定，而今天的部门报告正好轮到他们部门了，好死不死的，昨天上线的有一款软件更新程序出现了漏洞，尽管已经连夜修复好了，但是，万一老板一个不爽，他岂不是饭碗不保？

做完常规报告之后，部长心怀忐忑地看向边上的人。

“已经更新到5.0.8版本了，昨晚上线竟然出现这样的低级漏洞？”向堃轻描淡写地开口，看向部长的眼神缥缈如烟。

部长只觉得一颗心提到了嗓子眼，下意识地咽了咽口水，准备开口认罪，等待宣判。

“下次注意点，一个部门的失误让全公司的人承担，这可不公平。”向堃的声音出乎意料的温柔和蔼，惊掉了一整个会议室高管的下巴。

“张部长，你可真是走大运了，要知道，上周我挨了不知多少眼刀子，感觉自己都成刀削面了。”策划部的部长一脸艳羡，“不过，说来也奇怪，向总平时也不是不笑，只是总是笑里藏刀，今天却笑得如沐春风，你说咱们向总是不是好事将近了呢？”

“那我真得感谢咱们未来的总裁夫人了，这可是拯救银河系的功劳啊！”张部长心里充满了感激之情。

此时，某中心城区高层复式楼门口蹲着一个女人，她一边咬着指甲盖，一边蹙眉：“以他那样深不可测的性格，密码肯定不会设置成生日这么简单，难道是个什么高级函数解码？”

以她这个学渣的脑袋瓜，岂不是没办法在他回来之前登堂入室了？

不行，至少有三次机会，不试白不试！

她先试了向爸爸和向妈妈的生日，都失败了，她有些气馁，这人真是不孝顺！

难道是自己的生日？她灵光一闪，输入了自己的生日，终于……还是失败了，而且还触动了警报，没一会儿，楼下的管理员就关切地上来问候了。

左珊瑚只来过这里几回，而且都是跟向堃直接从地下停车场上来的，并没有直接跟大厅保安大哥碰面，所以，对方也没办法确认身份。刚刚放她进来，保安大哥也只是看她是个小女孩儿，不会有什么威胁。此刻那保安大哥紧锁着眉头狐疑地盯着她：“小姐，请跟我下楼登记！”

“我真的认识这家的主人，他叫向堃，是我男朋友！”左珊瑚急了，忙辩解。

只是，收效甚微，保安的眼神里更是充满了不信任：“你这样的女人，我见多了，平均三天就有一个女人来冒充说认识向总，并说是他的女朋友。”

说完，他转身就朝着对讲机呼叫：“今天又来了个自称是向总女朋友的女人，这个更了不得，还拖着行李，这是准备长期抗战了。”

“我劝你还是走吧，向先生是出了名的高冷之人，之前比你疯狂的女人多了去了，最后的下场都是被直接送进局子里，难道你也准备去局子里蹲一下？”

“我应该不会那么惨的……”左珊瑚怯怯地开口，但其实心里也没底，最近向堃对她也是一副不冷不热的样子，难道他真的会那么绝情？要不，还是回去从长计议？果然，这馊主意是行不通的……

她正准备打退堂鼓拖着箱子走的时候，身后响起沉稳的脚步声，随之是低沉悦耳的嗓音：“放开她吧，是我认识的人。”

保安一脸惊诧和探究。

向堃松了松领带，输入密码开门：“是前女友，进来吧。”

保安一脸疑惑，最终还是让左珊瑚进去了。

“说吧，这又是哪一出？”向堃将水杯不轻不重地搁在她的跟前，语气绝对算不上和蔼，“大晚上被房东赶出来了？”

左珊瑚瞬间领会，赶紧点头如捣蒜：“那房东心太黑了，突然告诉我要涨房租，还一口气儿要涨两千。我不干，他就毫无人性地在大晚上把我这样一个弱女子赶出来了，简直太丧心病狂了！”

向堃挑了挑眉，他可真是冤枉：“那你有什么打算？”

左珊瑚条理分明地开口：“本来是想回家的，可是，我爸妈最近得了不秀恩爱会死的病，嫌我碍眼，而且家里离学校和C师大都远，每天上班都因为堵车迟到，还被校长骂了。学校教职工的宿舍也住满了，根本腾不出房子给我，周边的学院房也都人满为患……”

向堃听着她一本正经地胡说八道，附和着点头，似是十分认同：“然后呢？”

“然后我就走投无路了呀！”左珊瑚理直气壮，“这种时候，朋友就该派上用场了啊，所以，我就来投奔亲友了！”

“亲友？”向堃坐到她旁边的沙发上，似笑非笑地睨着她，“我们是亲友关系吗？我还记得有人告诉过我，以后再也不想跟我扯上任何关系呢。”

左珊瑚想起刚刚他跟保安大哥介绍自己是前女友，撇了撇嘴：“是啊，据说天天有人来堵你门口表白送花呢，这么快就把我这个前女友给忘了！”

她故意把那个“友”字咬得极重，像是在提醒他，他俩的关系其实还是带着点“亲友”关系的。

“嗯。”向堃点点头，仿佛十分认同，“说得很有道理，我无法反驳。既然咱们关系匪浅，我也可以勉为其难地收留你，只是……”

说到这里，他故意顿了顿，看着她紧张地咽了咽口水，才接着说下去：“鉴于这个前男女朋友的关系有些不合适，所以，我最多留你一周，下周我就要毫无人性地赶人了。”

他话虽说得无情，她却不难听出语气里的调侃和愉悦。

只是，愚钝如小白，根本听不出这话外音，只觉得这剧本走向有点不对，不是约法三章，然后在同一个屋檐下再擦出火花，堂而皇之地确定关系，最后完美大结局吗？！

第十四章

占有欲

我今天表现得这么好，你会答应让
我把“前女友”的“前”字去掉吗?

“桑桑，这走向不太对啊，你不是说向堃只是跟老关一样闷骚，我只要一提出来，他心里就肯定乐开花吗？”左珊瑚犹不死心，趁着向堃洗澡的时候，偷偷地跑到阳台上向新交的感情顾问吕桑桑打电话求助，“而且，我住的客房离主卧十万八千里，这哪像是‘口嫌体正直’的表现啊，这是口嫌，体也嫌！”

“你别急，再观察看看。”吕桑桑一边咬着苹果在床上翻滚，一边支招儿，“在我看来，向堃心里是爱你爱得死去活来的，只是，男人别扭起来比小孩子还可怕。所以，你得主动出击，他们看似手持盾牌在抵御，其实那就是纸糊的，一戳一个洞，别怕，上吧！”

左珊瑚挂了电话心里还是七上八下的，但是，想到刚刚吕桑桑的话，她又给自己灌输了一次“一切傲娇派都是纸老虎”的思想，这才气势汹汹地闯了过去，拧开浴室门，不顾一切地冲了进去。

向堃愣愣地看着眼前紧闭着双眼、脸色憋得通红的人，有点莫名其妙：“你尿急？”

左珊瑚眼睛都不敢睁开，开口时声音抖得跟风中的残叶一样：“啊，我……我不知道你在里面啊，我不是故意冲进来的！对不起，我看到了不该看的，不过，你放心，既然看光你了，那我就会对你负责的！”

说到后来，她竟然腰板也挺直了，底气也足了，嗓门都大了，十分理直气壮，只是脸上早已爬满红晕，如同傍晚的霞光一般。

此时早已将浴袍穿得严严实实的向堃，对着镜子将自己从头打量到脚，似笑非笑地看着她：“负责任？你确定？”

左珊瑚依旧没敢睁开眼睛，脸上的红晕却已然蔓延到了脖子，整个人像是一只煮熟的虾，却依然硬着头皮点头：“是的，我确定！”

下一秒，她就被一股强大而不容反抗的力量直接带进一个火热的胸膛，耳边响起戏谑又诱惑的声音：“啧啧，可真是热情如火呢……不过，怎么办呢？如果每个看过我洗脸的女人都嚷嚷着要投怀送抱、以身相许的话，那我得办个结婚证签售会才行呢。”

左珊瑚难得聪明了一回，领会到他话里的调侃之意，猛地睁开眼，见他衣衫整齐，只是脸上还有些没来得及擦干的水珠，当下她整个人就不好了……

“你……你……你不是在洗澡吗？！”她眼睛瞪得跟铜铃似的，一脸不敢置信的表情。

“怎么？”他依旧是似笑非笑的模样，“要我现在把衣服脱了配合你这煞费苦心的计划吗，左珊瑚？”

认识了二十多年，向堃喊过她左左、小白、笨蛋、傻瓜、蠢货……却很少很少喊她左珊瑚。他的声音本来就低沉、富有磁性，极为悦耳，这样故意放低了，字正腔圆地喊出这三个字，她听得心底隐隐起了一股酥麻和无法言明的悸动。

“哈哈，左左，你真是笑死我了！”吕桑桑知道她干的蠢事之后拍桌狂笑，根本停不下来，“我这辈子就遇上一个你这么好玩的人，不过，这种招数你都用上了，向堃都无动于衷？”

“是啊！”左珊瑚被人嘲笑习惯了，都产生抗体了，也不理会吕桑桑的嘲讽，只有满心的沮丧，“向堃简直淡定得丧心病狂，他根本对我没有感情，当初要娶我，也是迫于两家的压力而已。我就那么小小地拒绝了一下，现在就傲娇得不得了，根本不拿正眼看我。”

“向堃跟关应书一样一向高冷，听李四说，酒吧里经常有美人去搭讪关应书，他都直接闪人。人家姑娘得多可怜，一句话都没搭上，最后还得给他出酒钱，真是又酷又贱。”

这还真像向堃的风格。

“不过，这样的男人也是有优点的，一旦真的喜欢上一个人，就认定了。”吕桑桑摸了摸下巴，“以我这么多年对他们几个的了解，发现男人无论到多少岁，无论多成功，都摆脱不了幼稚、傲娇这两种属性。”

“所以啊，让他们原形毕露，其实有一个最简单粗暴的法子……”吕桑桑这么多年已经琢磨出了一套专治各种别扭总裁的法子，此时便对左珊瑚倾囊相授了。

左珊瑚听了直摇头：“这绝对是个馊主意，向堃的眼睛又准又狠，我是不是演戏，他一秒钟就能看穿，到时候，我就是那个死得最惨的人了！”

“死马当活马医吧，你不这么干，最后也是死路一条啊！”

“不行，不行，让我先冷静地想想！”

“向总最近好像心情还不错的样子啊！”秘书室里的午餐时间会话主题永远都与向堃的动向相关，新来的实习小秘书是个刚毕业的大学生，只负责日常的文书和整理资料工作，对这位大总裁真是痴迷得不得了，尽管几位“过来人”前辈一再好言相劝，她仍是一往情深得很。

“呵呵，我看未必，上回我看着他心情也好，所以放松了一下，结果因为一个记录出错差点被炒鱿鱼。”资深的秘书一脸“你真是太年轻了”的表情。

小秘书仍旧半信半疑，她觉得向总最近都是和颜悦色的，都没怎么训人，前些天她租的房子出了点事儿，他还特地放了她半天假去处理……

难道这份和颜悦色是她一个人专属的？

想到这里，小秘书脸上闪过一丝红晕，分神时听到桌上跟自己铃声一致的手机响起来了就下意识地接了起来。

“你好，哪位？”

左珊瑚听着那头陌生而年轻的女人的声音，心里咯噔了一下，现在可是午餐时间，向堃竟然跟一个女人在一起，而且还是不方便接电话的状态！

“你又是谁？”左珊瑚声音里有些情绪，听起来是来者不善的语气。

小秘书最近被几位前辈教导，领悟到做一个称职的秘书必须具备的条件就是临危不惧，无论遇上什么样的事情、什么样的人，都要先冷静，情绪不能跟着对方走，而是要不动声色地引导对方跟着自己的方向走。

所以，面对对方近乎质问的语气，小秘书十分淡定地看了看手机上的备注“前女友”，这才意识到自己接错电话了，手狠狠地抖了抖，声音也有些不争气地打战了：“不好意思，向总现在在开会，我是他的秘书，请问有什么能代为转达的吗？”

但是，想到电话那头的人是前女友，小秘书心里也莫名地有了一丝敌意，语气并不够恭敬。

只是，这不够有礼，还带着点颤抖的声音传到左珊瑚的耳朵里，那就是实打实的心虚了，顿时她只觉得心中一股无名火生起，啪的一声把电话给挂了。

开会，开什么会？！秘书，秘什么书？！

“大中午的，做什么头发、买什么衣服啊，我昨晚出通告累成狗，要补觉。”竺叶接电话的声音里满是疲惫，“不过，你要是准备从头到脚改造自己的话，倒是有个不错的造型师推荐给你。”

左珊瑚一边麻利地穿鞋出门，一边歪着脖子夹着手机：“好，那你发到我手机上，现在就要！”

“真是稀奇了，平时懒得出奇，天天扎马尾、穿牛仔裤的人怎么今儿个破天荒地要拾掇自己了？”竺叶好奇。

左珊瑚的声音都拔高了好几度：“要去消灭一切潜在的敌人！”

向堃会议结束的时候已经差不多下午一点半了，回办公室的时候，小秘书尾随进来，将预订好的套餐加热了放在他的桌上，犹豫了半晌，终于开口：“向总，抱歉，刚刚您的手机响了好几声，我就替您接了，但是，对方并没有留言。”

向堃接过手机扫了一眼记录，皱了皱眉。

顿时，小秘书的心提到了嗓子眼，要知道，向总一皱眉，整个公司都会震三下的。

不过，下一刻，他表情突变，眼角眉梢沾上了笑意：“没关系，但是以后别这样了。”

这样温柔的语气让小秘书一阵心花怒放，瞬间信心爆棚，掏出藏了很久的两张票：“那个，向总，这是最近新开的公园游乐园的门票，所有的项目都能免费玩，您周末有时间吗？”

向堃挑了挑眉：“周末倒是没时间，不过，下午的行程可以空出来，正好可以用来约会。”

小秘书心里再一喜，这难道是某种暗示？向总在邀请自己一起约会？还是那种紧张刺激的翘班式的？只是，心中的喜悦还没持续过三秒钟，她就听他再次开口了。

“那下午就辛苦你们了，这几份报表明早要用。晚上跟张董的约会推到明天，要签字的文件直接放在我的桌上就成，有急事可以直接联系我。”向堃一边整理桌上的文件，一边嘱咐道，而那两张门票早已被他收入囊中。

小秘书看看自己空空的双手，消化完刚刚听到的消息，觉得自己犹如被一桶冰水从头淋下般难受，却也只能默默地落泪，向总，您直接拒绝我不是更好吗？就这样抢走了我的票去跟别人约会，这真的是君子所为吗？！

“怎么，还有别的事？”他看着还站在跟前的秘书，略显不耐烦地开口，“这票的钱我会交代人事折算到你这个月的工资里的，以后别想着这些旁门左道，秘书的工作十分重要，想留下来的话，就好好干。”

小秘书吓得红着脸落荒而逃。

她刚开门出来就迎面遇上了全副武装的左珊瑚，左珊瑚看见她不太正常的脸色就猜到刚刚那个接电话的人就是她了，所以故意上前挡住她的路。

小秘书抬头看着眼前装扮精致、脸色不善的女人，猜想是向总的贵客，微笑着点头致敬，只是心里满是疑惑。每天进向总办公室的人都需要首席秘书跟总裁报告后获得许可才能放行，这女人又是谁，怎么竟然有这么大的面子？会不会是因为午休时间，秘书室没人值班，她就乘虚而入了？

想到这里，小秘书警惕了起来：“您好，请问您是找向总吗？”

“废话，来这里不找向堃，难道是找你的？”左珊瑚穿着十二厘米的高跟鞋，只觉得整个人都快要站不稳了，只是，她心里明白，这时候只有拿出气势，才能打倒敌人，所以腰板挺得更直了，声音更显得有气势了，居高临下地看着小秘书，“你又是谁，新来的实习秘书？”

“向总并没有吩咐，请问您有预约吗？”小秘书最近接待了不少来见向总的人，形形色色的都有，私底下也总结了些规律，比如，待人和善、彬彬有礼的都是贵客或者向总的朋友，教养和素质都很高，而那些一进来就趾高气扬或者目中无人的，都是被向总拒之门外的，抑或是难缠的桃花。

所以，她在心里推断眼前这女人肯定又是来纠缠向总的，而自己作为秘书的责任感上来了，于是不卑不亢地反问着左珊瑚。

左珊瑚心里惊叹这小秘书勇气可嘉，脸上一改刚刚的高冷，笑得十分可爱，眨了眨眼睛：“预约？那是什么东西，能吃吗？”

小秘书冷着一张公事公办的脸，“不好意思，没有预约，我是不能让您进去的，向总现在在忙，您请回！”

你这么严格，你家向总知道吗？！

左珊瑚偷偷在心里吐槽，正准备反击的时候，不经意地抬头就看见向堃斜倚在办公室门口，一脸看好戏的模样，丝毫没有上前帮她说句话的打算……

这样的渣男，她到底看上他哪点了呀，她心里抓狂，狠狠地瞪着他。

本来就是一对圆溜溜的葡萄眼，瞪起人来根本没有半点凶恶，反而更加可爱，满眼都是回转的流光，顾盼生辉。

只是，目光往下，他脸色就没那么好看了，穿着在膝盖二十厘米以上的短裙，再加上一双十几厘米的高跟鞋，更衬得她一双白皙的腿又直又纤细，让人垂涎不已。

想着路上有多少人瞄过专属于他的东西，他整个人就不好了。

“江秘书，你去忙吧。”他神色深沉，声音沉沉，“左珊瑚，你给我进来！”

傻子都能听出他声音里的不悦了，小秘书心里暗喜，让你擅闯禁地，呵呵，今天就是你的死期了。

只是，当揣着这份得意的小心思回到秘书室时，她却意外地发现前辈们都坚守在岗位上呢。心里有些不安，她抱着侥幸的心理凑上去问最和善的前辈Bunny：“刚刚进去的是谁啊，都没有预约啊？”

Bunny瞟了她一眼：“没人告诉过你，全世界的人要见向总都要预约，而只有一个人除外吗？”

“没……没有，莫非……”小秘书心里涌出一汩汩绝望的泉水来。

“就是你想的那样，刚刚那女孩是未来的总裁夫人，听说脾气跟向总一样臭，就一小祖宗，你就别撞枪口上了。在你之前，有个秘书能力极强，因为不明所以地把这个小祖宗拦在办公室外两个小时，最后直接卷铺盖回家了。”

小秘书顿觉后脖子一阵发凉，默默地开始收拾东西了。看来，下午的资料也不用整理了，她直接写封辞职信就行了……

“这个时间你来干什么？”向堃垂头一直盯着左珊瑚的腿，“还有，这是谁给你化的妆、选的衣服？李四家的叶子？来的路上没人围观你吗？”

“你怎么知道？”左珊瑚觉得他实在是料事如神，“来的时候，我遇上好几个一直回头看我，结果都撞电线杆上了，还有人偷拍呢！”

“可不是，明天微博的头条就是‘动物园园长，管好你家的猴子，别让它满大街乱窜了’，最近都没啥新鲜的头条，你可真是拯救了空虚沉寂的新闻界呢。”他冷哼。

左珊瑚后知后觉地听出他这是在讽刺自己，气得七窍生烟：“怎么，你是看我刚刚为难你心爱的小秘书，就这样迫不及待地为她报仇了吗？！”

“你希望我怎么回答你？”向堃不经意地翻出文件里夹着的两张游乐园的票，文件翻飞之间将其扫到了左珊瑚的脚边，假装没有注意到，“咦，这份文件不是已经签过了吗，江秘书怎么又送过来了？真是粗心。”

左珊瑚见他没注意，避着他的视线偷偷蹲下捡起那两张票，瞬间就明白了那江秘书送这份文件的司马昭之心了。不过，她可不是那种成人之美的君子，她要做的事情是棒打鸳鸯才对！

“你大老远过来就是要跟我贫嘴的吗？我下午也没有行程，要跟我来场辩论赛吗？”向堃瞥见她那一贯做坏事前眼珠子乱转的模样，觉得熟悉又好笑。

“我看起来是那么闲的人吗？！”她鼓起嘴，仿佛下定决心地扬起手里的票，“颜颜送了我两张游乐园的票，我看今天天气好，不去玩真是浪费。正好别的朋友都在忙，就你最闲，所以，找你打发时间喽！”

结果，因为心情大好，她转身的时候一个没站稳就崴了一下，好在办公室的地上铺满了地毯，摔下去也是软绵绵的，一点都不疼。

向堃看不下去了，直接把人拎起来往沙发上一扔：“你给我安安分分地待着，我还得有一会儿，忙完就出发。”

“那我能不能先点份比萨呀？”左珊瑚讨好地笑着，“刚刚在楼下看到对面商场新开了一家比萨店，今天榴梿芝心比萨全部半价呢！”

“我讨厌榴梿味！”向堃这辈子最讨厌的三样东西就是香菜、榴梿和处女座。

“喂？维家比萨吗？我要点一个八寸的榴梿芝心比萨，送到对面的大楼，四十三楼总裁秘书室就行了！”仿佛根本就没听到他的反对，左珊瑚已然点完单了，笑盈盈地看着他，“我还想点十寸的呢，既然你不吃，就点个小的喽。”

比萨店新开张，生意好得很，好半天才送过来，一起送过来的还有一套蓝色的运动服。秘书送进来，左珊瑚翻着运动服的衣领一脸费解：“比萨才不到一百块钱，竟然还赠送这么贵的运动服？这开业活动也是蛮拼的啊……”

秘书一脸被蠢哭的表情，那是我刚刚顶着烈日去给你买的好吗？！可是看到总裁大人那一副懒得解释的模样，她只得保持微笑点头离开。

“同样是秘书，这个就比刚刚那个舒服多了。”左珊瑚中肯地评价道，关键是她目光端正，对向堃没有任何非分之想。

榴梿就是这样一种嚣张又讨人嫌的东西，明明隔得老远，还是逃不过它的气息，向堃微微皱眉：“至少她不会明知我对榴梿厌恶至极，还偏要跑到我办公室吃榴梿比萨。”

“榴梿明明很好吃啊！”左珊瑚抗议，想起自己来的目的，故意切了块给他送过去，还按了他桌上的内线，“江秘书，麻烦帮我送杯金橘蜜柚茶过来，加冰块的哦！”

“要不要尝尝？”她凑近，把比萨递过去给向堃。

向堃一脸敬谢不敏的表情，偏过头：“再闹，我就连人带东西一块扔出去了！”

左珊瑚也不介意，她刚刚在沙发那就把鞋子脱了，光脚踩在地毯上，故意倚在他的桌上，慢腾腾地吃掉手上的那块，末了，还舔了舔指尖。隐约听见门外的脚步声，她脸上扬起自己都没意识到的坏笑。

“进来。”敲门声响起之后，向堃示意江秘书送进来。

左珊瑚把握时机，趁着向堃注意力集中在手里的文件上时忽然俯身，紧紧地抱住他的脖子吻了上去。

江秘书一进门就看到那春意盎然的场景，仰慕已久的总裁坐在大班椅上，而倚在桌上的左珊瑚两只手臂勾着他的脖子，整个人几乎都扑在他的怀里了。

江秘书默默地放下果茶，悄悄地离开了这一室带着淡淡榴梿味的甜蜜，只是心里却渐渐有苦涩蔓延了上来。她自然知道总裁最讨厌榴梿了，上回秘书室里有个人吃完榴梿刷了牙都被他发现了，最后直接将那人开除了，理由是，那人不懂得尊重别人。所以刚刚听闻左珊瑚订了榴梿比萨时，她心里甚至隐隐在期待着左珊瑚被赶出门的情景。

秘书室里的人都说左珊瑚是未来的总裁夫人，她却只是将信将疑，这样不自量力的女人，向总怎么可能会看得上？！只是，刚刚那一幕让她真正意识到了，这个叫左珊瑚的女人，对于向总来说，原来真的是独一无二的。

凭着一股占有欲作祟的冲动吻上去的左珊瑚，眼下却不知道该怎么收场了。她默默地拿开搭在他肩上的手，准备逃走的时候，她却被他微微一带，整个人被他抱了个满怀。

“怎么，干了坏事准备撒腿就跑？”向堃的笑容里带着危险的气息，舌尖带着淡淡的榴梿味儿，他竟然意外地觉得有点甜。

“怎……怎么会？”左珊瑚的脸上红通通的，总觉得唇上还残留着他的味道，下意识地摸了摸，“我早就说了，我是个负责任的人！诗里说，我把月亮戳到天上，那天就是我的；我把地踩在脚下，地就是我的；我亲吻你，你就是我的！”

“哦，是吗？”他一只手禁锢住她挣扎的手臂，吻了吻她的头顶，“那现在你的头发都是我的了，去剃了吧，做顶假发给我玩玩。”

左珊瑚无语。

两人到达游乐园的时候已经是下午四点钟的时候了，初夏，傍晚还带着未彻底远离的春寒，所以有些水上项目都早早地暂停了，最后只剩下鬼屋和划船这样的项目了。

左珊瑚坚持要去鬼屋，向堃虽然觉得无聊，也只能随她了。这些年一直在国外，回来的次数屈指可数，他甚至都没有陪她好好玩过，总归心里有些愧疚。

只是……

他看着正拉着鬼屋的工作人员鬼鬼祟祟地说着话的左珊瑚，扶额，果然是因为他没好好看着，才让这家伙越来越不像样子了。

左珊瑚回来的时候拉着他："我胆子小，好害怕呀！"

"可你的表情分明是期待又兴奋。"向堃毫不留情地吐槽她，率先走了进去，"走吧，进去看看到底有什么牛鬼蛇神。"

她兴致盎然地跟进去，假装害怕地拽着他的衣角不撒手，眼珠子却胡乱地转着。

鬼屋里都是蒙蒙的绿光，所有的东西都只有个朦胧的轮廓，看着的确有些瘆人。往深处走就渐渐有工作人员扮演的、张牙舞爪的鬼怪从转角处忽然出现，前面的女孩子吓得都要哭了，这时候就是男女朋友感情急剧升温的时候了。男人只要趁机搂住心爱的女孩，给她安全感，俘获她简直易如反掌，女人则顺势钻进身旁的男人的怀里，名正言顺地做小鸟依人状，引得男人保护欲大增。

真是下手的好时机啊，左珊瑚心里默默地为自己打气，这样一鼓作气地拿下他，以后就可以为所欲为了，想想就觉得未来简直美好得像榴梿一样啊。

这么边走边憧憬未来的时候，突然她的眼前白光一闪，一个面目狰狞、七窍流血的人像是从地底下冒出来一样出现在她的面前，伴随着凄厉的叫声。

向堃觉得自己都被吓了一跳，转头就去看左珊瑚。

她睁着圆溜溜的大眼睛，直勾勾地盯着那"鬼怪"，眨啊，眨啊，眨巴了好半天都没有任何反应。那"鬼怪"坚持了一下，见吓唬失败，耷拉着肩膀无精打采地离开了。

左珊瑚这才反应过来，整个人都跳到向堃的身上，八爪鱼似的抱着他："好可怕，吓死我了！真是太可怕了，嘤嘤……"

"左小白，你够了啊，人家工作人员为了配合你的恶趣味这么卖力地演出，你竟然都没反应，这会让他怀疑人生的。"

“我也不是故意的嘛。”左珊瑚有些委屈。

鬼屋攻略最终以失败告终。

出口的地方正好可以租赁自行车，傍晚落日的余晖洒在湖面，绕湖骑车最浪漫惬意了。

左珊瑚一秒钟就忘却了刚刚的挫折，重新打起精神拉着他去租了辆双人自行车。

“这最考验两个人的默契了，你在前面掌龙头踩踏板，我在后面配合你，我们绕着这湖转一圈吧！”左珊瑚费劲地把车推到他的跟前。

“我为什么要载着你绕湖一圈？”向堃问，“来游乐园是你约我来的，你要找我约会，我勉为其难地答应已经是看在咱们一块长大的情分上了，现在你还得寸进尺地要我载着你，这合适吗？”

他说得好像很有道理的样子，左珊瑚琢磨了一下：“那行，我在前面，你就在后面配合我吧！”

于是，许多人在滨海游乐园首度限量开放日的时候见证了这么一个神奇的场景，一对情侣沿湖观落日，娇俏可人的女孩在前面挥汗如雨地踩着踏板，而后面伟岸不凡的男人竟一脸惬意地赏着美景，偶尔还不满地催促着前面的女孩快点，再快点……

沿途的父母纷纷教育自己的闺女：“以后找男朋友，可千万别学这傻闺女，人不可貌相，有些人长得衣冠楚楚，可是人面兽心！瞧瞧那傻姑娘，可真是傻透了。颜控要不得啊要不得……”

小女孩一脸懵懂地点头，心里却在想，隔壁的小熊长得挺好看的样子，以后我还是要载他一起去上学的。

从游乐园回家的时候，左珊瑚已经累得在车上睡着了，向堃调高了车里的温度，看着她睡得香甜，嘴角忍不住勾了起来。她今天还真是挺拼的，只是，他哪里需要追，他的心从来就是她的。

到楼下的时候，他刚准备抱她回家时，她就醒了。刚睡醒的她双眼惺忪地看着他，见他要直起腰，下意识地拽住他的袖子，神情可怜巴巴：“我今天表现得这么好，你会答应让我把‘前女友’的‘前’字去掉吗？”

“盛老师，早上好，请你喝咖啡！”左珊瑚递过手里的咖啡，笑盈盈的脸上有些不怀好意。

盛君泽笑着接过来：“前些天连食堂的饭都吃不起的人，突然请我喝咖啡，总有种无事献殷勤，非奸即盗的预感呢。”

左珊瑚一脸震惊：“难道我已经成了影后？我一个表情，你就能领会中心思想？”

随即，她又喜滋滋地脑补：“那以后我上课都不用开口了，一个眼神、一个表情，孩子们就都懂了我的讲义内容？简直不能更棒了！”

早晨的阳光经过办公室玻璃的过滤，柔柔地打在了她快乐的脸上，让她整个人看起来像是个孩子，脸上细细的绒毛都让人看得清晰，仿佛都随着她的表情灵动烂漫了起来。

“既然有事相求，那只喝杯咖啡可能不够了，至少得请吃顿午餐，我才能考虑考虑呢。”盛君泽忍住想上前揉揉她脑袋的冲动，“学校附近新开了家法式餐厅，去预订位子吧，正好我也有点事要跟你谈谈。”

左珊瑚心里又在滴血了，为了追向堃，她可真是下了血本！等以后追上了，她一定要狠狠地讨回来！

想到这里，她又咬牙切齿，前几天她都那么拼了，骑车载着他沿湖绕了两圈，第二天腿都酸了，他竟然那样铁石心肠，毫不留情地拒绝了她的表白！

左珊瑚犹记得那晚的情形，本来他准备对她公主抱的，一听她这话，直接就把她扛在肩上，跟扛大米似的扛回家扔在床上了。

末了，他还留了一句：“革命尚未成功，同志仍需努力！”

她叹了口气，追向堃真是“路漫漫其修远兮，吾将上下而求索”的节奏啊！

所以她想了好几宿，觉得向堃这样的顽敌实在不易攻克，她下定决心，决定下一剂猛药！

“盛老师，盛老师？”

教务主任喊了好几声，盛君泽才回神，还慢了半拍：“嗯？怎么了，主任？”

“刚刚开会的时候就见你魂不守舍的，是遇上什么事了吗？”他虽是盛董事长的独子，却丝毫没有半点纨绔子弟的陋习，工作认真负责，待人谦和有礼，一向是学生和家长中人气最高的老师，所以，教务主任也是极为欣赏他的。只是，最近听闻盛董事长授意他接手家族生意，弃教从商，教务主任心里又是担心，又是不舍。他要是走了，学校多少芳心得碎啊……

光是喊着让教务主任做媒的就有好几个，上回教务主任自己的媳妇儿来学校见了盛老师就按捺不住了，也逼着他介绍给侄女，他最近愁得头发都白了。

盛君泽摇摇头：“这次市里来调研，我们年级的课程就安排左老师吧。”

“左老师？”教务主任皱眉，左老师是学校里出了名的问题老师，隔三岔五地弄出点动静来刺激他，去郊游把自己弄丢了，后来还惹得家长不满；发课本都能跟人打一架，真不是个让人放心的。

“左老师虽不如其他老师稳重，但是她上课时，我去听过，是最能调动学生的积极性的，课堂氛围很好，相比起来，其他老师的就略显沉闷了。”盛君泽解释道，“教育局的领导来调研，无非是想观摩各校的教学进度和状态。左老师班上的进度正好，学生的状态也不错，所以我觉得是最佳的。”

教务主任点点头：“只盼着她别在关键时刻出什么幺蛾子，她上课是不错，可是，我这颗心就得一直提着，久而久之，都要被吓出心脏病了。”

说到这里，他有些诧异了：“盛老师，你平时一向要求严格，怎么对左老师这样赞誉有加，学校里好些老师都比她优秀，也没见你夸过。”

盛君泽笑了笑，没言语，别人再好，终究不是她。

“主任，盛老师，不好了，左老师跟人在校门口打起来了！”

教务主任叹了口气，无奈地开口：“看吧，这惹是生非的本事，也不知道跟谁学的，都多大的人了，哪有点为人师表的模样？！得，咱们赶紧过去看看吧，我隐隐觉得头又疼了。”

盛君泽眉眼间也有些担忧，步子都迈得大了许多，腿短了些的教务主任都要小跑着才能跟得上。

好在是上课时间，校门口并没有送学生来学校的家长，教务主任总算是微微松了口气，可是心里也知道如今的人都是看热闹不嫌事儿大，网络的传播速度又快，要是遇上个有心人，他们四小又该上头条了。

校门口已经有十来个人围观了，只见左珊瑚一只手叉着腰，一只手指着前面那一群青年：“哈，好大的口气，这四小门口怎么就成你们这群地痞流氓的地盘了？！早就听说你们在这一块横行霸道好多年了，专门欺负我们学校的小孩子，今天我不趁机好好教训教训你们，我就不配在这里混了！”

那几个青年都是吊儿郎当的小混混，平时就在这附近以收保护费为名欺负弱小的人，以人多势众来作威作福，并不会多少拳脚功夫，刚刚跟左珊瑚略略交了手，吃了点亏，现在就有些迟疑了。

如今众目睽睽之下，他们进退两难，如果就此临阵逃脱，那以后他们的“一世英名”就毁于一旦了，再也没人对他们俯首帖耳、唯命是从了；如果硬着头皮上，瞧对面那个女人的架势，他们少不得要弄伤胳膊、破点皮了。

思量片刻，那混混的老大开口：“好，今天算你们走运，以后别栽在我的手里，否则，有你们好受的！咱们走！”

几个人扛着几根木棍，刚转身准备离开时就感觉后脑勺挨了一下，怒目圆睁着回头，就见那女人手里抓着一把小石子，得意扬扬地挑眉：“想逃，先得老娘点头了才行！”

那些混混是最爱面子的，刚刚是觉得能屈能伸才能干大事，可是现在如果再不正面迎敌，以后也不用在这一带混了！

“我本来是看你一介女流之辈，所以才礼让三分的，现在你得寸进尺，咱们哥几个也不必手下留情了！”那为首的一个示意，底下的人虽然有点害怕，却还是硬着头皮迎了上去。

教务主任看得心惊胆战，也怕左珊瑚应付不来，准备回身把门口的保安喊过来帮忙，却见一旁的盛君泽一脸淡然，没有半点担心，心下讶然。

“不用麻烦了，左老师收拾得了他们。”盛老师轻笑着，示意他，“不信，您瞧瞧。”

教务主任转头时就吓了一跳，对方个个手持武器、年轻力壮、来势汹汹，可也就半分钟的时间，局势已然反转，左珊瑚赤手空拳在须臾间便撂倒一大半，另外的一半看着她活像看见阎罗一样，吓得双腿都在抖着。

她也收了手，不屑地看着这群人：“刚刚那话轮到我来说了，以后再让我看见你们仗势欺人，到时候就让你们跪着走！”

一群人吓得屁滚尿流，直接跑了。

她这才转身，走向树下的两个孩子："赵斌，陈鑫，你俩怎么怕成这样？！以后还敢不敢逃课了？！"

两人闻言直摇头。

"那就好，以后好好上课，文化课上好了能跟坏人斗智，体育课上好了能跟坏人斗勇，知道了吗？！"

两人一脸受教的模样，胆大的那个一脸崇拜地看着左老师："左老师，那你以前是不是体育课成绩满分，文化课成绩零分？"

"你个熊孩子！"

左珊瑚领着两人回去就看见门口脸色铁青的教务主任，心下一咯噔，让两个学生赶紧回教室，自己却像个做错事的孩子，耷拉着脑袋走近，主动认错："主任，是我错了，我真的知错了，以后再也不犯了，回去就思过，写三千字的悔过书，周五就交给您！"

本来有一肚子气要发的教务主任，此时竟然半点也发不出来，冷哼一声，拂袖而去！

左珊瑚这才抬起头，眼里是藏不住的得意，哪里有半点悔过的意思？

盛君泽真是哭笑不得，忍住捏捏她脸颊的冲动，只是拍拍她的肩膀："太冲动了，门口就有保安，干吗还要自己来，今天他们只有六个人，要是十六个、六十个，你哪里对付得了？"

左珊瑚扬了扬手，不以为意："就是来六百个，我都不怕，邪不胜正！"

盛君泽垂眸就见她手臂上有一条近十厘米长的伤口，正有细细的血珠子往外面渗着，都沿着小指滴到地上了，她却仍旧未察觉。

他皱了皱眉，有点心疼地拉过来查看："受伤了都不知道？！走，去医务室上点药，现在天气热，发炎了可不好。"

校医上药的时候，左珊瑚才后知后觉地觉得疼了，坐在床上嗷嗷乱叫着。校医是老熟人了，调侃她："我在学校也待了十二年了，别的老师都是领着学生来，就左老师每回受伤的都是自己，这劳心劳力的精神可真是感人肺腑啊！”

“任老师，您就别笑话我了，我是真看不过眼，一帮草包占地为王就作威作福，今天不收拾他们，总有一天孩子们会吃大亏的！”

“行了，忧心天下的左政委，你就别乱动了，我给你消完毒、上完药，你就回去休息休息，现在天热，手上别碰水，每天都过来换药。盛老师，你看顾着点，这丫头记性差，回头又给忘了。”校医待她像是待亲闺女似的，也明白盛君泽的心思，瞟了他一眼，“愈合了再涂点去疤的药膏，也不会让某人担心了。”

盛君泽赧然，点点头。

任老师出去的时候，盛君泽就搬了张凳子坐在床边，观察着包扎好的手臂：“这有伤口，中午也不宜吃西餐了，待会儿去食堂喝点清淡的粥吧。”

当然好啊，左珊瑚心里为省了一笔钱高兴不已。

“你不是要找我帮忙吗？说吧，要我帮什么。”

左珊瑚嘿嘿地笑，难得地害羞了起来，未语，脸颊已红，过了半晌才开口：“盛老师，你……你有喜欢的人吗？”

盛君泽一愣，一时之间倒不知道该怎么回答了。他鲜少做无把握的事情，所以在开口之前一定要明确她的心意。现在，他要是答没有，以后可能就不会有这样的好机会了；可是，要是答有，就等于暴露自己了，那接下来无论怎样，他都只能在毫无把握的情况下表明心意了。

权衡之下，他不答反问：“左老师有喜欢的人了？是个怎样的男人？”

左珊瑚觉得脸上有点发烫，平时就算是跟吕桑桑、竺叶一块儿也没有直白地承认自己的心思，所以有点不好意思。

“看来，确实是个德才兼备的优秀青年了。”盛君泽试探着问道，“不然怎么入得了咱们左老师的眼？”

德才兼备？呵呵。

优秀青年？呵呵。

想到这里就心塞，左珊瑚一脸纠结：“并不，他基本属于德行败坏、衣冠禽兽那一列的。”

盛君泽被她的逻辑噎得一时语塞，“那你喜欢他什么？”

“因为我要拯救社会，这样的人渣，不能让他再祸害别人了。”

第十五章 被她俘虏

很高兴以这样的方式陪你走了这几年。再见，我的女孩。

“这件事，你得帮我保密啊！”左珊瑚下车的时候还不忘回头嘱咐盛君泽一声，这要是让学校的同事和学生知道了，自己的一世英名就算是毁了。她一直都觉得自己在学校的同事和学生面前的形象是正面又积极的。

只是回头的动作太大了，刚包扎好的手臂就又撞上了车门，她顿时疼得直吸气。

盛君泽忙下车拉过她的手臂，果然，伤口又渗血了，从纱布上隐隐透了出来。

“多大的人了，怎么总这样冒冒失失的，让人担心！”他又是生气又是心疼，语气也下意识地严厉了几分，像是在训斥不听话的学生。

“冒不冒失似乎都跟盛老师没什么关系。”不知何时出现的向堃将这一幕收入眼底，不动声色地上前拽过左珊瑚，拉至身后，也没忽略她手臂上的伤。

这一系列的动作简直男友力爆表，左珊瑚都忘了手上的疼，只痴痴地看着他的侧脸，做花痴状。

同为男人，盛君泽哪能不懂向堃这份霸道的占有欲，左珊瑚口口声声说着要追这个男人，眼下看来，这哪里叫追，不过是人家两人之间的情趣罢了。

掩下心底的失落，盛君泽点了点头：“左老师今天出了点意外，所以我送她回来。”说完，他看向左珊瑚，“你在家好好休息，记得伤口不能沾水，每天换药，不要再碰着了。你放心，答应你的事，我肯定不会反悔的，也会替你保密的。”

直到盛君泽走了，向堃才转过头来看着左珊瑚，也不说话，只是看着她。

左珊瑚一到他跟前就英雄气短。当然，她私底下称之为英雄难过美人关，本来仰着的头就渐渐地低了下来，最后差点埋进地底下了。

“是我错了，我真的知错了，以后再也不犯了，回去就思过，写三千字的悔过书，周五就交给你！”

“左珊瑚，你觉得我这么好糊弄？”向堃声音沉了好几分，越发让她心惊胆战，“你最好编个我可以接受的理由，否则，我不介意直接让左阿姨来教导你。”

“我坦白，全部坦白还不行吗？”左珊瑚哭丧着脸投降，亦步亦趋地跟在他的身后，把今天的事儿都讲了一遍，当然，省略掉了医务室跟盛老师密谋的事宜。

“啧啧，真是大侠啊！”她将事情讲完，两人已经进了家门，向堃颇为讽刺地开口，“你去做老师多可惜啊，依我看来，你连拯救银河系的雄心壮志都有呢。”

“你怎么知道？”左珊瑚有种遇上知己的兴奋，“我小时候的梦想就是拯救世界呢。”

向堃也懒得跟她贫嘴，从柜子里取过药箱就把她按在沙发:“别乱动，否则，我不介意把你捆起来！”

“你要干什么？”左珊瑚一脸警惕。

“帮你涂药！”向堃头也不抬，拆开她手上的纱布。

“这药治什么的？”

“专治各种中二病！”

“嗞——”左珊瑚疼得说不出话来了。

虽然涂的药都差不多，可是在医务室里左珊瑚象征性地叫了一阵也就消停了，但是现在他涂起来，她却觉得格外疼，所以开始还能忍着，后来就开始低低地哀叫，再后来疼得都呜咽了，泪水盈满眼眶。

向堃开始还带着气，可是看她泪眼汪汪，心里又软得一塌糊涂，手上的动作也轻柔了很多，语气更是温柔了许多：“好了，别哭了，包好了带你去吃狮子头。”

左珊瑚小时候也很调皮，常常摔了这儿、磕了那儿，偏偏又爱哭又怕疼，每次明明是自己顽皮，最后却哭得稀里哗啦，倒让气极了的左爸爸和左妈妈无可奈何了，最后总得他来了才能哄得住，一边给她擦药，一边承诺带她去吃狮子头。

这些旧日的记忆被勾了出来，左珊瑚倒是想起这一茬了：“你个大骗子！多少回说带我去吃狮子头，最后转头就忘了！”

“你也每次都承诺不会再犯。”向堃淡笑着包完最后一步，将她揽进怀里，声音罕见的低沉缱绻，“这回我真的带你去吃，你也真的不能再犯了。”

左珊瑚被蛊惑住了，傻傻地点头：“再也不犯了。”

“看来是真的意识到自己错了，态度还行。”向堃松开她，“那先去写悔过书吧，写好了就带你去吃。”

没两天，向堃送左珊瑚去学校的路上就又遇上那群混混了，这回场面大多了，乌压压的一群人守株待兔似的候着。

看起来最有威信的那个还叼着根狗尾巴草坐在墙头，见她过来了利索地跳下来，领着一大群人浩浩荡荡地过来了。

左珊瑚看着这么多人头，还真是咽了咽口水，吹牛皮的时候，当然是怎么大怎么吹了，真遇上了这场面，她还真不知道怎么应付。

她看向一旁的向堃求助，向堃一脸“你不是要拯救银河系吗，那就勇敢地上吧，少女”的表情。

好吧，她把向堃护在身后，一脸大义凛然的模样。

本来以为接下来会是一场恶战的，哪知她刚往前迈一步，那混混的头领就一脸崇拜地做了一个极具江湖义气的抱拳动作：“魏萌底下的人不识好歹，前些天无意伤了左老师，今天特来致歉！”

他说完这话，那天挨打的人从人群里鱼贯而出，依次站成一排弯腰致歉，场面一时颇为壮观。左珊瑚有点蒙了，一脸疑惑的模样。

“左老师，放心，以后有我魏萌在的一天，就不会允许咱们四小的人被欺负！”那自称魏萌的人长得浓眉大眼，声音粗犷，但是说话井井有条，“还请左老师大人有大量，不要跟我们这帮粗人计较！”

左珊瑚下意识地点点头，拉了拉身后向堃的衣角，“糟了，我看不懂这剧情走向了，怎么办？”

向堃相对来说要淡定许多，替她“嗯”了一声：“你叫魏萌？”

“对，围魏救赵的魏，萌萌哒的萌。”他一板一眼地自我介绍着，左珊瑚却忍不住扑哧笑出声了，作为一个黑道老大，取这样的名字真的好吗？

“行了，你们走吧，左老师要去上课了。”

那些人仿佛十分听话，一眨眼就消失不见，好像从来没有出现过似的。

左珊瑚目瞪口呆：“难道你花两天时间就征服了他们？不然，他们怎么会听你的号令？”

“我可没那么大的本事！”向堃沉吟，心里约莫猜出了几分，只是有些诧异，看来，他是小看了自己的对手了。

“行了，赶紧去学校吧，他们改过向善也是好事，说不定就是那天被你那花拳绣腿的功夫震慑到了，你也知道，这些混混‘三观’很容易摇摆，也是最讲义气的了，说了不会再惹是生非，你也别瞎想了。”

左珊瑚深觉有理，也点点头，自豪不已地上班去了。

向堃看着她昂首挺胸的背影，若有所思地打了个电话：“你帮我查一个人。”

“听说咱们教务主任要把自己的侄女介绍给盛老师，怎么办，我们的男神要遭到觊觎了？！”左珊瑚哼着小曲进办公室时就见几个老师扎堆八卦着。

“能怎么办，谁让你姑父不是教务主任。”另一个老师酸酸地开口，“再说了，上回校长都准备牵红线了，最后还不是被盛老师婉拒了。”

“盛老师也不小了，这么久都没见有过女朋友，难道是……”

这个开放的时代，于是大家都心照不宣地迅速懂了。

“你们放心啦，盛老师妥妥的直男。”

那日他俩交换了各自的秘密，她才知道原来盛老师也有暗恋的人，不过他一向清雅优秀，在整个学校的男老师中非常出众，竟然还要暗恋别人？

左珊瑚观察着办公室里的几个女老师，未婚的一共有四位，但是自己肯定不可能，张老师也有对象了，那目标人物肯定就在温老师和谢老师之间了。温老师是音乐老师，气质清雅柔和，声音也好听；谢老师爱八卦，但是今年刚毕业，十分开朗可爱……

她可不能让她们怀疑盛老师的取向。

“左老师，难道你知道什么内情？”张老师好奇得很，“我看学校就你跟盛老师走得近，你又这么说了，莫非是你俩……”

说完，张老师促狭地朝她眨眼。

左珊瑚忙摆手：“你们别误会，我可是有主的人了，跟盛老师没有半毛钱的关系！”

几位老师也是大吃一惊：“左老师，你藏得挺深嘛，平时看你就跟孩子似的，怎么这说脱单就脱单了？！之前那个出门要吃药的帅哥，你已经放弃了吗？”

“其实还没啦！”左珊瑚撑着下巴，有些懊恼，“还是那个，这些年虽然坚持吃药，可还是不见好。真是男人心，海底针，我追了他好久了，他都不答应，真是愁死我啦。”

一转眼几个人就七嘴八舌地帮她出谋划策了。

盛君泽倚在窗边看着一脸兴致盎然的左珊瑚，心里有些复杂的情绪蔓延开来。

他认识左珊瑚其实比她知道的要早很多，那时候她还在念高中，学校的运动会上她是接力赛的选手，而他当时在学校做志愿者当裁判，眼见她跑在最前头，以为是赢定了的，结果最后一棒的时候，她竟然糊里糊涂地把接力棒给了别的组的队员……

当时她还没意识到，传过去了就高兴地抱着同学直转圈。当时盛君泽就觉得这孩子挺有意思的，后来学校新来的实习生过来时，他第一眼就看到了她，脸上的活力一如往昔。

再后来相处起来，他才知道她的确是个有意思的人，抱着陪她玩玩的心思接近她，最后却是自己先陷进去了。

自己这就是不作死就不会死的典范了吧。

夏天到了，左珊瑚的主要课程都结束了，去了C师大研修。C师大离向堃的公寓近，她更是名正言顺地赖在他这里了，还偷偷地把开门的密码套到手了，完全拿这儿当自己的家了。

“杨大叔，我今天应该有个快递要到，很大件的那种，您帮忙签收一下。向堃要是先回来，您就转交给他带上去吧，谢啦！”她说完，骑着车一阵风似的走了。

门卫室的杨师傅叹了口气。

“当初我们还在猜测向先生条件这样好，该是多么夺目优秀的人才能配得上他啊！”他摇摇头，“真是白瞎了。”

“此言差矣，我瞧着那姑娘倒是个实诚的，虽然不够端庄大方，但胜在性子活泼，向先生本就少言寡语，如果再找一个和他的性子一样的，日子不免冷清了。我好几次瞧着他们两人一起回来，向先生一边牵着她，一边教训，倒也有几分意思。用我闺女的话说，这叫什么来着？”另一个大叔绞尽脑汁地想了半晌，才拍拍脑袋，说，“对了，叫反差萌！”

左珊瑚上午上完课后去食堂吃饭的时候，接到园子打来的电话。高考之后，园子去了北方的一个大学，毕业后也留在了北方，两人就偶尔在网上聊聊天，得知她过得还不错，还谈恋爱了，所以左珊瑚也跟着高兴了很久。

“怎么现在想到给我这个老朋友打电话了，我以为你都乐不思蜀了呢。”左珊瑚接电话的时候调侃道。

哪知道那边竟然传来园子低低哭泣的声音。

园子跟左珊瑚一样，也是大大咧咧的性子，很少哭，如今哭得这样伤心，肯定是遇上大事了。左珊瑚不免有些着急：“园子，你先别哭，告诉我，是不是出什么事了？”

园子抽抽噎噎了好半天才开口：“左左，我被劈腿了……”

左珊瑚愣了愣：“那你找那个渣男算账没？！”

园子被她的狠劲吓着了，过了好半天才缓过来：“左左，你说我回去好不好？当初我是因为他才留在这里的，现在也没什么值得我留恋的了。”

“当然要回来，不过，你别急，工作先辞了，玩两天，我周末飞过去找你，给你报了被劈腿之仇，扬眉吐气了之后，咱再回来！”

园子心里一暖，果然，只有老朋友最暖心了：“你过来，我带你好好玩玩！”

左珊瑚一整个下午都有些无精打采的，因为她想起了另外一个老朋友——她曾经的长腿叔叔 Jervis。也不知是在什么时候，她的长腿叔叔突然人间蒸发了，无论她怎么留言，对方都没再回复她，仿佛从未出现在她的生命中一样。

因为父母投身考古事业，忙起来是大半年都见不到人，她上小学和中学的时候常常跟着向堃，倒也不觉得孤单。后来向堃出国了，她就是一个人上下课，总归还是觉得有些孤单的，这时候 Jervis 出现的时机恰到好处，既像朋友一样听她说心事，又像长辈一样指引着她。可是，后来向堃回国了，他却莫名其妙地消失了。

现在想来，她总觉得哪里怪怪的。

晚上回家，左珊瑚就打开了自己的邮箱，因为这个是最开始用的交友邮箱，现在已经不怎么用了，她也已经一年多没有登录过了。

果然，里面躺着一封未读邮件。

发信人就是 Jervis，时间是在一年前。

内容只有寥寥几句话：

Sunny，是我功成身退的时候了，很高兴以这样的方式陪你度过了这几年。

再见，我的女孩。

祝生活顺利。

不知为何，她看得泪眼蒙眬。

向堃进门的时候就见她抬起头泪眼婆娑的模样了，以为发生了什么，连鞋子都来不及换，将人搂在怀里：“出什么事了？是哪里疼吗？”

左珊瑚摇摇头，只一拳一拳地捶着他的胸口，以发泄对他那些年缺席的不满。

向堃看向笔记本电脑上的内容，大概明白了，只是没说穿，任由她发泄着。尽管以另一个身份陪着她，可终究没有在她最需要他的时候出现，他自己都难以释怀。

只是发泄了一会儿，左珊瑚的肚子就发出了诡异的声音。

向堃低笑：“今晚柯姨家里有事不过来了，我决定亲自下厨做顿饭，不过爱哭鬼可没得吃。”

左珊瑚哭声迅速停了，眼睛眨巴好半天，把泪水憋回去：“我要吃糖醋排骨、红烧鲈鱼、杭椒牛柳、蒜蓉虾、红烧肉！”

“除了红烧肉，其余的都没材料。”向堃想也不想就拒绝。

左珊瑚看他是两手空空回来的：“可是，我看猪肉也没有啊！”

“眼前不就有一整头吗？”他回玄关换了鞋子，慢腾腾地回房，“现杀的口感更好一些。”

等他换了家居服、系上围裙进了厨房，左珊瑚才悟过来他刚刚的话，大叫着要去厨房报仇，可是走到门口，却不由自主地停下了。

这似乎是她第一次见他下厨，叮当猫的围裙围在他笔挺伟岸的身上竟然毫无违和感……厨房的光线柔和，软化了他平日的冷峻，平添了一份居家的暖男气息，真是……

左珊瑚抱着今天收到的机器猫大抱枕，靠着厨房门，痴痴地看着。

向堃准备转身指示她进来帮忙打打下手时，就被她这样子吓了一跳，忙抽了张纸巾过去，抬起她的下巴让她仰着头：“自己流鼻血了都没感觉到？”

左珊瑚还傻傻地看着他："我想摸摸你……"

向堃白了她一眼。

虽然最后上桌的菜全都不是她点的，她鼻子里塞着纸巾，瓮声瓮气地抗议着："番茄鸡蛋、西芹百合、干煸茶树菇……好不容易有个皮蛋瘦肉汤，里面竟然只有一丁点肉末！我们祖先拼命地走上食物链的顶端，就是为了让我们吃这些的吗？！"

"你可以选择饿肚子。"向堃本来是准备做几道她爱吃的菜，只是瞧着她都上火成这样了，所以半路就换了菜式。

有总比没有好，左珊瑚闷闷不乐地吃了一口，却发现意外的好吃。

"哇，你好可怕，竟然做菜技能都满点了？！老天爷肯定给你开挂了！"左珊瑚不满道，"这样的话，我也得增加一项技能跟你匹配了，不然，门口的杨大叔总说我配不上你。"

"跟做菜最匹配的技能就是吃了。"向堃替她盛了汤，"别担心，你的这个技能已经突破天际了。"

然后，左珊瑚就真的以风卷残云之势解决了桌上所有的菜，以至于两人并排着洗碗的时候一直打嗝，根本停不下来。

向堃给她送了杯水过去："喝一大口进去，别一口咽下……"

他话还没说完，她已经全吞了，他扶额："算了，再喝一大口，别一下子吞进去，分几次咽下去就好了。"

左珊瑚试了几次，还是没止住打嗝，反而频率越来越高了。他看着都替她难受，看来也只能用非常规的办法替她止住了。

她正准备接过他洗好的碗碟冲水时，眼前突然有个黑影罩了过来，下一刻嘴上就传来柔软温热的触感。

不过只有短短的三秒钟，向堃就撤离了，这个吻轻得像是蜻蜓点水，她回过神来的时候，手里的碗碟又掉进水槽里了，只得重新洗一遍。

“你在做什么？”她心里狂喜，难道他终于被她俘虏了？！

“别多想了，只是人工止嗝的方法而已，跟人工呼吸是一个道理，毕竟救人一命胜造七级浮屠。”他淡淡地解释，继续将手里洗好的碗碟递过去。

“呃——”左珊瑚接过来的时候又打了一个嗝，过两秒又一个，她哭丧着脸，“好像没有完全止住呢，呃——”

“别装了，这样故意打嗝会弄坏嗓子。”向堃一秒识破她拙劣的演技，顺便挖苦了一番，“本来就是个破喉咙，再坏就没人跟你愉快地聊天了。”

“突然想起一个冷笑话。”左珊瑚丝毫没有被戳穿的窘迫，“你知道谁是世界上最聋的人吗？”

“破喉咙？”向堃顺着她的思路猜道。

“你竟然连‘喊破喉咙都没人理你’这个梗都知道了？！我不服，再来一个！”左珊瑚歪着头想了想，“为什么马路上车子和行人都要靠右行？”

向堃想了想，笑着摇头。

“因为菩萨保佑啊，哈哈！”左珊瑚一个人趴在洗碗池边笑得直不起腰来，向堃见她笑得开怀，也被她感染了，捧了把泡泡就直接涂在她的脸上。

她愣了愣，迅速反击。两人在厨房里你追我赶，最后双双累倒在沙发上。

左珊瑚突然想起小时候跟他在院子里打雪仗的事情，她动作没他快，每回雪球还没捏好，脑袋或者屁股上就挨了一下，又冷又疼。最后她不依，结束战斗后都会偷偷揣个大雪球放在口袋里，准备趁着他不注意的时候反击。

最后……最后的结果是，她还没找到机会，雪球就在兜里融化了，她穿着湿了半边的裤子冻得直发抖。

想到这么多年陪在身边的一直都是他，左珊瑚心里难得地生出些感慨来，她爬到他身边半跪在沙发上，好奇地问：“我好像一直都没问过你留学时候的事情，那时候你一个人在国外，过得怎么样啊？是不是很辛苦啊？”

她在家里好歹不愁吃不愁喝，柯姨每天换着花样给她做各种好吃的，大笨早上送她到门口，园子和吕桑桑陪着她逛街。可是他不一样，他在人生地不熟连家常菜都吃不到的地方独自求学，现在厨艺这么好，也是被生活逼的吧。

左珊瑚蓦地有些心疼他，想把他抱进怀里。

这是他回来后左珊瑚头一次关心他，让他心里掀起了一阵巨浪。

这些天，他一直都不答应左珊瑚的原因只有一个，他担心她以为的喜欢，只是单纯的依赖，是日久形成的习惯。

可是现在，他能轻易地窥见她眼底心疼他的情绪，看来，他心心念念这么多年的小姑娘，是真的开窍了。

猝不及防地，他将她揽进怀里，抚着她的脸，心里是巨大的欣喜，面上却仍是淡淡的：“嗯，很辛苦，常常被那些快餐恶心得想吐，可是论文太多，根本没时间做饭，那时候我就很怀念你做的、黑乎乎的蛋炒饭。跟那些快餐比起来，那就是顶级的美食。”

“那我以后天天做给你吃。”

“好。”他笑着吻她的头顶，“刚到那里的时候，没人跟我说话，除了上课和买东西，我都没说过一句多余的话。”

“那我以后天天陪你说话。”左珊瑚鼻子酸酸的，反手紧紧地抱着他，企图给他温暖。

“好。”他笑意渐深，“刚到宿舍的时候是双人床，可是没人愿意跟我一起睡，都在嫌弃我、歧视我。”

“那我以后天天陪你睡，嗯？”左珊瑚下意识地接了话，却突然觉察到不对劲，顿时怒目圆睁，“向堃，你耍我！”

向堃的笑意从胸腔里传出来：“好，咱们先去医院看看我爸，再回来陪我睡吧。”

第十六章

表白

左珊瑚慢慢地感觉到了他的变化，比如，呼吸变得粗重了，胸膛的起伏更明显了，再比如……

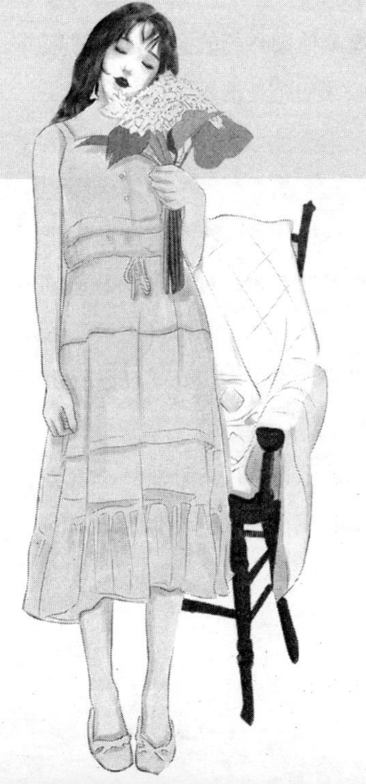

在医院休养了一阵，向爸爸的身子已经恢复了很多，再住上一个月观察观察就可以出院了。左珊瑚看着不辞辛苦、事事亲力亲为的向妈妈，一阵阵感动。

她以前只觉得向堃对自己好，现在却突然明白，爱原来是相互的。向爸爸心里深爱着向妈妈，所以躺在九死一生的手术台上有浓浓的不舍，凭着这个，顽强地挺了过来；而向妈妈也是因为这份爱变得坚强，变得有信心等下去。

回来的时候，左珊瑚一个箭步冲进自己的房间，翻箱倒柜地找着。

向堃知道她这说风就是雨的性子，也不管她了，径自去洗澡了。只是出来的时候，他却见她双手背在后面，笑盈盈地看着自己。

“怎么？要我替你洗澡？”

“你个流氓！”她亦步亦趋地跟着他进房间，“向堃，我现在发现自己原来有把尚方宝剑，可以迅速把你追到手！”

“哦？”向堃突然转身，左珊瑚直接撞上他硬邦邦的胸膛，感觉鼻子又要出血了，不过扶着他的时候趁机揩油摸了一把他的腹肌，隔着浴袍，手感都好到爆啊。

“于是，你打算用尚方宝剑了？”

“并不！”左珊瑚正气凛然道，“要是这样，我就沦为霸道总裁的恶俗路线了，我要另辟蹊径，先让你见识到我的魅力，对我念念不忘，一日不见就心痒难耐，然后就非我不可了！”

“脑洞也是蛮大的。”向堃点点她的脑袋，“那你想好了自己能让我念念不忘的魅力是什么了吗？”

“我心地善良，坚强勇敢，才华横溢，能歌善舞，内外兼修。”左珊瑚犹自摇头晃脑，“还有最重要的一点，我长得这么漂亮，身材又这么好，哪有男人不被我吸引？！”

“算了，我觉得你还是用尚方宝剑胜算大一点。”向堃直接无视她，走了过去。

左珊瑚不满地看着他，一个女人被质疑了身上的魅力，那可是件很严重的事情！

周末的时候，左珊瑚要赶去园子所在的D市，所以定了周五晚上的机票，在家里整理行李的时候，向堃正好赶回来了。

“你在做什么？”

“快，送我去机场，两个小时后的飞机，我快赶不上了！”她火急火燎的，下班的时候因为一个学生家长来晚了，所以她等了很久，现在再不麻利点，就真的要误点了。

向堃抓住她的手腕：“这么晚了，要去哪儿？”

“忘了跟你说一声了，园子被劈腿了，我要赶过去帮她教训她前男友，再把她给带回来。”左珊瑚难得言简意赅了一次，“算了，你刚下班也累，早点休息，我打车过去了。”

只是出门的时候，她才发现小行李箱被他拉住了。

她脸上又是急切又是疑惑。

“这么晚了，我不放心，明早我跟你一块儿过去。”向堃的语气是不容置疑的，“这里过去也就一个小时，不会耽误你什么事的。”

“不用了，你有什么不放心的，上次你不是看见了吗，我连整条街的混混都征服得了！”左珊瑚不以为意。

她固执起来一向是十头牛都拉不回来，向堃只得妥协，打电话让秘书订晚上到D市的机票，拿起玄关的钥匙跟她出门。

“你也要去？”

“你要过去惹事，难道我就眼睁睁地看着？”向堃开了一整天的会，有点累，揉了揉眉心，“走吧，再晚就真的赶不上了。”

飞机却在即将降落的时候遇上了气流，震荡的幅度非常大，左珊瑚被惊醒的时候发现自己正被向堃抱在怀里，护着脑袋。

“没事，遇上强气流了。”向堃的声音带着稳定人心的力量，“闭上眼睛，一会儿就到了。”

飞机遇上强气流是常有的事情，本以为过两分钟就好了，哪知D市的天气不稳定，飞机在经过云层的时候被雷电击中了。

这样白花花的一道光闪过，所有的乘客几乎都被吓着了，机舱里顷刻便骚动了。空乘人员在广播里用冷静而沉着的声音一遍又一遍地提醒乘客系好安全带，到底起了安定人心的作用。渐渐地，大家都安静了下来。这种时候，除了相信空乘人员，没有别的选择了。

左珊瑚紧紧地抱着向堃，低声道歉：“对不起，要不是我太任性，你也不会跟我一起遇上危险。”

“我倒是庆幸跟你一起来了。”他默默地想着，如果是一个人在C市提心吊胆地等着，才是更大的煎熬。

“我现在一点也不害怕，可是，如果飞机真的出事儿了，如果我们真的难逃一劫了，我就只有一个心愿未了。”她一脸期待地看着他，“你能完成我这个心愿吗？”

她的话刚说完，飞机又是一个侧身，如果不是系着安全带，整个人恐怕都要飞出去了。

向堃的下巴搁在她的头顶，轻轻地“嗯”了一声。

她一喜：“太好了，那你夸夸我，这么多年，你就只会损我，从来都没夸过我！”

向堃想了想，开口：“夸。”

左珊瑚彻底放弃。

飞机安全降落时，所有的乘客在机舱里沸腾了，有欢呼的，有因为劫后余生喜极而泣的，更有紧紧相拥的人……

唯有左珊瑚这一对，她气呼呼地拎起自己的行李，也不理他，径直走在前面。

向堃也不阻拦，慢慢地跟在后头，看着她朝气蓬勃的姿态。他宁愿她被生气掩盖住害怕的情绪。

园子跟左珊瑚从大一假期聚会之后就再也没见过面了，这几年里，她一改当时的运动服、短发的模样，留着披肩的长发，一身灰白的连衣裙搭配银色的宽腰带，大方又干练，十分知性，只是眼睛下面的乌青泄露了最近不佳的状态。

两人一见面了就抱头痛哭起来，左珊瑚其实没什么好哭的，纯粹是陪着她入戏了，哭着哭着就起劲了。

向堃扶额看着两人：“现在是凌晨，你俩这样肆无忌惮地在机场大厅里抱头痛哭，是件很没有公德心的事情。”

两人这才分开，在去酒店的路上，左珊瑚终于知道了整件事情的来龙去脉，听完之后，简直咬牙切齿。

园子的男朋友叫丁成蹊，两人是大二时认识的，开始是朋友，那时候丁成蹊刚失恋，初恋抛下他出国了，园子一直陪在他的身边。最后两人顺理成章地在一起了，甜甜蜜蜜地谈了三年恋爱，园子也因为他留在了D市。

可是，现在他的初恋女友突然回来了，死乞白赖地追着他跑，成天去他公司勾引他，最后还成了同事。

结果在一次公司聚餐的时候，丁成蹊被灌醉了，醒来的时候就发现跟初恋躺在一块儿了，初恋哭哭啼啼地要他负责，他扛不住美人落泪的情形，就回家找园子提出分手了。

左珊瑚颇为不齿：“就这样的渣男，你竟然还想留着过年？！你告诉我他们在哪儿，我这就去给你讨个说法！”

园子哭了一场，心情也恢复了，此时摆了摆手，道：“算了，我已经放下了，他们以后爱干吗就干吗去吧，已经跟我无关了，犯不着为了他俩脏了自己的手。”

“你想得开就好，男人就没一个好东西！”左珊瑚跟她同仇敌忾地吐槽着。

向堃默默地心塞了一下。

晚上左珊瑚自然跟园子住在一个房间，刚商量着用什么方法惩罚那两个劈腿的人才能既出了恶气又不会违法，向堃就过来敲门了。

左珊瑚刚开门，他就递过一沓资料：“这是我让人整理的丁成蹊和金弯弯的资料，知己知彼，才能百战百胜，你们自己研究研究吧。”

园子一瞬间就被向堃攻克了，捧着脸做花痴状：“以前每次听你提起他都是一副恨得牙痒痒的模样，我还以为他长得又丑又猥琐呢，结果竟然这么帅！关键是还这么有男友力，这么宠着你，我都嫉妒了！”

“他呢，你就不要想了，已经是我的囊中之物了。不过，你回C市，我倒是有个不错的人可以介绍给你。他是我们学校的老师，又帅又体贴，性格比向堃要好几百倍，简直是居家老公的首选！”

“那你选他，把你家向大哥让给我好了。”

“那可不行！”

“他比向堃好那么多，怎么不行了？”

“向堃再不好，也只能是我的；盛老师再好，也不是我的！”

“是啊，哪怕那人再不好、再渣，那也是我的！”园子垂下头，“我有时候在想，可能心底那仅剩的一点留恋和不舍，只是不舍得我在他身上浪费的时光吧。”

“既然不舍，那咱们就变本加厉地讨回来！”

两人对着资料研究了一宿，发现这丁成蹊竟然是个隐形的富二代，园子气得咬牙切齿：“坐拥什么千万资产，每天早上懒得起床，还要我头早餐伺候，房租也是我出，水电、物业费也是我出，养了他这个小白脸三年，现在告诉我他是个富二代？！我的心情简直……”

她一个激动，脏话都要喷出来了。

左珊瑚看着看着，发现了一些端倪：“这金弯弯明显是目的不纯，你看，她在留学的过程中已经跟很多男人有纠葛了，其中有一个就叫丁成瑞，是丁成蹊的二哥，现在华瑞集团的首席执行官。”

“你的意思是，金弯弯勾引丁成瑞未遂，转而无节操地勾引丁成蹊去了？”

“很有可能。”

“我为曾经跟这么蠢的男人谈过恋爱而羞愧，大脑预备启动定向记忆格式化功能。嘀……格式化成功！”园子忽然站起来，“我已经什么都忘了，从明天起又是一条好汉了！”

左珊瑚语重心长地开口：“园子，药可别停。”

其实，这些资料里面猛料非常多，随便挑出几条都能让金弯弯翻不了身，可是，黑暗里园子却开口：“其实我没有那么恨丁成蹊，只是怕他被骗了而已。”

“感情上被背叛，是这世界上最让人难过的事情，我经历过，却不希望他再经历一遍。”

声音到后面有些呜咽了，左珊瑚知道她肯定哭了，只是，这时候也只能让她痛痛快快地哭一场了。眼泪就是最好的成长饲料，一次一次落的泪水，灌溉了成长的旅途。

清晨的第一缕阳光照进来时，园子和左珊瑚已经全副武装准备去跟金弯弯打擂台了。临出门时，左珊瑚去敲隔壁向堃的门，准备喊他去助阵时，却怎么也得不到回应。

他的手机明明在房间里，却一直都没有人接听。

她心里突然慌得厉害，忙让服务员开了门，冲进去，眼前的一幕让她双腿发软，再也没法往前走一步了。

向堃一脸沉静地躺在床上，嘴角还带着微笑，只是，园子告诉她，他再也不会睁开眼睛了。他那依旧英俊无比的脸上没有任何生机，那硬实安全的胸膛，也没有了任何起伏……

“在飞机上遇上气流冲击震荡，过分的刺激导致颅内肿瘤破裂，引发周边血管跟随破裂，颅内大量积血，引发脑神经坏死，最终身亡。”

医生进来，残忍地告诉她这一切的罪魁祸首原来是她，是她亲手杀了他的……

左珊瑚只觉得自己像是被扔进了一片深不见底的大海里，她一直往下沉，渐渐地，手脚开始无力了，慢慢地无法呼吸了……不过，这样更好，她可以早早地去陪他了。

左珊瑚从噩梦中惊醒的时候，发现酒店的窗帘被拉得严严实实的，房间里一片漆黑，她这才意识到自己刚刚是做了一个可怕的梦，灭顶的绝望和自责像潮水一样向她涌来，她失去了他，失去了那个比自己还重要的他……

这样的感觉，她这辈子不愿意再感受第二遍了。

想到这里，她抓过床头的手机，趿着拖鞋轻手轻脚地出了房间，来到他的房门口，拨了他的电话，这才发现已经是半夜三点钟了。

铃声刚响起，他就接了：“怎么了？”

“我在你的房门口。”左珊瑚听到他的声音时鼻子一酸，下一秒眼前的门就被打开了。她愣愣地看着眼前赤着胳膊、围着一条浴巾的他，微微皱着的眉头，不断眨动的眼睛，随着呼吸频率翕动的鼻翼，起伏的胸膛……

左珊瑚毫不犹豫地抱住了这个鲜活的人，泪如雨下。

向堃感觉到她的身子在微微发抖，胸口有温热湿润的液体：“做噩梦了？这回梦到什么了？你考试得了零分被左叔叔从三楼的窗户扔下去了，还是自己跟一只霸王龙交换了灵魂？”

大概是从小脑洞太大的缘故，她总是做些稀奇古怪的梦，被吓醒的时候就抱着枕头去找他，断断续续地给他讲梦见了什么，然后哭上一阵就又睡着了，第二天就忘得干干净净。

可是，这一次左珊瑚只字不提，只一直摇头，抱着他死活不撒手。

他很无奈，她耍起赖来简直是个小霸王，他只得搂着她一起睡了。

“怎么，这次的噩梦比之前的都要可怕吗？”

他顺着她的肩膀抚摸下去，她这才慢慢地止住了哭声，点点头，开口的时候，声音十分沙哑：“这是我这辈子做过的最可怕的梦了，我现在都不敢闭眼睛了。”

说完，她比刚刚更用力地抱住他，恨不得将自己整个人都融进他的怀抱里，他却因为她的动作脊背一僵。

他浑身上下就只穿着短裤，左珊瑚的睡裙也是夏季薄款的，现在两人紧紧地抱在一起，他几乎能透过这薄薄的衣料感受到她肌肤的温度和曲线，而她的大腿，此刻因为她的动作，堪堪抵在了他两腿之间……

左珊瑚慢慢地感觉到了他的变化，比如，呼吸变得粗重了，胸膛的起伏更明显了，再比如，大腿上好像有硬硬的东西戳着她了……

“如果不想明天起不来床的话，你最好放开我。”向堃慢慢地开口，声音低沉到不可思议，还带着隐忍和暗哑，性感得一塌糊涂。

她不是三岁的小孩，自然明白现在的情况，只能松开他，假装睡着了，若无其事地翻身朝着另一边。听到浴室里响起水声，她才敢睁开眼睛，脸上微微发烫，觉得有点害羞，只能悄悄把自己整个人埋进被子里。

两人相处到现在，最大的尺度还只在脖子以上，这突然的亲密接触让两人都有点措手不及，向堃更是有些把持不住。在洗手间里洗完冷水澡之后，他就犹豫着，房间里有两张床，他该睡哪一张？

不过，好像某人比他更不好意思呢。

房间里的动静都消停了，左珊瑚还没感觉到身旁有人躺下的痕迹，她微微掀开了一点被子，呃，没看到人？她再掀开一点，咦，他去哪了呀？不会是走了吧？！

她一时急了，将整个被子都掀开，坐起身来……然后就看到坐在旁边床尾的向堃了。他抱臂微笑，挑眉看着她：“怎么？点了火之后，自己也睡不着了？”

左珊瑚赶紧躺下装死，准备再把被子蒙上时为时已晚，他像一尾灵活的鱼一样钻了进来，与她纠缠在一起，蛊惑的声音在耳畔响起：“刚刚那么热情地投怀送抱，现在倒是害羞了？”

她与他呼吸相闻，吐纳之间全是他霸道的气息，惹得她心跳得极快，整个人都像是要自燃了一样，浑身滚烫：“我才没害羞呢！明明是你……是你先丢盔弃甲的！”

他再次开口，声音却变得极度危险：“看来，我还没给你科普一下，在某些特殊时刻，说男人不行或者丢盔弃甲是要付出代价的……”

左珊瑚浑身战栗着，却不再是因为刚刚从噩梦中惊醒的惧怕，而是有几分激动，有几分期待，也有几分紧张。

“好了，不吓唬你了，赶紧睡吧，明天不是还得跟人家斗智斗勇吗？”尽管因为感受到她甜美气息，心里又开始蠢蠢欲动，向堃也明白现在时机未到，她迟早是属于他的，但不是此时，也不是此地。

他这回全身睡袍裹得严严实实的了，左珊瑚在他怀里不着痕迹地松了口气，但心里竟然隐隐有些失落。

向堃捕捉到她的细微动作，调侃道：“你看起来很失落的样子？”

“你才失落！”她反唇相讥。

他恍然大悟：“是啊，我可真失落啊。”

“你走开！”

不过，因为这个插曲，左珊瑚将上半夜的噩梦倒是忘得干干净净了，下半夜窝在他的怀里，睡得香甜至极。

而向堃已毫无睡意，只是看着陷入梦乡的她，直到天际泛起鱼肚白。

第二天，园子看向左珊瑚的目光里全是暧昧，撩着她的衣领看了许久，没看到任何痕迹，才终于败下阵来：“你们竟然真的是一晚上盖着棉被纯聊天？！”

左珊瑚点点头：“这不是很正常吗？”

“才不正常！”园子戳着她的脑门，一脸恨铁不成钢的表情，“没有哪个男人不是下半身思考的动物，如果一个男人跟你睡一张床一整晚什么都没干、什么反应都没有，只有两个原因！”

“什么？”她不习惯D市的传统早餐，吃了几口就放下了，虚心求教。

“第一，他不喜欢女人；第二，他不行！”

想到昨晚的情形，她压低了声音，红着脸问道：“那要是有反应了，最后却什么都没干呢？”

园子想了想：“要么不爱她，要么很爱她。”

左珊瑚自动将情况归为后者了，瞧着桌上的早餐又顺眼了一点，多吃了几口：“丁成蹊跟金弯弯今天在哪里啊？”

“我哪知道啊？”园子翻白眼，“丁成蹊是出了名的宅男，平时放假的时候只会宅在家里打游戏，八匹马都拉不出去。”

左珊瑚目光幽幽地看着她的背后，语气凉凉的：“我觉得金弯弯可能相当于九匹马。”

园子心里有了不好的预感，顺着左珊瑚的目光看过去，果然，那对不要脸的人不辞辛劳地跑了大半个D市来这里吃早餐了。

“看你这表情，真是他俩？”左珊瑚掏出包里的资料翻了翻，两人跟照片上的出入不大，丁成蹊属于那种眉眼清秀的男人，而金弯弯就是最容易让人产生怜惜感的瓜子脸大眼美女了。

“真是冤家路窄。”左珊瑚端着手里喝不下的温豆浆，起身朝二人那边走了过去，只是在经过他们桌的时候脚却不小心绊了一下，整个人都扑向了刚坐定的金弯弯，而没盖好的豆浆自然悉数泼到了她的身上。

这番动静不小，很快店里的人都围了过来，左珊瑚一脸歉意，手忙脚乱地掏出纸巾给金弯弯擦身上，尤其是擦到胸口的时候更是狠狠地擦着。金弯弯疼得叫了起来：“你有病吧？手上没轻没重的！”

“又不是真的胸，也会疼吗？”左珊瑚一脸天真，向堃昨天给她的资料上真是事无巨细，连她去医院做了几次什么手术都写得一清二楚。

金弯弯瞬间火冒三丈：“你说谁不是真的呢？！”

左珊瑚也不怕，伸手戳了戳她的鼻子和下巴：“也很疼吗？”

金弯弯被惹急了，反手就抓住她的手腕：“你没事吧？再这样，我可不客气！”

园子本来觉得十分丢脸，准备开溜的，现在见左珊瑚被欺负了，顿时也忍不下去了，上前甩开金弯弯的手：“你准备怎么不客气啊？我在这儿等着接招呢！”

金弯弯见她俩是一伙的，顿时乐了：“我说是谁呢，一大早就扰人清静，原来是手下败将啊！怎么，都过了好几天了，还耿耿于怀呢？！”

一旁的丁成蹊眼神根本就不敢跟园子对上，只拉着金弯弯：“行了，走吧，咱们换个地方吃吧。”

“为什么要换啊？！她俩合起伙来欺负我，我就该这样忍气吞声吗？！”

丁成蹊一脸无奈：“那你要怎么样？”

“她俩跟我道歉，或者我也泼她们一杯水！”正说着，金弯弯就顺手拿起了桌上的那杯冷水准备动手了。只是，左珊瑚时刻准备着，手也快，劲也大，这一出手就直接将金弯弯举起的手腕擒住了，并改了方向，于是那一杯水也就毫无悬念地泼到她自己的头上了。

金弯弯回过神来的时候，鼻子都气歪了，扑过来就准备跟她俩撕扯。

左珊瑚三两下就擒住她的双手，反剪在她的身后，让她动弹不得，话却是对着丁成蹊说的：“这个女人从头到脚没有一处是真的，心更是黑成炭了，你竟然为了这样一个女人放弃园子，这会是你这辈子做的最后悔的决定！”

丁成蹊丝毫没有因为金弯弯喊疼而分半点目光给她，只是终于抬头看向她身后的园子，表情里似是藏了千万句话，开口却是最简单的一句：“园子，对不起。”

园子这一刻突然笑了，拍拍左左的肩膀，示意她放开金弯弯：“不用，祝你和你的女朋友白头到老。”

左珊瑚知道园子这回是真的释然了，心情也跟着好起来。

“D市的空气挺好啊，难怪把你养得这么漂亮！”

“我这叫天生丽质难自弃！”园子反驳，“走，带你去岛上吃海鲜！对了，你家向帅呢？”

“不许你这么喊他！”左珊瑚霸道地开口，“他好像有个老朋友在这边，所以今天去见见人家。”

“老朋友？男的女的？”园子再次耳提面命，“这样的男人，你可得看好了，一不留神就被人抢走了，到时候，你哭都没地方哭！”

“你是不了解他，但凡了解他的人，都不会喜欢这样的变态的，都说酸儿辣女甜变态，当初向妈妈怀他的时候，就超喜欢吃甜食！”左珊瑚放心得很。

只是，话说完才半天工夫，她就被打脸了。

D市的海产十分丰富，且花样繁多，很多人来玩都会坐船去离岛上吃正宗又新鲜的各式海鲜。本地人招呼外来的朋友也会去离岛，比如，园子带着左左，比如，向堃的老朋友也带着他过来了。

“那老朋友绝对是个女神好吗？目测至少一米七二，看人家那笔直的美腿，看人家那优雅出尘的背影，跟向帅站一块真是绝配！”园子津津有味地评价对比着，“你顶多一米六五，短胳膊、短腿的，跟向堃站在一起，就只能用‘呵呵’两个字来形容了。”

左珊瑚瞪着她：“不能愉快地玩耍了，再见！”

“你也别太气馁了，你也有你的优点。”园子意识到自己落井下石得太狠了，赶紧挽救。

“比如呢？”

“武力值满点，可以随时抱着男主角在樱花树下转两圈？”

“你可以圆润地滚了！”

因为不远处的两人，左珊瑚根本就无暇顾及桌上的美食，只是用菜单挡着脸，慢慢地向那桌靠近，想听听他们在聊什么。

她心里十分气闷，向堃接了电话就说要去见个老朋友，竟然没说是要见这样一个大美人，实在是有做贼心虚的嫌疑！

那大美女气质真是太好了，和气场强大的向堃在一起，竟然毫无违和感，实在是让她又嫉妒又羡慕。不过，为什么她隐隐觉得有种熟悉感啊，好像在哪里见过呢？

因为只顾着盯着那两人，连撞了人都没意识到，她只能转身向那桌的人赔礼道歉，直说“对不起”。

“左老师？！”一个不可思议的声音突然响起，她抬头一看，竟然是盛君泽，心里不由得吐槽，世界真小，怎么大伙儿都齐聚在这弹丸之地了？

她压低了声音：“盛老师，你也来这儿玩吗？”

盛君泽看了眼她背后的那桌，瞬间就懂了，示意她到自己旁边来，可以做掩护。

左珊瑚猫着腰走过去，用菜单挡着脸，跟盛君泽低声交流：“我来这里接个朋友，你呢？”

“我是来谈生意的，桌上的都是我朋友，你要不要跟他们打声招呼？”

左珊瑚怕被发现，只露出一双圆溜溜的眼睛，才发现桌上有四五个男人，纷纷都向她投来好奇的目光。

“大家好，我是盛老师的同事，我叫左珊瑚。”

众人用狐疑的眼神看向盛君泽，他笑着开口，用她根本听不懂的方言解释完，大伙儿看向她的眼神却变得更奇怪了。

左珊瑚也懒得追究了，见向堃无意识地往这边偏了头就吓得心脏都要跳出嗓子眼了，于是问盛君泽："你能问问对面的那个人能不能听到斜对面那桌上的人在说什么吗？"

盛君泽摇摇头："他们听不懂普通话。"

"那你怎么懂他们的语言的？听起来简直是外星语。"她反正是半个字都听不懂。

盛君泽看着大海微笑："因为我就是在这座岛上长大的啊，我现在的父母是我的养父母，十三岁将我接走的，我亲生父母是谁，没人知道。"

"前些天听谢老师说你准备辞职，就是想回这里吗？"左珊瑚一边注意观察着向堃和那美女的动静，一边跟他心不在焉地聊着。

"原本是打算永远留在C市了，可是发现那里没有我留恋的东西了，所以就想回来，回到我长大的地方。"

"怎么没有你留恋的东西了？！你不是还暗恋着咱们办公室的老师吗？难道她不值得你留下来吗？"左珊瑚不满，"还有我们这些朋友，那些爱你的学生，你都准备抛弃了吗？"

那边向堃埋完单起身朝海边走去，美女也理了理衣衫，提着裙摆追了上去，这蓝天白云的背景里，一对金童玉女的背影真是又好看又刺眼。

左珊瑚双手撑着桌子，愤然起身准备追过去，手腕却突然被盛君泽抓住了。他一如既往笑得温柔："你知道我刚刚是怎么向他们介绍你的吗？"

她一脸疑惑。

"我告诉他们，你是我心爱的女孩儿。"盛君泽说这话的时候声音很淡，看着她的眼神却很深情，"那左老师，你告诉我，你愿不愿意我留在C市呢？"

明明他的手只是虚握着她的手腕，她却觉得自己像是挣脱不开一样地僵住了。她从没想过他喜欢的人竟然是自己，也从来没想过他留不留下取决于自己的态度。

准备过来凑热闹的园子听到这番话简直惊呆了，忙掏出手机打报告：向帅，我是园子，我和左左跟你在一个岛上。你别往那边走了，快回来，左左要被别的帅哥抢走了！

左珊瑚这辈子没被这么正儿八经又深情款款地表白过，要是放在以前，她肯定十分感动，然后拒绝他，可是现下有些进退两难了。

答应了吧，那是不可能的，她早已心有所属；拒绝吧，到时候学校里的老师和学生知道盛老师是因为她才走的，那她岂不是要成为千夫所指？！

她正纠结着该怎么回应时，刚刚走远的向堃竟突然折身回来了。他走过来不由分说地拉过她的手，目光淡淡地看向盛君泽：“盛老师，你这是强人所难。”

左珊瑚想到向堃刚刚跟美女那么亲密，心底就有一股无名火蹿上来，想把手抽出来，却发现被他攥得死死的，根本没法甩开。

盛君泽也不像往常一样回避向堃的目光：“上一次送左老师回家，我没有对她表明心意，心里就有些后悔。这一次能在这里偶遇，就是一种缘分，我们D市人十分看重缘分这个词，既然有缘分，我就一定会争取。”

“什么时候轮到你说了算了，你喜欢她，那是你自己的事，留不留下，也是你自己的事，把这个困难的选择留给她，你的这份喜欢可真让人感动。”向堃语气里满是嘲讽。

“我要的是左珊瑚的答案，而不是你的。”盛君泽不卑不亢地还击。

园子在一旁围观得热血沸腾，这么狗血、恶俗的桥段，竟然勾起了她的少女心，简直太让人激动了！她恨不得跳上去采访一下夹在中间的左珊瑚的心情！

只是，将“镜头”转向女主角的时候，园子惊得下巴都掉下来了，亲，两个优秀的男人在为你唇枪舌剑，你却悠闲地坐在那儿吃海瓜子是怎么回事啊？！

左珊瑚一大早跟人斗勇去了，没顾得上吃，准备来岛上饱餐一顿，却摊上这么一堆事儿，早就饿扁了。左手一直被向堃拽着，她也懒得管了，由着他俩斗去吧，自己先吃饱了再说。

那两个男人都不是几岁的小毛头，不过斗了两句就歇了。向堃坐在左珊瑚边上帮她剥虾，只是他将剥好的虾放进她的碗里，她却不领情，视而不见。

她其实在等他主动开口解释，解释为什么会跟一个女人双双来这岛上，还亲密得跟恋人似的。她默默地盘算着，只要他开口解释了，她转身就跟盛老师说清楚。

他也在等她拒绝，拒绝盛君泽的心意，只要她先拒绝了盛君泽，那剩下的不过是两个人之间的事情，都不算事儿。

可是，谁都不肯先退一步，一时间，这几个人仿佛在进行一场心理上的博弈，而现在正处在互相胶着、僵持不下的状态。

这一场预期完美的海鲜盛宴，大家几乎是不欢而散。回程的时候，船上人很多，风浪也大，所以颠簸得厉害。左珊瑚不习惯坐船，被颠得直作呕。身体不舒服，加上心里也不舒服，她到底没忍住，一个人跑到船尾一边吐，一边哭。

园子准备上前去劝，被盛君泽抢先了一步。他温柔地将外套披在左珊瑚的肩上。而她下意识地回头寻觅向堃的踪影，却发现他跟那女人正在船头浓情蜜意呢！

园子说得对极了，昨晚什么都没发生的原因原来是他不爱她，她却自作多情地误以为是他太爱她了。她真是太傻、太天真了！

“你心上人好像有点不高兴了，你不准备去哄哄她？”冷安安调侃道，“八成是误会咱俩了。”

向堃朝那个方向看了一眼，正好瞧见盛君泽给左珊瑚披外套，脸色更差了。

“要不，我替你去解释一下？”冷安安有点担忧，“这还没回去就跟未来总裁夫人处不好，以后被排挤了可怎么办？”

“让人事部给你租了公司旁边的公寓，三天时间搬家安顿自己应该够了吧，下周三办入职手续吧。”

“喂，你好可怕，我已经后悔被你开的条件诱惑了！”冷安安一脸被吓得不轻的模样，“不过，你们团队也都是精英中的精英，怎么还大老远地非要把我挖过去呢？”

“因为有个项目需要你来指导。”向堃眺望远方，“是我上学的时候的一个想法，我记得那次的论文，你的跟我的理论很相近，所以，由你来执行会事半功倍。”

“那你干吗不自己来？”

“我有另外的事情要做。”

“我知道你是学霸，习惯什么事都亲力亲为，可是，感情的事跟管理公司和撰写代码是两码事。”冷安安有点同情左珊瑚了，“工作中需要隐藏情绪，可面对感情大可不必。吃醋不是件丢人的事情，我看你那心上人也是小孩心性，很单纯，这样的女孩子很好哄。感情里应敌之策千万种，走为下下策。”

“你倒是多有心得。”向堃眼神晦暗不明。

上岸的时候，左珊瑚脚踩在地上，才终于觉得有些踏实了，只是心里有气，拉着园子说不回酒店了，要去园子家帮忙收拾行李。

“可是，我的行李已经打包好寄回C市了。”

“那我们出去玩，去泡吧、跳舞、唱歌，我才不想回去面对那个让我上火的人！”左珊瑚打定主意不跟他一块回去。

“可是，我看那美人跟向帅是一个方向，你这不是给了她鸠占鹊巢的机会吗？！”园子规劝，“左左，你不了解，无论多大的男人，骨子里都是有些幼稚的，平时越是不动声色、沉稳持重的男人，幼稚起来就越是要命。”

“明明是他不对在前，难道还要我去低声下气地求和，这怎么可能？！”左珊瑚愤然，“而且，就算他现在过来跪地求饶，求我回心转意，我都不想看他一眼！”

话音刚落，她就见向堃往这边走来了。

她梗着脖子，眼睛瞅都不瞅他：“你过来干什么？！”

“早上出门的时候，房卡放你那儿了。”向堃盯着她，开口，“而且，你的钱包在我的房间里，早上忘了带出来，你们要出去玩，不准备带上吗？”

“当然要带上！”左珊瑚粗鲁地把房卡扔给他，“园子，你等着我，我马上下来，待会儿我们一起去看火辣的脱衣舞！”

“你也不用等了，一时半会儿是不会下来了，我先走了。你帮忙转告一声，以后我要在她男朋友手底下讨一口饭吃，让总裁夫人务必手下留情。”冷安安留下一句话就缓步离开了。

D市的夜色十分明朗，园子一时也不困，准备去酒店后面的花园里走走，转身的时候却瞥见转角处有个模模糊糊的身影，待慢慢靠近了，才发现竟然是个熟面孔。

“你在这干吗？”她双眼紧锁着跟前的丁成蹊，“怎么，早上我欺负了你女朋友，你伺机准备来替她报仇？”

“我听说你要回C市了？”丁成蹊的语气有些不稳。

园子闻到一股浓浓的酒气，皱眉：“我回不回C市都跟你没关系，倒是你，大半夜来这撒什么酒疯？！”

“园子，我想你了。”丁成蹊慢慢地靠近她，因为背对着光，脸上的神色看得并不真切，但是整个人的颓丧之气扑面而来，“你能等等我吗？最多三个月，我一定给你一个交代。”

啪！园子毫不留情地给了他一巴掌：“你这个疯子，以后不许出现在我的面前！你以为我是什么，是你招之则来、挥之则去的玩物吗？！我告诉你，从我们分手的那一天起，我就跟你没有任何瓜葛了！”

优柔寡断，拖泥带水，没有丝毫杀伐决断的果敢，这样的男人，她过去竟然喜欢了三年，真是瞎了眼！

酒店的房门一开，左珊瑚就窜进去了，翻箱倒柜地找了半天，站在向堃的跟前质问道：“你把我的钱包藏哪儿去了？”

向堃怎么会没看到她进门时的小动作，心里所有的情绪瞬间消失殆尽，只剩下无尽的欢喜。他步步紧逼，她节节败退，最后被他困在手臂和墙之间，无处可逃。就这样毫无预兆地被“壁咚”了，她的心一阵乱跳。

她不敢直视他的眼睛，只得低垂着眼眸，双手藏在背后，无辜地眨了眨眼睛，长长的睫毛浓密又卷翘，像是把小扇子一样挠着他的心，让他心里顷刻柔软如水。

“找不到了吗？”他故意凑近她的耳朵，温热的气息惹得她浑身轻颤，“我明明记得出门的时候把它搁在床头柜上了，难道是我记错了？”

左珊瑚拼命地点头。

“那可真是糟了，难道你的钱包丢了？那你现在岂不是身无分文，没法出去看脱衣舞了？”

他靠得越来越近，左珊瑚脑子里的糨糊似乎就越来越多，根本没法反应，只得继续点头。

“都是我的错，害你没法看脱衣舞。”他像是十分愧疚，“作为补偿，那我就亲自跳给你看，怎么样？”

左珊瑚已经只会点头这一个动作了，点完了之后，才去分辨他话里的意思，却惊得猛然抬头，好巧不巧正遇上他低垂的头，嫣红柔软的唇被他精准地攫住。她不想逃，也逃不开……

这并不是两人第一次接吻，却是左珊瑚第一次因为他的靠近而眩晕。她只是下意识地紧紧攥着他腰际的衣服，感受着他攻城略地般的入侵。

原来撑在墙上的手慢慢地改为揽住她的腰，将她搂得紧紧的……

向堃本来只存了逗逗她的心思，哪知她的滋味竟然这样甜美，轻而易举就让人迷了心志，沉溺当中，不可自拔。感觉到她几乎都要呼吸不过来了，他才微微放开她，只是仍旧不愿松开，一边示意她别忘了呼吸，一边沿着脖子渐渐往下吻去。

左珊瑚被刺激得鸡皮疙瘩都起来了，感觉骨头都酥麻了，人也站不住了，歪倒在他的怀里，哪知因为紧张，手里还攥着他的衣摆，这样整个人重心下落，竟然把他衣服的扣子都弄开了。

这个意外让她傻眼了，她呆呆地望着他赤裸的胸膛，半晌说不出话来。

向堃的笑意根本藏不住：“我家小白可真是个急性子啊……”

左珊瑚看着镜子里脸色红扑扑的自己，心跳得更加不规律了，赶紧掏出手机求救：“桑桑，怎么办，怎么办？我现在整个人都不好了！”

“讲重点。”

“我今晚要跟向堃睡一块儿了，可我没什么经验，求支招儿，在线等，急！”

“你俩不是从小一块儿睡大的吗？”吕桑桑费解，“去年折腾到今年，向堃还没把你吃到嘴，这进度真是慢得让人想哭。”

“因为今晚是我准备吃掉他，所以来找你支招儿。”左珊瑚紧张得心都要跳出嗓子眼了，“万一他觉得我不行，嫌弃我怎么办？好担心啊！”

那头吕桑桑一脸黑线：“你拿错剧本了吧？女人不行……是怎么个不行法？”

“那姿势呢？”左珊瑚根本没意识到这话题的尺度，“都有哪些姿势啊？都怪我这些年没有多研究几部片子，真是一点经验都没有啊！”

吕桑桑果断把电话给挂了，跟左小白聊天真考验人。

左珊瑚万事俱备地拉开浴室门出去时，就见向堃正站在窗边打电话，窗外是万丈霓虹，越发衬得他长身鹤立，迷人至极。

她蹑手蹑脚地靠近，猛地从背后抱住他，准备吓一吓他，哪知道被提前看穿了，直接被他拎小鸡似的拎进怀里。

“她也在这里，好，我会好好照顾她的，嗯。”电话那头应该是向妈妈，左珊瑚踮脚抢过他的手机，“向妈妈，我是左左。”

“这才几天工夫，连自己亲妈都不认了。”左妈妈痛心疾首，“这闺女完全是替老向家养的了。”

“妈？你打电话给向堃干吗？”

“我闺女已经不认我这亲妈了，我还不能找我女婿啊？”左妈妈控诉，“你俩都多大的人了，别磨叽了，我跟你爸和老向家两口子商量好了，等老向出院，就开始给你们筹办婚礼，这可是一件喜事。”

“啊？”信息量有点大，她一下接受不了，“妈，你们是不是有点操之过急啊？我俩还没确定关系呢，我也没向他求婚，怎么这剧情就到结婚那儿了？”

“还在说什么胡话呢，堃儿都跟我们说了，你就别再给我瞎折腾了。”左妈妈叹了口气，“也幸好是嫁给堃儿，我跟你爸才放心，这要是换个人家，我们还真不敢嫁了。”

“您还是我亲妈吗？哪有人这么嫌弃自己闺女的？！”左珊瑚倚在他的怀里，半娇半嗔，“不过，您说得也对，除了向堃，我也不想嫁给别人。”

向堃微微收紧她的腰，惹得她低呼一声。

“又怎么了，撞在桌角上了？”左妈妈唠唠叨叨的，“你向伯伯身子骨不大好，出院了应该会提前退休，你以后在家可不能这么咋咋呼呼的，早点生个孩子，让孩子陪陪两位老人家。”

“知道了。”左珊瑚听不下去了，直接转移话题，“你跟爸在家注意身体，早点休息吧，我好困，要睡觉了，晚安！”

向堃也简短地说了几句就挂了电话。

左珊瑚在他的怀里转过身，眯着眼冷哼：“你能简短地跟我解释一下眼下咱俩的进度吗？我怎么觉得跟几位家长的理解有不小的出入呢？”

“哪里有出入了？”他随手将手机扔到一旁的床上，俯下身就含住她的耳垂，“我一一给你解释。”

左珊瑚刚洗完澡，裹了浴袍，皮肤犹带着沐浴后的红晕，十分敏感，耳垂又是特别敏感的区域，被他这样一挑逗，又觉得双腿发软了。

“我俩现在的进度是，我在拼命追你，你却死活不肯答应我做你的女朋友，是吧？”她想起刚刚的情形，不敢再抓他的衣服了，伸手环抱他的腰，用力收紧。

“嗯。”因为她的动作，他的身子僵了一瞬，接下来她的动作却更肆无忌惮了。他长臂一伸，拉拢厚厚的窗帘，将她的浴袍脱至手肘处，整个白嫩的香肩都裸露了出来，让他呼吸停滞了片刻，随即变得粗重起来。

左珊瑚觉得这样被动不是自己的风格，于是依葫芦画瓢也开始替他脱衣服：“可是，按我妈的……理解，我们是下个月……就能直接办婚礼的进度了，是吗？”

向堃被她的热情取悦到了，继续“嗯”了一声，配合着她脱掉自己的衣服，再一个横抱直接将人扔到床上，随即俯身过去。

“可是……这不矛盾吗？”左珊瑚觉得随着他火热的唇舌在她身上游走，有种奇异的感觉也在身体里流窜，搅得她根本无法思考。

“一点也不矛盾。”他低着头俯瞰身下的人，一双剪水眸子里氤氲着雾气，有流光婉转，极为勾人，让他所剩无几的耐心消磨殆尽。

接下来，左珊瑚经历了一个漫长的夜晚，新世界的大门不断地被打开，好几次她都企图反客为主，最终都被强行镇压，再次被他吃干抹净！

两人折腾到大半夜，第二天左珊瑚醒来的时候都接近中午了。她睁眼的一瞬间，所有的疼痛和酸软像是潮水一样向她袭来，她低呼了一声，发现自己连起床的力气都没了。

昨晚的事情记忆犹新，她目露凶光，这一夜的仇，她迟早要报！总有一天，她会像女王一样将他压在身下，让他求饶的！

“醒了？”向堃从外面回来，将手上的外卖搁在桌上，俯身连人带被子抱了起来，“还疼不疼？我抱着你去洗漱，吃完了直接去机场跟园子会合。”

“你昨晚为什么那么恶劣？！”左珊瑚从被子里伸出一只手臂，接过他挤好牙膏的牙刷塞进嘴里，含混地质问他，看到自己露出来的胸口上红痕累累，觉得亏大发了，“我一直在喊停，喊着不要，你简直就跟聋子似的，只知道横冲直撞！我现在觉得腰都快断了！”

“你怎么连这个都不知道？”向堃给她科普，“一般女人在特定的时候喊着‘不要’‘停’，其实就是‘不要停’的意思。这种时候，有些话应该反过来理解的。”

“真的？”左珊瑚瞪着眼睛，感觉又被打开了新世界的大门，“那万一真像我昨晚那样，想喊停呢？”

“那就喊‘不要停’，这样反着来，我就能懂你的意思了。”他谆谆教导。

左珊瑚点点头，恍然大悟，原来这里面还有好大一门学问呢。

第十七章

我愿意

接过她的手的瞬间，他心里满足得像是得到了全世界。

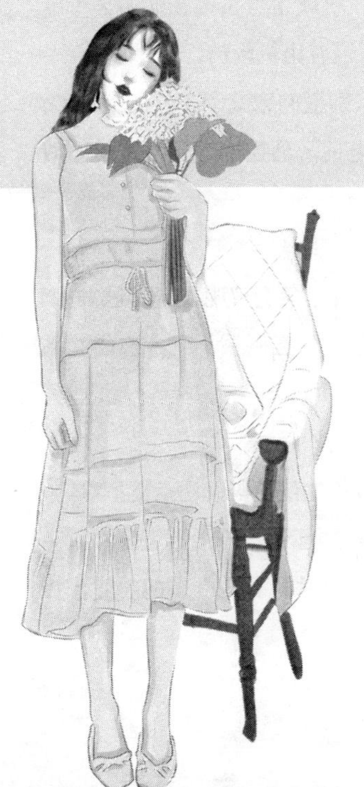

他们到机场的时候，园子看着左珊瑚大热天脖子上还裹着丝巾，忍不住促狭地嘲笑她：“说好的再也不搭理呢？你简直就是个打脸狂魔！”

左珊瑚挥挥手，一脸往事不可追的表情，昨晚以惨败告终，叫她如何有颜面去面对江东父老？！

不行，她一定要尽快翻身，一雪前耻才行！

“走吧，该登机了。”托运了要带回去的特产，向堃上前牵着她的手往登机口去了。

园子默默地望着两人的背影，一阵艳羡。她也渴望得一人心，白首不相离。可是，这样的福气，也只有左珊瑚这个傻子才摊得上吧。她一个人在D市读书找工作，早已经被社会锻炼得市侩而精明，做任何决定之前都会再三权衡思量，哪里还有左珊瑚身上的那股为爱奋不顾身的冲劲和勇气？

大概是昨晚确实累着了，左珊瑚一上飞机就歪着头倒在他的怀里睡着了。飞机降落了，她都没醒，最后还是被抱着出机场的。

被手机铃声吵醒的时候，她已经在向家别墅的床上了，天都快黑了。她打开床头灯，发现是学校谢老师打来的电话，估摸着是公事，也不敢耽搁，赶紧接了起来。

“谢老师，怎么了？”

“左老师，咱们年级出事了，正准备召开紧急会议呢，赶紧过来。”谢老师语气有些着急，“对了，盛老师那里我一直联系不上，你能联系得上吗？”

“我试试看，会议是几点钟，我马上过去。”

“晚上七点钟，你赶紧过来吧，我听教务主任的语气还是挺严肃的，看来不是小事。”谢老师说完，急匆匆地挂了电话。

左珊瑚试着联系了一下盛老师，对方一直关机。在D市的时候，后来她发了短信拒绝了他，但是，也表达了希望他能继续留在四小的想法，后来就再也没有联系他了。

匆匆赶到的时候，她发现整个年级的老师都到了，却完全不似以往热闹，气氛十分肃穆，仿佛一根绷得紧紧的弓弦，一触即发。

教务主任大致讲了下具体的情况，周五晚上，年级有三个学生并未归家，其中有一个是出了名的问题孩子，常常夜不归宿；一个是父母离异跟有些痴傻的爷爷奶奶住在一块儿，也没人发现；还有一个是C市二把手的小公子，晚上十点钟，家里人发现他没回家，以为是躲在哪个网吧里玩，就派人去他经常玩的地方找了，周六又找了一整天都不见踪影。到目前为止，三个孩子已经失踪超过四十八小时了，公安部门已经立案调查，但是学校出了这样的问题，是必须给出一个交代的。

现在的孩子都是独生子女，都是家里的宝贝，家长在选择学校的时候考虑师资是一个方面，但更重要的是安全保障。如果学校没法保证学生的安全，那家长根本不会考虑。

教务主任脸色十分严峻：“现在紧急把各位老师召集起来，也是希望能够集思广益，看看三个孩子周五的情况，能不能为搜索做点贡献。”

这三个孩子分别是一班、六班和七班的，倒是没有左珊瑚班上的，不过，周五的时候，她走得晚，所以此时也帮着想想，看能不能帮上忙。

“我周五下午离开教室的时候，已经是六点钟了。下楼的时候，我经过一班教室的门口，当时门都是锁着的，也并没有什么反常的现象。”左珊瑚继续回忆着，“不过，我回办公室的时候，盛老师还在，他说要去巡查一圈，不知道他有没有什么线索。”

“那是左老师最后一次见盛老师吗？”教务主任追问。

兹事体大，左珊瑚也不敢撒谎：“我周末的时候去了趟D市，在那里也遇上了盛老师，盛老师说D市是他的故乡，所以回去看看。”

教务主任顷刻变了脸色：“盛君泽的个人资料里，籍贯一栏上写的是C市，怎么又变成D市了呢？”

这无疑是一个深水炸弹，一时会议室里的人都窃窃私语了起来。左珊瑚知道她们在怀疑什么，却半点也不肯相信。

虽说有可能是绑架案，但是，都这么久了，还没接到绑匪的电话，所以具体情况大伙儿都不清楚，也不敢轻举妄动，只能挨个录份口供，企图能从中找出蛛丝马迹。

忙完的时候，已经接近午夜了，左珊瑚跟别的老师都不同路，只能独自回家。路上的时候，她心里一直记挂着这件事情，走路都有些心不在焉，是以，被从旁窜出的黑影袭击后脑勺时，还来不及反应，她就眼前发黑，晕了过去。

向堃从D市回来的时候，公司正好遇上点棘手的事，所以，放下左珊瑚就赶往公司了，忙到半夜才算松了口气。刚回到家，他却发现左珊瑚不见了。

茶几上留了张字条，说她去学校开会，晚点回来。

他打了一圈电话，终于了解到学校出什么事了。他想起前不久让李君城查的事情，就拨了电话过去，过了好半天，那边才接起电话。

他问：“上回让你查的人情况怎么样了？”

“大哥，再怎么着急，也不至于夜里四点钟来电啊！”那边传来含混不清的声音，“哥们我两点钟才睡啊！”

“左左失踪了，可能跟那个人有关。”向堃的声音里没有泄露半点情绪，“你的情报网比较广，替我把消息散布出去，有任何蛛丝马迹，第一时间汇报给我。”

电话那头的人也清醒了。

不一会儿，向堃就听见翻资料的声音，电话那头的人说：“你让我查的这个盛君泽，确实有点厉害。”

“他是四小校董盛亚均的养子，其十三岁之前的事情已无从追溯，但是，被盛亚均收养后，他的野心似乎也被养大了，大学的时候就成立了自己的贸易公司，后来因为盛亚均的阻挠而破产，所以两人的关系已是貌合神离了。后来顺着盛亚均的意思进了四小，他却在暗地里进行非法的勾当，主要是以地下赌场为主，在C市黑道上算得上是能呼风唤雨的人物了，近些年胃口更大，甚至已经涉及毒品了。”

“有没有固定的地址？”

“狡兔总有三窟，有几个地址，待会儿我发给你，然后让人盯着他。”向堃刚准备挂电话，电话那头的人突然又补了一句，“这个盛君泽，早在一年前就会每月固定去一趟医院。”

“医院？精神科？”

“没错！”电话那边的人打了个响指，“小白也是倒了血霉，竟然遇上这样的同事。”

向堃挂了电话，看了一眼他发过来的地址，心里有了决断，拿起车钥匙，一边往外走，一边打了几个电话。

向堃面上显得极为镇定，只是略显凌乱的步子，却泄露了他心里的情绪。

左珊瑚醒来的时候，就发现自己躺在一个日光很足的房间里，她并没有被绑住四肢，活动都是自由的，只是自由的范围并不宽敞，只有二十来平方米，用加粗的钢筋焊接的双层铁窗看起来十分坚固，没有缩骨功是逃不出去的，铁门也是紧紧关闭着的，入耳的只有窗外的蝉鸣。

她在床上发了一会儿呆，还是一头雾水，不知道是谁绑架了自己，又为何绑架自己。她那个时间经过那一片本来就是偶然，所以，这难道是随机事件？她还真够倒霉的。

她想起那三个失踪的孩子，难道他们也是像自己这样被随机选中的？不过，自己现在至少安全无虞，希望那几个孩子也如她一样。

不过，既不索要赎金，又不伤害她，这群人绑架她的目的可真是让人费解。

她的肚子饿得咕咕叫的时候，门口终于传来了动静，好像是有人在用钥匙开门。她悄悄地走过去，伺机候在门后面，想等那人进来就偷袭逃跑。哪知那人的身手竟远远在她之上，十分敏捷，三下五除二就将她制服了。

左珊瑚这才看清他的模样，顿时愣了愣，竟然是那日在学校外面带着一群混混给她道歉的魏萌。

“怎么是你？！”

“左老师，好久不见了。”魏萌的模样倒是很年轻，眉眼干净，左肩上却文了一只面目狰狞的老虎，十分骇人。

“你们为什么要绑架我？”不知为何，左珊瑚感觉他不会伤害自己，所以胆子也大了些，“幕后指使你们的……果然是盛老师吗？”

“左老师就别多问了，也别怕，我们是不会伤害你的。等这里的事情全部了结，老大就会隐退江湖，到时候带着你远走高飞。”魏萌打开带过来的饭盒，“老大说，你喜欢吃糖醋排骨、蒜蓉基围虾，所以，我都给你买了点，你也别跟自己过不去，吃点吧。”

“这里是哪里？”窗外正对着一座青山，挡住了所有的视线，她根本无法判断，“还在C市吗？”

魏萌却不再开口，径自离开，铁门再次被锁上。

左珊瑚将饭菜吃得一干二净，最后还打了个饱嗝，她相信，向堃神通广大、无所不能，一定会来救自己的。

半夜的时候，再次听到门口传来动静，左珊瑚突然睁开眼，难道绑架还管夜宵？这待遇可真好。

很快，就有脚步声渐渐逼近，有人站在了她的床头。她知道来人是谁，也不装睡了，一个翻身坐起来：“盛老师，你这是在干什么？”

盛君泽望着她微笑，温雅无害：“醒了？”

“那三个失踪的孩子都是你绑架的吗？”她只觉得他这副斯文败类的模样让人生气，“他们才十岁，你抓他们又是为什么？！”

盛君泽伸出手指按住她的嘴唇，被嫌弃地拍开了也不恼，表情极为宠溺的道：“我给你讲个故事吧。故事是从男孩七岁开始，因为七岁之前的事情，他都忘了。七岁的时候，他去海边捡蚬子，遇上了一个倒在海边的老婆婆，他喊人过来救老婆婆，人们却发觉老婆婆已经断气了，而且她旁边的桶里，蚬子已经没了。而小男孩的桶里几乎要满了，于是大家都说是他为了抢走蚬子，推倒了老婆婆。

“于是，七岁的男孩被驱逐了，他走了很远的路，脚底都划破了，终于走到了一个村子里，一对好心的夫妻收留了他。可是，好景不长，没过多久，那对夫妻就死于意外，他被当作不祥之人，再次被赶了出去。

“他翻山越岭，吃着草根、野果，终于来到了一个城市，在天桥底下跟老鼠抢食。待了三个月之后，有人把他送去了福利院，他开始跟大家一样上学。

“上学的时候，他是班里年纪最大的，却是最容易被欺负的。每个人只要心情不好就来欺负他，所以，每次放学的时候，他身上不是伤痕累累就是被人扔了烂菜叶之类的臭东西。久而久之，福利院的人也喊他臭孩子，不再理他了。

“他十三岁的时候，福利院里来了一群电视台的人，说是有慈善家要收养孤儿，他觉得这是个很好的机会，就偷了别人干净的衣服，装得十分乖巧，最后果然被慈善家收养了，被带去了另外一个城市，改名换姓，开始新的生活。

“只要有外人在，养父养母都待他极好，但只要关起门，他们就对他拳打脚踢，拿他当出气筒。他在那个家的地位，连一个下人都不如。”

左珊瑚知道那个男孩就是盛君泽，心下有些恻然：“就算全世界对你都不公平，你也可以自己争口气，改变这样的局面。可是，你现在拿三个孩子出气，那你跟那些欺负你的人又有什么区别？”

“他们不过十岁，竟然就学会了仗势欺人、打架斗殴、偷鸡摸狗，如果不给他们一点教训，以后只会变得更坏。”

“那我呢，我也干了伤天害理的事吗？”

“没有。”他摇摇头，温柔地抚着她的发，却让她直往后缩，“我只是想你了，想到你在别的男人身边，我就想把他挫骨扬灰。”

“你把向堃怎么了？”

“没有，我本来是想对付他的，可是，我伤了他，你肯定会伤心难过，所以我就只能把你请过来，想看的时候能够看得到，我就满足了。”

左珊瑚这才松了口气：“那你让我跟我爸妈和向堃打个电话报平安，不让他们担心。”

“放心，向堃已经知道你在我的手里了，我跟他通过电话。”

“盛老师，回头是岸，你别越走越远了。”左珊瑚到底有些不忍，怕他泥足深陷，“以前的事情都已经过去了，以后你一定也会遇到真心爱你的人。命运很公平，让你吃了多少苦，就会补偿你多少的。”

“好，只要你答应跟我一起远走高飞，重新开始，我就放了他们，金盆洗手。”他温柔地回应。

“我不会答应你的，你能不能悔悟需要自己想通，而不是因为别的。”左珊瑚知道这样的成长环境一定会让他的性格变得偏执，她就是口水都说干了，也是白搭，索性不再多言，忽视他，睡觉去了。

“我明天要吃郝安居的糟鹅、狠辣牛柳、柿子椒炒肉和南瓜羹！”

“有什么消息？”左珊瑚已经失踪两天了，如果说两天前向堃还能够强自镇定，那么现在他已经接近发怒的边缘了。

了解了盛君泽的背景，他就已经断定是盛君泽绑走了左左。前两天电话打通过一次，只是根据卫星定位，跟随着盛君泽的信号追踪，到了某个路口却突然消失，然后就再也联系不上了。

现在至少可以断定她是安全的，接下来只是要找到盛君泽而已了。

“探测到了！你给我的那个叫魏萌的电话号码出现在市中心了，只是出现的时间不长，只在一家叫郝安居的餐厅里待了半个小时，就离开了，信号依然是在某个路口就突然消失。”

“郝安居？”向堃比谁都清楚，这是左珊瑚最喜欢的一家餐厅，汇聚了八方菜色，总能让她吃得尽兴。

他当下拿了钥匙赶往郝安居。

向堃拿到魏萌点的外卖菜单时，皱了两天的眉头总算是松开了：“左左在南郊，去那边搜索吧。”

李君城凑过去看了半天，还是一头雾水：“柿子椒炒肉、狠辣牛柳、糟鹅、南瓜羹，就凭这四道菜你怎么知道左左在哪儿？”

我很好，市南郊。向堃嘴角勾起一抹笑意，他的左左，真是聪明极了。

“你是说左左通过菜单在向我们传达信息？”李君城惊呆了，“这属于吃货的智慧可真不容小觑！那我们明天中午就可以直接在郝安居守株待兔了？”

向堃摇摇头：“盛君泽心思谨慎，不会连着在同一家店里订餐来暴露自己的，C 市左左喜欢的餐厅也不多，每家都安插几个人，跟踪的时候要小心。宁可跟丢，也不可以打草惊蛇。”

“为什么？”

“跟丢了可以下次再来，可是，打草惊蛇了的话，左左会挨饿的。”

魏萌把这些外卖拎回来的时候都累得满头大汗了，他赶紧给她送进去：“你的口味可真刁钻，郝安居在那么偏僻的角落里，我找了好半天才找着，时速八十公里来回都花了一个小时！”

左珊瑚不理他，兀自吃得欢：“这家的味道真是绝了，你要不要尝一口？！我明天还要点他们家的。”

“不行，必须换一家。”魏萌有些头疼，他第一次见被绑架的人像她这样整天就惦记着明天吃什么。

“那我明天再点餐吧，说不定晚上梦见更好吃的了。”她吃得满嘴都是，忽然抬头，“你打电话问问盛老师，可以给我买几本专业书吗？让盛老师帮忙选选，每天吃了就睡，我都快成猪了。”

“我会跟老大请示的。”

等他离开了，左珊瑚的笑意就消失了，时速八十公里来回一个小时的话，那郝安居距离这里大概三十到五十公里，昨天买的春香馅饼一去一回只花了三十分钟，那就是离得更近了，而郝安居和春香馅饼的店子一个在城东，一个在西南方……那窗外的那座山岂不就是……

她觉得，明天应该尝尝城南那家有名的汪氏私房菜了，向堃跟老板是老熟人，有个包厢是专门为他留的。她之前就常常以他的名义去蹭吃的，最后让他结账。汪氏私房菜的菜价位出了名的高，但是她最喜欢吃的是汪氏私房菜每天限量供应的馒头。

“那魏萌今天出现在了城南的汪氏私房菜。”李君城收到第一手消息，就给向堃打了电话过来。

向堃拉开包厢的窗户，看着等在楼下的魏萌，点了点头：“已经确定了，左左就在馒头山那边，我待会儿先过去，你半个小时后再带人过来。”

“为什么？”

“英雄救美这种事，必须单枪匹马才比较帅。”他说。

李君城干笑一声，彻底服了。

馒头山的后方有一排矮房子，是当初预备建工厂的，只是后来老板卷款逃了，房子就空置了，盛君泽很早就以低价购进了这些房子，将左珊瑚关在最左边的一间，其余的三个孩子被关在最右边的一间，是以，声音再大，他们也听不到对方的动静。

只是，去那儿的路只有一条，远远的路口处就有两个人守着，如果硬闯，恐怕向堃还没闯进去，左左就已经被转移走了。

向堃观察了附近的地势，选择从山上绕过去，尽管崎岖了些，但是能早点见到左左，他也顾不了太多了。

成功潜到房子后面的向堃挨个查看他们在哪间房子里，也没有直接露面，怕那些小孩子看到他尖叫起来反而坏事。

一直走到最左边，他才看到自己心爱的女孩，她竟然优哉游哉地靠在床头边啃馒头边看书呢。

她感觉到窗边有影子闪过，以为是有人在巡逻，也就没在意，可是好半天那影子一动不动，她这才回过神来，心脏几乎要跳出嗓子眼了。她机械地转过头看向窗边，见是朝思暮想的人，终于捂着嘴激动得泪如雨下。

他此刻其实有些狼狈，白色的衬衣被山上的荆棘划破，又是血污又是泥的，手臂上、脖子上都有渗血的伤口，可是，此时此刻在她眼里如同王子一般，手持利剑，踩着七彩祥云，披荆斩棘而来，帅得突破天际！

向堃想把她狠狠地揉进骨肉里，再也不放开，可现在不是好时机。他比画了几个动作，她就领会了他的意思，示意OK，可以行动了。

大概因为知道他在，左珊瑚此刻信心百倍，什么都不怕了。

她从里面敲了敲门，没一会儿，魏萌开门走了进来："怎么了？"

"我刚刚看到后面窗户那儿有个人影一闪，是盛老师回来了吗？"左珊瑚疑惑，凑到窗边抻着脖子往外看。

"老大没过来。"魏萌跟着她也看了一圈，并没发现什么可疑的人影，刚准备转过头问她，就感觉有掌风袭来，反手就准备反击，哪知刚刚她使的只是虚招，趁他手势没收回来的时候，她踢腿而上，直接攻向了男人最脆弱的地方。

看着之前屡次三招内完胜她的人此刻疼得在地上打滚，她有些于心不忍地蹲下，搜出他腰间的钥匙串，拍拍他的肩，安慰他："别担心，现在社会风气比较开放，不行的话，大不了单一辈子。"

魏萌顿时觉得疼得更厉害了。

两个房间门口共四个守卫，都已经被向堃撂倒了，他正准备回身救她时就见她拎着钥匙笑盈盈地站在门外了。

"你不是说打不过他，只能牵制一会儿吗？"

左珊瑚心里高兴，直接冲进他的怀里，情话都飙出来了："You raise me up，to more than I can do（你的鼓励使我超越了自我）！"

两人打开最右边的房间的门时，发现三个孩子都受了不同程度的伤，但是那些毫无章法的伤痕，看起来像是他们三个人打架互相挠出来的。

见有人来救自己了，三个人都激动得要哭了，左珊瑚比画了个噤声的手势："坏人都睡着了，你们一哭就会吵醒他们，咱们就跑不了了。"

三人懂事地点点头，各自把眼泪憋回去了。

两人牵着三个孩子出来的时候，李君城已经带着警察过来了，路口的守卫也已经被摆平，准备凯旋了！

孩子们被关了一个多星期，又怕又累，现在终于觉得放松了，便接过一起来的护士递过来的牛奶和蛋糕，吃起来了。

左珊瑚自然是认得这三个孩子的，之前他们一个霸道不已，从来没有分享的概念；一个沉默寡言，在班上没有半个朋友；还有一个是个暴力狂，喜欢打架，每天惹是生非。可是现在，他们三个竟然会分享一块蛋糕，吃饱喝足了之后竟然还其乐融融地玩起游戏来。

这一场绑架，或许也是他们三个人人生的转折点。

"那盛老师呢？"左珊瑚觉得他骨子里并没有坏到丧尽天良，还是可以挽救一下的。

"已经证实盛君泽患有多重人格障碍症了，刚刚收到消息，他得知你获救之后一时控制不住，被第二人格操控，在闹市狂性大发，被捕了。"

"双重人格？"

"嗯，主人格是温文如玉的绅士盛老师，副人格是凶残成性的恶魔、赌博，吸毒成瘾。"李君城解释着，"第一次见到一个活的、患有多重人格障碍症的人，还真是神奇。"

左珊瑚叹了口气，那个副人格，是因为他曾经受过太多的伤害，衍生出来保护自己的吧。

"欸、欸，你不是要单枪匹马地去英雄救美吗？怎么搞得这么狼狈，浑身是伤，背后还挨了一棍子？啧啧，真是一点也不帅了。"见医生在给向堃上药，李君城忍不住吐槽他。

“你才不帅，你全家都不帅！”左珊瑚不乐意了，直接踹李君城，“伤疤才是真汉子的奖章，像你这样只会躲在后头看热闹的人就是胆小鬼！”

“嘿，竟然这么护短。”李君城笑，“不过，左左，这回我还真佩服你了，竟然想得到用菜名来传递信息。”

“所以，以后不许再嘲笑我是个吃货了，吃货在关键时刻还是会自保的！”左珊瑚也不跟他瞎贫嘴，窜到向堃的边上去帮忙上药。

医生用酒精消毒完一个伤口，她就上去吹，惹得向堃的伤口痒痒的，心里也痒痒的。他腾出一只手把她固定在自己的怀里，道：“别乱动，让我好好抱抱。”

上完药，他已经抱着她睡着了。

左珊瑚在他的怀里不敢动，只用眼神示意李君城。

“这几天为了找你，他几乎都没合过眼，铁打的人都要扛不住了。”

左珊瑚抻着脖子吻了吻他满是胡楂的下巴，又是感动，又是心疼。

向爸爸出院的时候正值盛夏，院子里栀子花开满了枝头，香味都飘到隔壁左珊瑚的家里了。左珊瑚趴在窗户边傻傻地望着向堃的房间发呆，她真的好想他哦。可是，双方家长觉得婚期将近，两人不宜再住在一块了，所以强行拆开了二人。

左珊瑚正沮丧着，园子就打电话过来了：“哇，我竟然收到你的结婚请柬了！一个月前，你还告诉我，你没拿下他，这发展也太迅速了吧！”

“我赞成你的想法。”左珊瑚托着腮帮子，“实话告诉你，其实，我到现在也没拿下他。但是，他说这两者其实没有必然的逻辑关系。我们结婚之后，我还是可以朝着拿下他的这个目标奋进的。”

园子觉得，向堃和左珊瑚的世界里的逻辑，作为一个外人，她根本就理解不了。

“你最近怎么样？工作顺利不？”

“还行吧，新工作还算得心应手，只是……”园子迟疑了三秒钟，“我的顶头上司最近在对我示好，我有点招架不住。”

“啊？真的呀？”左珊瑚对这样的八卦最感兴趣了，“他人品怎么样，长得帅不帅，可不可靠？”

“人品挺好的，算是比较成熟稳重的那一款，也还比较帅，至于可不可靠，我还没感觉出来。”园子唏嘘着，“真羡慕你，我也想找个知根知底的。你看你被绑架了，向帅都能马上领会你传出来的暗示信息，记得你喜欢哪些餐厅的菜式……”

“我也羡慕我自己，嘿嘿。”

这些天打电话来道贺的人简直应接不暇，左珊瑚刚挂了园子的电话，就又有打进来的了，她看着是个陌生的电话号码，以为是哪个老同学，接起来才发现，竟然是盛君泽。

“左老师，我听谢老师说你要结婚了，恭喜你了。”他的声音一如既往的温柔。

“谢谢。”左珊瑚由衷地回答，“你呢，最近怎么样？治疗的进展如何？”

“还不错，以前是控制不住情绪的时候，他就会出现，现在已经没有那么频繁了。”他顿了顿，“对不起，不能参加你的婚礼了，还有，祝你幸福。”

他说完就挂了电话，左珊瑚仍旧对着手机回了句：“你也要幸福。”

婚礼的头天晚上，向堃刚洗完澡出来就发现自己阳台上又多了个鬼鬼祟祟的身影，他悄悄地走近，突然出声吓了她一跳。她整个人往后倒，幸亏他手疾眼快把人拦腰搂住了，不然，这摔下去又得躺好几天。

“这么晚过来做什么？”他将她整个人抱进来，毫不温柔地扔在床上，“明天的流程熟悉了没？要是出了什么岔子，你就等着被我收拾吧。”

“流程倒是没什么问题了，但是，我有点紧张，所以想跟你睡。”

向堃无奈，有些东西一旦碰了，就食髓知味，可是，明天是这辈子就一回的大日子，不能出任何差错：“今天不行，明天还有很多事要忙，赶紧回去好好休息。”

“我在自己床上睡不着，数羊都数了一千只了，数水饺都数得饿了，还偷偷吃了一碗。”她两眼泪汪汪，可怜兮兮地看着他。

“咱们这有个说法，新婚前一夜要是睡在一块儿，结婚后不会有好结果的，多半以离婚或者丧偶收场。”

左珊瑚瞬间打了个哈欠，道：“我好困呢，刚刚是在梦游吗？哎呀，我要回去睡觉了，真是困死我了。”

话刚说完，她就麻溜地爬下去了。向堃在阳台上目送她回房，忍不住低笑了起来，他真是娶了个宝贝回家。

两人办的是户外草坪婚礼，请的人并不多，大多都是亲近的亲戚朋友，仪式也比较简单，主要是怕太复杂了，左珊瑚应付不来，所以很多程序都省了。

左珊瑚穿着纯白圣洁的婚纱，美得像是落入凡间的精灵。她由左爸爸挽着，踩着庄重的《婚礼进行曲》，缓慢地向他走来。他仿佛看到她从跌跌撞撞学走路，到追在他后头的小跟屁虫，再到亭亭玉立的少女，这样一步一步地长成如今这样美好的样子。

接过她的手的瞬间，他心里满足得像是得到了全世界。

“向堃，你愿意娶身旁的女人为妻吗？无论是健康、疾病、富贵、贫穷都不离不弃，一生相守？”

“我愿意。”他的声音低沉动听，惹得一阵欢呼。

“左珊瑚，你愿意嫁给身旁的男人为妻吗？无论是健康、疾病、富贵、贫穷都不离不弃，一生相守？”

“我愿意！”左珊瑚双手放在嘴边做喇叭状，用了全身的力气喊道。

“我宣布，在真主的见证下，向堃与左珊瑚在这一刻正式结为夫妻，任海枯石烂，绝不抛弃彼此！”

雷鸣般的掌声顿刻间响起，是对两人美好的祝福。